O Verdadeiro Amor Liberta

Solicite nosso catálogo completo, com mais de 400 títulos, onde você encontra as melhores opções do bom livro espírita: literatura infantojuvenil, contos, obras biográficas e de autoajuda, mensagens espirituais, romances palpitantes, estudos doutrinários, obras básicas de Allan Kardec, e mais os esclarecedores cursos e estudos para aplicação no centro espírita – iniciação, mediunidade, reuniões mediúnicas, oratória, desobsessão, fluidos e passes.

E caso não encontre os nossos livros na livraria de sua preferência, solicite o endereço de nosso distribuidor mais próximo de você.

Edição e distribuição
EDITORA EME
Caixa Postal 1820 – CEP 13360-000 – Capivari – SP
Telefones: (19) 3491-7000 | 3491-5449
Vivo (19) 99983-2575 | Claro (19) 99317-2800
vendas@editoraeme.com.br – www.editoraeme.com.br

O Verdadeiro Amor Liberta

Capivari-SP
– 2014 –

© 2006 Lia Márcia Machado

Os direitos autorais desta obra foram cedidos pela autora para a Editora EME, o que propicia a venda dos livros com preços mais acessíveis e a manutenção de campanhas com preços especiais a Clubes do Livro de todo o Brasil.

A Editora EME mantém, ainda, o Centro Espírita "Mensagem de Esperança", colabora na manutenção da Comunidade Psicossomática Nova Consciência (clínica masculina para tratamento da dependência química), e patrocina, junto com outras empresas, a Central de Educação e Atendimento da Criança (Casa da Criança), em Capivari-SP.

5ª reimpressão – maio/2014 – Do 18.001 ao 19.500 exemplares

CAPA | Nori Figueiredo
      André Stenico
DIAGRAMAÇÃO | Bruno José Dal Fabbro
REVISÃO | Geziel Andrade
      Lidia Regina Martins Bonilha Curi
      Matheus Rodrigues de Camargo

Ficha catalográfica elaborada na editora

Machado, Lia Márcia
    O verdadeiro amor liberta / Lia Márcia Machado – 5ª reimp. mai. 2014 – Capivari, SP : Editora EME.
    320 p.

    1ª edição : jan. 2006
    ISBN 978-85-7353-331-6

1. Romance mediúnico.
2. Vida Espiritual – Obsessão. Comprometimento de vidas passadas

                                            CDD 133.9

Índice

I	Tudo tem seu tempo certo	7
II	Rosemary na vida espiritual	16
III	O drama de Helena	20
IV	A jovialidade de Maura	28
V	Uma reconciliação quase impossível	36
VI	O empurrãozinho	43
VII	Novos rumos	47
VIII	O despertar de Rosemary	57
IX	A sintonia mental	66
X	O envolvimento afetivo	72
XI	A declaração de amor	79
XII	A dor materna	94
XIII	Conselhos do Dr. Roberto	103
XIV	Esclarecimentos oportunos	116
XV	A fuga de Maura	127
XVI	Helena de volta	130
XVII	A gravidez de Maura	141
XVIII	A revelação do passado	144

XIX	O temor de Helena	165
XX	O desabafo de Heitor	169
XXI	Palestra oportuna	174
XXII	Seu Raul	178
XXIII	A alta	181
XXIV	Maura na Maternidade e Helena na Casa de Repouso	186
XXV	As férias	196
XXVI	O nascimento de Heitorzinho	203
XXVII	O acaso não existe	206
XXVIII	A integração de Rosemary na espiritualidade	209
XXIX	Ligações anteriores	212
XXX	O clamor das mães	215
XXXI	Reencontro	219
XXXII	Laços afetivos do passado	223
XXXIII	Lucrécia	226
.XXXIV	O resgate	229
XXXV	Intensas emoções	231
XXXVI	A agonia de Helena	237
XXXVII	Helena na espiritualidade	242
XXXVIII	Lágrimas e beijos unindo novamente almas afins	245
XXXIX	A inquietação de Maura	251
XL	Amigos na dor e na alegria	253
XLI	Casa de Socorro Imediato	256
XLII	O segredo de Maura	265
XLIII	Juras de amor eterno	272
XLIV	Encontro entre pais e filha	276
XLV	Preparativos para o retorno de Helena	284
XLVI	Vida em família	291
XLVII	Helena e Rosemary	295
XLVIII	Missão cumprida	298
XLIX	Sábias Leis de Ação e Reação	301
L	Novos caminhos para Lucas	304
LI	Entre a Espiritualidade e a Terra	307
LII	Um ano depois...	313
LIII	Quase vinte anos depois	315
	Considerações Finais	318

Tudo tem seu tempo certo

Nunca mais as manhãs seriam como antes naquele aposento.
O sol que, insistentemente, tentava penetrar por entre a cortina cerrada, já não possuía o poder de aquecer o quarto de Rosemary Lins.

Seus pertences, coisas de menina-moça, quase mulher, estavam espalhados pelo cômodo como que a esperar por seu retorno.

Sobre a cama ainda desfeita, o pijama, com delicadas estampas floridas, misturava-se ao sangue nos lençóis. Na cômoda, em frente à cama de Rosemary, podia-se ver uma infinidade de porta-retratos onde as fotografias, risonhas e cheias de histórias dos amigos e dos familiares, para contar, permaneciam caladas, mudas, estupefatas, horrorizadas ante o que haviam presenciado, irremediavelmente impotentes, na noite anterior. Na mesa de cabeceira, as flores enviadas por Beto, há algum tempo, pendiam amparadas pela borda do vaso, derramando suas pétalas semimortas por sobre o romântico cartão que as acompanhara.

Um silêncio dolorido tomara conta de todo aquele ambiente até poucas horas atrás tão cheio de vida e risos. As paredes revestidas com papéis floridos pareciam agora se sentir deslocadas ante tamanha dor.

Não, realmente nada mais seria como antes naquele aposento.

Nunca mais ela entraria porta adentro, jogando ligeira sua mochila na poltrona e seus sapatos pelo chão. Nunca mais o som alto que incomodava a mãe; nunca mais o telefone a tocar sem parar; nunca mais seu riso solto, ecoando pela casa; nunca mais suas almofadas, jogadas agora ao lado da cama, compartilhariam de seus sonhos e anseios quais amigas inseparáveis na dor e no amor.

Não, nunca mais o infindável tratamento da hemofilia.[1]

Tudo terminara para Rosemary Lins.

Ela partira. Partira desta vez, para sempre.

Um soluço abafado soltou-se do peito de Helena ante o corpo inerte da filha. O braço forte de Heitor a amparou no momento exato em que suas pernas fraquejaram.

— Não! – gritou ela com toda a força de seus pulmões antes de desfalecer.

Socorrida pelos enfermeiros, momentos depois de voltar à cruel realidade, Helena deixou que as lágrimas banhassem seu lívido rosto agora desfigurado pela irremediável perda da filha.

— Por quê? Por quê? Meu Deus! Por quê? - balbuciou com os olhos desmesuradamente abertos como que à procura de uma resposta que lhe abrandasse o coração em frangalhos. – Por que Ele levou nossa filha, por quê? Diga, diga Heitor, diga que não é verdade! – insistiu desnorteada, atirando-se nos braços do esposo, implorando para que ele negasse tudo aquilo.

Heitor meneou a cabeça desconsolado, permitindo que uma

---

[1] NOTA DO EDITOR. FERREIRA, Aurélio Buarque de Holanda. *Novo Dicionário da Língua Portuguesa*. 2ª Ed. Ed. Nova Fronteira, 86. *Hemofilia*: condição hemorrágica hereditária (embora, às vezes, seja muito difícil identificar ascendentes hemofílicos) que incide quase sempre no homem e só excepcionalmente na mulher, caracterizada por hemorragias precoces, abundantes e prolongadas, que se repetem por ocasião de traumatismos mínimos subcutâneos, submucosos, musculares, articulares, viscerais, etc [A condição tem etapas evolutivas: um traumatismo pode não provocar hemorragia numa fase, e provocar em outra].

enxurrada de lágrimas viessem à tona depois de tanto tempo retidas em seu coração. Não havia palavras a serem ditas naquele momento. Seu coração de pai também procurava as mesmas respostas que a esposa tanto implorava. O delicado corpo de Rosemary, estendido sobre a maca naquela pequena sala do pronto-socorro, não deixava que a dúvida lhes desse mais esperanças.

Por longo tempo, Heitor e Helena permaneceram ali, abraçados, misturando suas dores e lágrimas, sem coragem de tocar o corpo inerte da filha.

O sol começava a se esconder no horizonte quando o caixão, levando o corpo de Rosemary, baixou à terra. Uma chuva de pétalas de flores foi jogada sobre ele pelos amigos e parentes que haviam lotado a pequena capela mortuária momentos antes. Os soluços esparsos e os olhos vermelhos, escondidos por detrás dos óculos escuros, denunciavam o quanto aquela jovem havia sido amada.

Roberto, a um canto, isolado de todos, observava incrédulo o desfecho dos planos de vida em comum que fizera ao lado de sua amada noiva. As lágrimas não rolavam de seus olhos como todos poderiam esperar. Sentia, sim, um enorme aperto no peito. Um aperto que aumentava a cada momento, fazendo parecer que iria explodir, dentro dele, um amontoado de emoções e sentimentos desconexos e irracionais.

Heitor, que observava de longe o rapaz, fez menção de aproximar-se, mas, no exato momento em que iria dirigir-se até ele, alguém o abraçou para dar-lhe as condolências finais.

Quando se deu por conta, Beto, como Rosemary o chamava, havia desaparecido, misturando-se à multidão que, pouco a pouco, foi diminuindo até que, apenas, ele e Helena permanecessem junto ao túmulo recém-coberto pela terra fresca.

Sílvia e Antenor, amigos de longa data, aguardavam a certa distância pelo casal. Calados, Helena e Heitor ali ficaram por longo tempo a relembrar a querida filha, sem que tivessem coragem de voltar para a casa que, silenciosa, os aguardava.

Ao cair da noite, tomados pelas mãos dos amigos, retornaram ao lar.

— Não, não precisam nos acompanhar agora – disse Heitor assim

que colocou a chave na porta principal da entrada da residência.
— Acho que precisamos enfrentar isso tudo sozinhos – apertou fortemente as mãos de Helena, certo de que somente eles poderiam se consolar. – Se é que isso um dia será possível! – pensou.

— Está bem, Heitor! – disse Antenor. – Se precisarem de alguma coisa...

— Nós sabemos, nós sabemos... – disse Helena com os olhos marejados pelas lágrimas – mas, nem mesmo Ele – disse tomada por extremo rancor na voz – poderá nos ajudar agora! – completou erguendo rispidamente os olhos em direção ao céu.

Sílvia abraçou-a fortemente sem nada dizer. Entendia a revolta pela qual a amiga estava passando e sabia que palavras ditas quando se tem o coração corroído pela dor não devem ser consideradas como verdadeiras.

A penumbra havia tomado conta de toda a casa. Heitor fez menção de acender as luzes, mas foi contido energicamente por Helena.

— Não! Não acenda as luzes agora! – disse dirigindo-se cambaleante até uma poltrona onde se deixou desabar pesadamente. Parado à sua frente, Heitor assistiu vir à tona toda a revolta contida no coração da esposa.

— Eu deploro a idéia da existência d'Ele, eu odeio a idéia absurda de que Ele existe, de que Ele é justo e bom! – gritava ela em choro convulsivo. – Veja! Heitor! Veja o que Ele fez conosco! – e, apontando para o alto: – Onde está nossa filha agora? Por que Ele se compraz com nossa dor? Que mal Lhe fizemos? Me diga, Heitor, me diga o que será de minha vida agora, sem nossa Rose? – e caiu de joelhos ao chão.

Impotente, o esposo presenciava o desabafo da esposa, sem ousar interrompê-la, pois que, também ele se sentia, da mesma forma, traído por Deus em quem havia depositado toda a esperança da cura de sua única filha. Prostrado qual animal ferido de morte, Heitor se deixou levar pela lembrança da filha, então recém-nascida:....- Rosemary será seu nome, querida. Rose, de sua mãe e Mary de Maria, da minha! O que acha? – havia dito ele dezenove anos atrás, em meio a um largo sorriso, vendo-a aconchegada, pela primeira vez, nos braços de Helena.

As lágrimas agora banhavam seu rosto livremente, pois já não havia mais o pudor da masculinidade a impedi-las. Estava ali apenas um pai, um pai que acabara de entregar à terra fria seu maior tesouro.

Por horas a fio o cortante silêncio era apenas quebrado pelo soluçar ora de Helena, ora de Heitor que, em suas mentes, reviviam, calados e solitariamente, cenas de intenso amor, dedicação e alegria vividas até então na companhia de Rosemary.

Seus pensamentos trabalhavam numa velocidade tal que as lembranças pareciam tomar forma, avolumar-se, criar vida e trazer de volta a vivência física daqueles dias. Momentos havia em que se tornava quase que possível, para Helena, tocar a imagem da filha, afagar-lhe novamente os cabelos e sentir claramente o calor de seus beijos, mas, na tentativa desesperada de que tudo aquilo não tivesse passado apenas de um pesadelo, abria os olhos e, na escuridão da noite, encontrava novamente a cruel realidade daquele dia. Então, as lágrimas voltavam e voltavam em choro compulsivo e exacerbado.

Os primeiros raios de sol começaram a iluminar mansamente a ampla sala de estar onde Helena e Heitor haviam permanecido durante aquela longa e interminável noite de lamentos.

Heitor abriu os olhos lentamente, mas a intensa luminosidade daquela manhã ofuscou-lhe a vista, fazendo com que os encobrisse com o dorso da mão. Levantou-se e olhou através da fina cortina de tecido transparente, percebendo, com amargura, que já se fazia dia.

Lá fora o sol há muito iluminava o jardim com seus raios luminosos e alguns pássaros banhavam-se no repuxo como se tudo continuasse tal qual antes. O jornaleiro havia deixado o matutino, como sempre, no degrau da escada junto à porta e algumas crianças passavam tagarelando em frente ao portão, a caminho da escola.

Helena havia adormecido, vencida pelas emoções. Seu semblante era de paz, embora profundas olheiras denunciassem a terrível noite que tivera. Achegou-se a ela de mansinho e percebeu que a esposa tinha entre as mãos levadas ao peito, um porta-retratos com foto de Rosemary abraçada a eles.

Deu-se conta, então, de que tudo realmente havia acontecido.

Sentou-se na beirada do sofá e tocou de leve os cabelos em desalinho da esposa.

Helena não percebeu sua presença. Parecia estar anestesiada, vivenciando um sonho bom.

— Não vou acordá-la – pensou. – Deixarei que durma para que tenha forças ao acordar. Meu Deus! Como vai ser difícil nossa vida daqui para frente. Ah! Minha filha, minha filha... Onde estará você agora? – disse em voz alta quase sem perceber.

Tomado de um ímpeto, subiu as escadas. Viu-se parado em frente à porta do quarto de Rosemary e, com as mãos titubeantes na maçaneta, hesitou por algum tempo antes de abri-la.

— É preciso que eu faça isto! Alguém precisa ter coragem e entrar aqui. Pois que seja eu a tê-la! – disse para si, tentando buscar forças.

Abriu vagarosamente a porta, como fazia todas as manhãs antes de sair para o trabalho e, com firmeza, entrou.

A penumbra fez com que parecesse vê-la ainda deitada, escondida sob as cobertas e teve um sobressalto, estacando na soleira da porta até que seu coração voltasse ao compasso normal.

Tudo estava como há dois dias.

A correria, ao levar Rosemary até o hospital, fizera com que tudo houvesse ficado como estava naquela trágica manhã. Pareceu-lhe ouvir a própria voz a chamar pela esposa:

— Helena, Helena! Corra aqui! Pelo amor de Deus! – gritara ele ao entrar no quarto da filha. – Corra aqui!

Sim, ele havia encontrado a filha desfalecida sobre a cama coberta de sangue, quando fora beijá-la naquela fatídica manhã.

As lágrimas inundaram seus olhos novamente. – Nunca conseguirei esquecer aquela cena, nunca! – pensou, olhando para o leito vazio.

Foi até a janela e abriu as cortinas. A claridade e a brisa quente da manhã invadiram o aposento de imediato. Retirou os lençóis da cama, estendeu a colcha de cetim cor-de-rosa sobre ela, arrumando milimetricamente cada almofada em seu devido lugar. Apanhou com ternura o pijama da filha, afagando-o junto ao peito, entre soluços.

Ajoelhado ao lado do leito, Heitor perdeu a noção do tempo

observando entre lágrimas, cada detalhe, cada centímetro daquele que sempre fora o lugar preferido da filha.

— Não, mamãe! O meu quarto arrumo eu! – falava ela sempre que Helena tentava acomodar as coisas de seu jeito. – Ele precisa ter a minha cara! Meio desorganizado, mas feliz! E depois... você vai acabar descobrindo meus segredos. Pode deixar, dona Helena, hoje mesmo eu dou um trato nos armários, vou colocar tudo no seu devido lugar, camiseta com camiseta, meia com meia etc., etc. e tal! – dizia, rindo da cara feia da mãe.

Um sorriso triste iluminou seu rosto por alguns instantes ao relembrar, com ternura, a filha, pois, na verdade, tudo sempre estivera no seu devido lugar. Rosemary era tão ou mais organizada que a própria mãe.

Dobrou o pijama, colocando-o sobre uma cadeira e se dirigiu até a escrivaninha onde os livros de escola da filha estavam ainda abertos sobre a mesa. Apanhou-os, arrumando-os com cuidado na mochila como se ela ainda fosse se utilizar deles. Sobre a mesa, havia também uma caixa revestida com papel colorido e fitas onde ela guardava bilhetes recebidos, cartas de amigos distantes e os inúmeros cartões de Beto. Fez menção de abri-la, mas, conteve-se. Sentiu-se como se estivesse invadindo a intimidade da filha e afastou-se ligeiro. Fechou a porta atrás de si e encaminhou-se para o banheiro.

Debaixo do forte jato de água, lavou o corpo e a alma, misturando lágrimas às gotas que desciam do chuveiro e escorriam impiedosamente pelo ralo.

— Ah! Deus! Me dá forças para ajudar Helena nesta hora! – pedia ele em pensamento. – Somos só nós dois agora, só nós dois! A revolta que ela está sentindo é imensa, meu Deus! É imensa... Sinto que não disse aquelas palavras apenas porque estava desesperada com a perda de nossa Rosemary, ela descrê de Ti, meu Pai! Descrê do propósito da vida! – repetia ele, procurando ajuda, auxílio, sabe-se lá de quem.

Algum tempo depois, já mais calmo, desceu em direção à sala onde Helena continuava adormecida.

Foi à cozinha. Lembrou-se então de que haviam dispensado

Maura por alguns dias, pois sentiam que necessitavam ficar a sós. Dirigiu-se até o fogão e colocou a chaleira para aquecer. Coou, minutos depois, o café e preparou uma xícara para a esposa. Não comiam nada desde a noite anterior. Sentia-se fraco e suas mãos tremiam ao arrumar os pães sobre a bandeja.

— O que você está fazendo, Heitor? - perguntou Helena, encostada na porta.

— Preparei uma refeição para nós... Não nos alimentamos desde ontem... - disse titubeante. - Não conseguiremos continuar de pé se não nos alimentarmos.

— Não sinto fome! Não sinto nada, para ser mais clara! - disse ela com rispidez. — Vou tomar um banho! Preciso tirar essa sensação de sujeira de dentro de mim. - Esfregou as mãos nos braços como que a tirar alguma coisa nojenta de cima deles. - A morte é suja! É... É pegajosa... É algo que dá nojo!

— Helena! Ah! Minha querida, minha querida! - pediu Heitor abraçando a esposa fortemente. - Nós vamos superar tudo isso, confie em mim! Sofreremos, é claro, mas haveremos de encontrar uma maneira para continuar nossas vidas. Sei que nada será capaz de substituir nossa menininha, porém, Deus saberá como nos ajudar, juntos...

— Não! Não quero continuar vida alguma, Heitor! Estou morta, morta como nossa filha! Você consegue entender? - gritou ela, desvencilhando-se dos braços do esposo. - Nós falhamos com nossa filha! Falhamos! Ele, Ele nos abandonou. Ele nos iludiu fazendo com que acreditássemos ser possível uma cura através de nossa fé! Fé em quê? Fé em quem? Fé em um Deus que se compraz com a dor alheia, Heitor? Que mal Lhe fizemos? Que mal nossa Rose fez para que Ele nos castigasse desta forma? Que mal uma criança que nem bem sabe dar os primeiros passos fez para que tivesse essa doença a persegui-la até a morte?

— Helena, Helena se acalme! - pediu ele, segurando-a fortemente. - Não blasfeme contra Deus! Ele sabe o que faz e por que faz. Fizemos tudo o que estava ao nosso alcance, você sabe disso! Lutamos com todas as nossas forças para que ela tivesse uma vida o mais normal possível. Não falhamos, minha querida, não falhamos... – completou Heitor soluçando.

Abraçados quais náufragos em meio à tempestade, Heitor e Helena derramaram lágrimas de dor e saudade. Lágrimas que só os que perderam um ser muito amado conseguem deixar fluir de seus corações.

Alguns dias depois, na missa de sétimo dia, Helena e Heitor tornaram a ver Beto, seu semblante era de imensa tristeza, mas fechados em sua dor, não conseguiam vislumbrar a dor alheia com a mesma intensidade, e as palavras de conforto do vigário, não lhes chegavam aos corações.

— Precisamos fazer alguma coisa por eles – sussurrou, penalizada, Sílvia ao ouvido de Antenor. – Eles não podem continuar assim!

— Eu sei, eu sei – respondeu ele – mas, ainda não é hora. É preciso dar tempo ao tempo. Nada do que for dito agora surtirá algum benefício. Vamos ficar atentos, mas a distância, por enquanto. Tudo ainda está muito recente. Tudo tem seu tempo certo! Agora é o tempo de chorar seus mortos, pois é preciso pôr para fora a mágoa e a tristeza que está impregnando seus corações para que, mais tarde, consigam encontrar novamente o equilíbrio para suas vidas.

— Maura comentou comigo que Helena tem passado, quase o tempo todo, trancada no quarto da filha! – disse ela baixinho. – Se continuar assim, acabará enlouquecendo! Nem mesmo tem se alimentado! Pedi a ela que insista com Helena para que coma, mas, pelo que me disse, a comida tem voltado quase todos os dias praticamente intocada; já Heitor, pelo que Maura me contou, parece estar um pouco mais resignado, embora também ele pouquíssimas palavras tenha trocado com ela. A situação naquela casa não é das mais fáceis, meu querido! – meneou a cabeça. – O isolamento não é bom nesses casos, não é bom mesmo!

— Vou falar com Heitor – respondeu ele pensativo. – Ele me parece mais conformado que a esposa. Segunda-feira ele retorna ao trabalho e então falarei com ele a respeito de Helena.

— É... Não é fácil perder uma filha tão jovem assim! – concluiu Sílvia enxugando as lágrimas. – Pobre Helena! Tinha tantos planos para o casamento de Rosemary. Agora... Agora é pedir a Deus que a tenha em um bom lugar!

II

ROSEMARY NA VIDA ESPIRITUAL

Rosemary continuava adormecida. O amplo quarto da enfermaria em que ela estava acomodada era repleto de leitos, todos ocupados por jovens mais ou menos da sua idade. Uma suave melodia quebrava o silêncio. Amplas janelas deixavam à mostra um extenso jardim onde o verde predominava sobre o colorido das flores, cujo suave aroma, a brisa fresca da manhã trazia, espalhando-se pelo ambiente.

À cabeceira de cada leito, uma luz violácea iluminava toda a extensão da cama, como que a proteger os Espíritos que ali permaneciam adormecidos.

Nazaré, uma das dedicadas enfermeiras espirituais, adentrou a enfermaria, trazendo nas mãos uma bandeja com medicamentos. Acercou-se de Rosemary, retirou o alvo pano que cobria os medicamentos e aplicou-lhe uma injeção, sem que houvesse nenhuma reação da jovem.

Idêntico procedimento teve para com os demais pacientes que compartilhavam com ela o mesmo aposento e que padeciam de semelhantes necessidades espirituais. Todos ali permaneciam adormecidos profundamente e não esboçavam qualquer reação à presença da enfermeira.

Nazaré ajeitou as flores no delicado vaso sobre uma mesa central, posta logo à entrada da enfermaria e olhou com ternura para todos os jovens sob seus cuidados.

— Que o Pai Maior os ampare no dia de hoje! – desejou ela com docilidade na voz. Fechou a porta e os deixou entregues ao monitoramento constante que se fazia no andar superior.

Rosemary parecia serena naquela manhã. Sua fisionomia, até então constrita e angustiada, havia adquirido uma aparência mais tranqüila desde a visita de seus avós, na tarde anterior. Não tomara conhecimento da presença deles a seu lado, mas, recebera do coração dos anciões, fluidos energéticos que a tornaram menos suscetível às súplicas insistentes da mãe.

— Pobrezinha! – dissera o avô. – Nossa querida neta tem recebido da mãe intensa carga energética, proveniente de sua revolta contra a precoce desencarnação da filha. Rosemary tornou-se um ímã a atrair toda a energia negativa vinda com violenta intensidade do coração de Helena. Seus pensamentos estão fortemente entrelaçados, pois que a afinidade espiritual que possuem é muito grande. Nossa pobre criança precisará muito de nossa ajuda, querida! – completou ele, meneando a cabeça.

— Eu sei, eu sei... – respondera dona Rose, a avó, muito preocupada. – Estaremos prontos para recebê-la em nosso lar, tão logo ela se fortifique. Por enquanto, só nos resta orar para que consiga se desvencilhar o quanto antes da obsessão que Helena está exercendo sobre ela.

Depois, olhando preocupada para o companheiro, sussurrara:

— Sabe que só ontem me dei conta, de que já fez um mês que nossa neta veio ter conosco, acredita?

Rosemary agitara-se sobre o leito, enquanto seu Raul e dona Rose conversavam baixinho a seu lado. Balbuciara palavras desconexas, chamara pela mãe, pedira socorro, chorara compulsivamente, para logo a seguir cair em profundo sono, induzido pelos médicos espirituais que a monitoravam a distância.

— Vamos ministrar-lhe passes energéticos, Rose – pedira o

avô. – Doemos a ela a energia de nosso imenso amor e peçamos ao Pai que a fortifique o quanto antes para que, brevemente, possamos, enfim, abraçar nossa querida neta e acolhê-la em nossa morada espiritual.

Os avós postaram suas mãos sobre o corpo da jovem, rogando a Deus a Sua proteção. Imediatamente o semblante da jovem se modificara, tornando-se mais sereno e seus lábios murmuraram baixinho o nome de Beto.

Recostado sobre os travesseiros, Beto pensava em Rosemary. Tinha os olhos perdidos no horizonte do teto de seu quarto e, no coração, carregava um enorme vazio provocado pela saudade da amada.

Dois longos meses haviam se passado agora desde que ela se fora para sempre.

Conhecera Rosemary dois anos antes. Apaixonaram-se logo de início. Parecia haver entre eles uma antiga ligação que nunca souberam explicar realmente o que era e de onde vinha.

A família de Roberto não via com bons olhos esse namoro, pois acreditava ser a doença da jovem um grave empecilho à felicidade do filho e, por outro lado, Helena também não apreciava esse relacionamento que julgava inapropriado, uma vez que professavam religião diferente daquela que o jovem abraçara.

Roberto havia se formado em medicina já há alguns anos e trabalhava desde então em um dos hospitais da cidade. Rosemary estava por terminar o segundo grau e pretendia fazer psicologia.

Um ano depois, apesar dos protestos familiares e da diferença de ideologia e de idade, haviam decidido que suas vidas só se completariam se juntos estivessem.

Mesmo portadora de hemofilia, doença que muitas vezes a limitava em determinados aspectos, Rosemary não se deixava abater e enfrentava com coragem os desafios que, constantemente, lhe surgiam à frente.

Marcaram, pois a data para o casamento e iniciaram os preparativos. A felicidade de ambos era completa. Amavam-se, um amor que transcendia a realidade.

Agora, ali, estendido sobre o leito, Roberto relembrava os momentos felizes que juntos haviam passado e os tantos planos que haviam feito.

— Ah! Minha querida! Como tem doído esta saudade! – balbuciou ele, levando as mãos ao rosto. – Não quero mais chorar, não quero que a minha dor atravesse o infinito e atinja seu coração, mas, está muito difícil, muito difícil viver sem você a meu lado, me perdoe, me perdoe! – deixou que as lágrimas surgissem quais pequenas pérolas a rolar por seu rosto: – Sei que não devo lamentar. Sei que devo seguir meu caminho. Sei que você foi um anjo iluminado que abrilhantou minha vida por empréstimo de Deus, no entanto é muito difícil não pensar, não desejar que tudo isso houvesse acontecido de maneira diferente! – pensava ele tristemente. – Sei que não devemos questionar os desígnios de Deus, pois que são sábios e corretos, porém, sou ainda um Espírito imperfeito que busca, em vão, questionar os porquês da vida na tentativa de consolar-se quando, na realidade, deveria apenas tentar ajudá-la a integrar-se o mais rápido possível em sua nova vida, agora espiritual. Perdão, minha querida Mary. Sei que não serão minhas lágrimas que farão com que encontre a felicidade na espiritualidade, mas sim, a minha aceitação, o meu consolo. Perdão por minha fragilidade... Perdão! – E enxugou os olhos muito vermelhos.

Roberto formara ao redor de si uma aura de luminosidade intensa. Apesar do sofrimento pelo qual estava passando, seu imenso amor por Rosemary não permitira que houvesse se tornado cego em frente à nova realidade de sua eleita. Intuído pelos protetores espirituais, rogou aos céus pelo pronto restabelecimento de Rosemary e para que a aceitação da atual condição se desse de maneira serena em seu coração. Guardaria, sim, na lembrança e no fundo da alma qual tesouro incalculável, aquele amor, puro e verdadeiro, mas sabia que a vida deveria continuar seguindo o trajeto de evolução ao qual se predispuseram ao reencarnar e haveria de tudo fazer para não se desviar dele.

Consolado pela Doutrina Espírita que abraçara assim que se tornara jovem, Roberto encontrava nela o alento para transformar a dor em novas forças a fim de continuar vivendo.

Na espiritualidade, Rosemary recebera imediatamente a intensa força que emanava do coração do amado e, mesmo sob o efeito dos sedativos, balbuciara seu nome, sorrindo.

III

O drama de Helena

Um ano se passara desde então e, no coração daquela pobre mãe, a resignação e a aceitação dos desígnios de Deus não haviam encontrado guarida. Afastara-se de tudo e de todos, dedicando-se, exclusivamente, a cultivar o rancor, a solidão e a revolta. Seus dias e noites haviam se transformado num extenso calvário de dores e lamentações onde não havia lugar para mais nada, nem mesmo para o amor de Heitor.

Uma intensa chuva caía naquela tarde. E, como de costume, encontrava-se no quarto da filha. Sofria de terrível e cruel solidão, uma solidão que somente sentem aqueles que se vêem afastados da fé e da esperança e, que, portanto, nada mais buscam em suas vidas, senão contemplar e cultivar sofrimento e revolta nos corações. Nesse momento, ela observava a chuva cair abundantemente por sobre o gramado coberto de folhas secas que haviam sido arrancadas das árvores pela forte ventania que começara ainda há pouco. Um estrondo maior a fez afastar-se da janela rapidamente. Sentou-se em frente à escrivaninha onde os pertences da filha continuavam ainda intactos e mirou-se no espelho por alguns instantes.

— Você acabou comigo! – disse em voz alta. – Veja o trapo em que me transformei por sua causa? Deve estar contente agora, Todo Poderoso! – completou rindo sarcasticamente. – Não era esse o seu objetivo? Pois bem! Parabéns, você conseguiu! – disse ela com desdém.

Sim, sua aparência já não era a mesma de outrora. Descuidara-se, não mais se importava consigo mesma. Os olhos estavam encovados e as olheiras denunciavam as noites infindáveis em que apenas a insônia lhe fazia companhia. Seu sorriso desaparecera por completo, dando lugar a uma fisionomia embrutecida pela revolta. O olhar tornara-se distante e frio, como a visualizar um mundo irreal e desconexo do qual somente ela fazia parte. As mãos, sempre dispostas a afagar, haviam perdido o dom do carinho. Fechara-se definitivamente dentro de sua pobre alma o poder de amar até mesmo Heitor. Trancara-se na dor, menosprezando completamente o mesmo sentimento que também minava dolorosamente o coração do esposo e companheiro.

Isolada de tudo e de todos, Helena passara a viver de sua dor. Alimentava-se dela dia após dia, noite após noite como se mais nada houvesse. Era como se necessitasse deste sentimento para continuar vivendo. Construíra em torno de si um mundo irreal, onde somente a dor poderia ser sua companhia e onde não havia lugar para mais nada nem para mais ninguém, tornando-se nula qualquer tentativa do esposo ou de quem quer que fosse de aproximar-se dela. Aos poucos, os amigos foram se afastando, pois haviam percebido que a presença deles parecia aumentar ainda mais a revolta da amiga.

Heitor procurara trazer de volta à vida a esposa, mas, em vão. A cada nova tentativa, maior era a distância que se formava entre eles. Helena culpava-o por tentar seguir em frente, crivando-o constantemente com perguntas ardilosas, como que para testá-lo, ou para relembrá-lo de que Rosemary já não estava mais entre eles e, que o intuito de prosseguir, deixando o terrível episódio para trás, seria traição, desrespeito à memória da filha.

— Às vezes penso que você esqueceu muito facilmente nossa Rosemary – dizia ela, olhando-o com desdém. – Não o vejo mais chorar, não toca em seu nome. Onde foi parar o amor que dizia sentir por ela?

— Não fale de coisas que não sabe, Helena. A dor que sinto é imensurável. Não há um dia sequer que não dirija um pensamento de amor a ela, mas sei também que nada mudará o fato de que a perdemos, de que nada a trará de volta! - respondia com emoção na voz. - Helena, eu preciso de você, querida - implorava ele constantemente. - Nós precisamos um do outro. Nossa filha se foi, mas, nós, nós continuamos aqui! A vida continua apesar da nossa dor! Você precisa tentar reagir, voltar a sentir a vida pulsar dentro do peito, voltar para mim, querida, sinto a falta de nossa filha, mas... sinto também a sua falta, Helena!

No entanto, Helena não compreendia as palavras do esposo. Não podia admitir vida alguma além daquela que vivera ao lado da filha e, por esse motivo, cultuava sua memória cada dia com mais veemência e obstinação.

Desta forma, o espírito frágil de Rosemary continuava subjugado ao da mãe desde a desencarnação, sofrendo as mesmas dores e revoltas que Helena sentia aqui na Terra. Atreladas por fortes laços emocionais, formara-se entre elas uma espécie de simbiose. Em vão os enfermeiros e médicos espirituais tentavam desvencilhar a jovem dos laços terrenos com a mãe.

— É um caso extremo de obsessão terrena - disse doutor Francisco ao avô materno de Rosemary. - Este pavilhão de auxílio se dedica exclusivamente a desencarnados que estão subjugados à mente dos encarnados. Veja, meu amigo! - e apontou para os demais leitos. - Todos estes jovens padecem do mesmo mal. Nossa irmãzinha, como eles, está presa ao espírito doentio da mãe que, não aceitando sua desencarnação, a prende cada vez mais aos seus caprichos e devaneios. Ah! Se as mãezinhas terrenas soubessem o quanto o pranto e a não aceitação dos desígnios de Deus interfere na existência espiritual de seus filhos! - desabafou. - Se assim fosse, não teríamos tantos jovens debatendo-se entre o lá e o cá! A morte nada mais é do que uma mudança de estado. Nossa alma é imortal, eterna. E, quando se tem o bom-senso de aceitá-la, tudo se torna mais fácil, tanto para os que ficam ainda na Terra como para os que a deixam precocemente. O que deve unir realmente os corações não é a possessão do físico, meu caro, mas, sim, o amor, que transcende a matéria e não se perde no tempo e no espaço em momento algum. Espíritos há que, por tamanha afinidade, unem-se por sucessivas reencarnações, ora como pais, ora como amigos, algumas vezes como irmãos, outras como filhos e filhas, esposos e esposas, sem que isso diminua ou aumente o amor que nutrem um pelo outro, compreende? Os laços carnais definem o grau de parentesco entre as almas, mas os laços espirituais são os que realmente unem os que se amam verdadeiramente, em definitivo. Percebe a diferença?

Enquanto doutor Francisco conversava com seu Raul, Rosemary, inconsciente, se debatia em espasmos como se estivesse apresentando pequenas convulsões. Rangia os dentes, gemia e sua fisionomia era angustiante. O avô, preocupadíssimo, tentou segurá-la no leito, mas foi impedido pelo médico.

— De nada adiantaria nossa intervenção agora, meu amigo. A irmãzinha recebe o constante chamado da mãe, que a mantém presa à mente materna desde a desencarnação. É lamentável esta situação, no entanto, muito pouco poderemos fazer por hora. A cada apelo materno, Rosemary recebe, aqui na espiritualidade, uma enxurrada de energias negativas que atingem seu espírito como pequeninas agulhas a lhe ferir a alma enfraquecida constantemente. Estes espasmos que observamos – e apontou para o corpo da jovem que se contorcia no leito – são a conseqüência dos pensamentos da mãe. Helena não permite que a filha se liberte. Nós a temos aqui conosco, isto é fato, mas, seu Espírito continua a receber as impressões do lar mesmo assim – um tanto desanimado, fez uma pausa e continuou, dirigindo-se ao avô:

— Não podemos esquecer, meu amigo, que existe aqui, um grande agravante contra o qual pouco podemos fazer neste momento: nossa irmãzinha, muito apegada à mãe e desconhecedora da vida espiritual, tal como ela é, também contribui para que esse desligamento definitivo não se efetive. Por esse motivo é que precisamos mantê-la sob constante vigilância para que não retorne à casa em definitivo. Aqui, sua neta, meu bom amigo, apesar do sofrimento pelo qual vem passando, está segura do ataque de outros irmãos que se comprazem com a dor alheia, pois que, com toda a certeza, seria presa muito fácil de influências, quiçá muito piores que as de sua infeliz mãe!

— Não sei mais o que fazer! – respondeu o avô tristemente: – Já tentamos influenciar Helena de todas as formas possíveis, mas, ela não consegue captar sequer uma palavra, um conselho, uma intuição que lhe seja dirigida! Formou-se uma barreira intransponível entre nós e ela.

— Sabemos disso, meu bom amigo, sabemos disso! – respondeu doutor Francisco. – É por esse motivo que estamos mantendo assim nossa irmãzinha por tanto tempo. Se a libertarmos nesse estado de coisas, voltaria correndo para os braços da mãe e então... então a subjugação seria arrasadora.

— Que faremos? – perguntou o ancião, apreensivo com o rumo que as coisas haviam tomado.

— Precisamos ajudar nossa irmã Helena em primeiro lugar. É preciso que ela reencontre a fé perdida e aceite a desencarnação de sua filha para que Rosemary possa prosseguir sua evolução aqui na espiritualidade – disse bondosamente o médico enquanto afagava as mãos nervosas do avô. – Tenha fé em Deus, meu irmão! Aconselho-o a continuar sua peregrinação diária até a casa de nossa irmã Helena e a intuí-la com bons pensamentos, mesmo que ela nada perceba ou se negue a recebê-los. O trabalho será árduo, mas, confie na ajuda de Deus, pois que ela nunca nos falhou!

Assim que o médico se retirou do quarto, o avô se achegou da neta e, carinhosamente, depositou um longo beijo em sua testa. Rosemary estremeceu ao toque do avô.

Por longo tempo o abnegado senhor ficou a seu lado, energizando-a fortemente. Aos poucos, Rosemary, foi se acalmando e, finalmente, pareceu dormir em paz.

Heitor já não suportava mais a situação em sua casa. Resolveu abrir-se uma vez mais com Antenor.

— Não sei mais como agir com Helena – desabafou ele, desolado, ao amigo que o ouvia atentamente. – Nada do que eu digo faz algum sentido para ela. Nossa vida em comum tornou-se um terrível pesadelo. Não nos tocamos desde a morte de nossa filha e quando nos falamos... Bem, não nos falamos para ser sincero.

Helena tem evitado minha presença e nossa comunicação é restrita apenas às coisas corriqueiras das necessidades da casa – continuou, balançando negativamente a cabeça. – Sinto que a perdi, como perdi minha filha. Helena está mudada. Recusa qualquer tipo de aproximação, olha-me como se eu fosse um estranho em sua vida. Como se minha presença a incomodasse, lhe fizesse mal, sei lá!

— Não desanime, meu amigo! - aconselhou Antenor com ternura. – Seu desânimo apenas piorará toda esta situação que já é bem delicada. Helena precisa de você e de sua força!

— Não, ela não precisa da minha presença, meu caro! - disse com os olhos marejados pelas lágrimas. - Ela tem a filha!

— Como assim? - perguntou incrédulo Antenor.

— Helena conversa com nossa filha todos os dias, as noites, os segundos! Por vezes paro do lado de fora do quarto que foi de Rosemary e a ouço falando com ela, como se ela ainda ali estivesse!

— Meu Deus! - exclamou Antenor. – Então o caso é muito mais sério do que eu pensava!

— Pois então! - concordou Heitor. – Conta a ela coisas que aconteceram desde a sua partida, revê diariamente nossas antigas fotografias, dialoga com ela sobre o que sente e pensa, fala com rancor sobre o novo relacionamento de Roberto, o ex-noivo de nossa filha, e do quanto Rosemary estava enganada a respeito do amor que ele dizia ter por ela. Helena passou a odiar o pobre homem!

Antenor ouvia o amigo boquiaberto.

— Não julguei que as coisas tivessem tomado tamanha proporção! - disse cabisbaixo.

— O quarto de nossa Rose transformou-se em um mausoléu, uma espécie de altar, sei lá... Ninguém pode entrar lá sem que ela autorize ou sem a sua presença. Pobre Maura! - disse ele em dado momento. - Maura, você a conhece, não é mesmo? - perguntou sem pensar.

— Claro que sim! - respondeu Antenor.

— Maura, como eu, tem sido muito paciente com Helena. Cerca-a de cuidados, preocupa-se com sua alimentação e desmancha-se com os afazeres da casa, no entanto, é freqüentemente criticada em tudo o que faz. Parece que Helena tem inveja da vitalidade daquela jovem... É como se a vida e a alegria dela ou um simples sorriso que ela lhe dirija, lhe faça mal, compreende?

— Acredito que sim – afirmou Antenor pensativo.

— Rosemary e Maura gostavam-se muito, muito mesmo! Maura está conosco desde que descobrimos a doença de nossa filha e a afinidade que surgiu entre elas foi, foi imediata! Rosemary tinha um carinho muito especial por ela e, para ser sincero, Helena não apreciava nem um pouco essa intimidade entre as duas. Por várias vezes tentou mandá-la embora, mas, a pedido insistente de Rosemary, Maura foi ficando, ficando até que... até que se tornou quase um membro de nossa família, isto é, para mim e para Rosemary somente. – Falou com o olhar perdido no horizonte das lembranças. – Depois que nossa filha se foi, pensei que também Maura se fosse, mas – disse tristemente – quis Deus que não, caso contrário não sei o que teria sido de mim, perambulando sozinho naquela casa! Não sei mais o que fazer, meu caro! Não sei mesmo! – concluiu Heitor retorcendo as mãos nervosamente.

— Você precisa de ajuda! – disse Antenor decidido. – As coisas não podem continuar como estão, não mesmo!

Fez-se um longo silêncio entre os dois. Cada qual conjecturando solitariamente. Antenor que, mentalmente, pedia aos protetores espirituais auxílio para que tivesse alguma intuição sobre como agir naquele momento tão angustiante para o companheiro e amigo, ao cabo de alguns minutos, falou:

— Vou conversar com Sílvia sobre o que está acontecendo em sua casa. Ela e Helena sempre foram muito amigas, quem sabe ela não tem alguma idéia, não acha?

— Ultimamente Helena não tem mais amigas, Antenor, não se lembra da maneira rude como ela os tratou na última vez em que estiveram lá em casa? Duvido que queira receber Sílvia em nossa casa! Helena já não é mais a mesma... Por vezes penso que estou convivendo com uma completa estranha, uma mulher rude, cruel, sei lá, meu amigo...Não a conheço mais, aliás, acho mesmo que nunca a conheci realmente! – concluiu erguendo as sobrancelhas em sinal de desânimo.

Depois, olhando através da janela de seu escritório,

continuou:

— Helena parecia ser a companheira certa para minha vida, entende? Era vivaz, inteligente, disposta a tudo. De repente... Bem, de repente, o fato de não conseguirmos ter um filho se tornou uma obsessão em nossas vidas! O que era uma relação prazerosa se tornou uma obrigação, me compreende, meu amigo? – disse ele, dando a entender que nem mesmo o sexo entre eles fora o mesmo desde então. – Tudo em nossa vida passou a girar em torno de uma gravidez que não vinha! Helena não mais se preocupou comigo, com a mãe, com os amigos, com nada! Nossa vida se tornou um enorme calvário de um consultório médico para outro, dia após dia, ano após ano! Eu a olhava e não mais encontrava nela o calor, o amor que um dia dissera ter por mim, quer saber? Passei a me sentir um mero reprodutor fracassado! – falou tentando rir do que dissera. – Todos os meses era a mesma coisa. Assim que constatava o fracasso de mais um tratamento, Helena entrava em grave crise de depressão para, logo a seguir, culpar-me como se somente de mim dependesse a vinda de seu tão esperado filho! Ah! Antenor, já passei por muitas dificuldades com Helena, mas, isto agora é demais! – desabafou.

— Pois vamos pelo menos tentar, está de acordo? – perguntou ele.

— Que seja o que Deus quiser, meu amigo! Sei apenas que, se as coisas continuarem assim, um de nós dois acabará enlouquecendo, acredite! – concluiu Heitor, levantando-se.

Despediram-se na porta de saída do edifício onde trabalhavam e cada qual tomou seu rumo.

IV

A jovialidade de Maura

Aquela manhã de sábado estava muito quente. Uma leve brisa refrescava, vez por outra, o rosto suado de Heitor que, agachado, retirava do gramado algumas ervas daninhas que insistiam em proliferar no extenso tapete verde ao redor da casa. Algumas gotas de suor ofuscavam-lhe a visão fazendo com que, a todo instante, ele levasse as mãos aos olhos para limpá-las. O corpo, ainda atlético, estava desnudo da cintura para cima, deixando largos ombros à mostra. Os cabelos, sempre caprichosamente alinhados, dançavam agora, livres, para lá e para cá ao suave toque da brisa.

Havia levantado muito cedo, como de costume. Helena ainda estava dormindo profundamente, então resolvera trabalhar no jardim para espairecer suas idéias e arejar a mente.

De bermuda, munido da pá e do cortador elétrico, havia já algum tempo que ele descera e se entregara aos afazeres da jardinagem.

Da janela da cozinha, Maura observava o patrão movimentar-se, manuseando com rapidez o aparelho que ia deixando atrás de si um rastro de grama cortada.

— Pobre homem! Parece que busca freneticamente energias

no trabalho para continuar vivendo! – pensou a jovem tristemente, enquanto enxugava a louça que acabara de lavar. – Tudo poderia ter sido tão diferente se realmente houvesse amor entre eles... Vou levar uma jarra de suco bem geladinho para ele.

Apanhou algumas frutas na geladeira e, carinhosamente, preparou o suco. Colocou o delicioso líquido na jarra, pegou um chapéu de abas largas que estava pendurado no cabideiro da cozinha e encaminhou-se até o jardim.

O sol quente e a intensa luminosidade daquela manhã fizeram com que Maura se preocupasse ao perceber que o patrão sequer tinha lembrado de cobrir a cabeça com alguma coisa. Deixou a bandeja sobre o parapeito da pequena mureta que separava o jardim da casa e voltou correndo até o cabideiro. Pegou mais um dos inúmeros chapéus que lá estavam e dirigiu-se novamente para o jardim.

— Trouxe um suco de frutas bem fresquinho para beber e algo para que cubra a cabeça antes que tenha uma insolação! – disse ela com um largo sorriso nos lábios. – A manhã está quente demais! – e, olhando para o céu: – Nenhuma nuvem à vista, vamos ter um dia sufocante hoje!

Heitor, mais uma vez passou o antebraço sobre a testa e sorriu agradecendo a gentileza da jovem. Colocou o chapéu na cabeça e falou:

— Obrigado, Maura, é muita gentileza sua! Na verdade, você acabou de adivinhar meus pensamentos! – disse ele sorvendo de um só gole todo o conteúdo do copo. – Estava pensando exatamente nisso agora!

— Estive observando-o desde cedo, seu Heitor. Atirou-se ao trabalho com tamanha energia que a impressão que dá, é que sua pilha vai desligar a qualquer momento! – falou, rindo muito e ajeitando para cima a enorme aba do chapéu de maneira a enxergá-lo melhor.

— Meu Deus! Será que estou exagerando? – perguntou rindo da maneira descontraída com que Maura lhe chamara a atenção.

— Bem, a manhã apenas começou e veja só! – apontou para o jardim à sua volta. Praticamente cortou toda a grama e... Inclusive quatro pés de roseira e um pezinho de sálvia que eu havia plantado!

Heitor olhou ao redor e constatou que Maura tinha razão.

— Me perdoe! Me perdoe, Maura! Confesso que não percebi, não percebi mesmo! – disse meio sem graça.

— Não tem importância! Plantarei outro esta semana. Já quanto às roseiras... – disse pensativa, enquanto apanhava do chão os talos esmigalhados da planta – talvez brotem novamente.

— Estava tão distraído que...

— Foi a isso que me referi quando disse que sua pilha acabaria logo, logo – retrucou ela com docilidade na voz. – Se me permite a intromissão, gostaria de lhe alertar que a jardinagem requer concentração, amor mesmo! Plantas são seres vivos e... Sabia que alguns estudiosos admitem que elas também possuem sentimentos?

Heitor observava Maura com admiração. Seu rosto plácido, seu olhar sereno e ao mesmo tempo vivaz chamavam-lhe a atenção, fazendo com que ele não conseguisse desviar os olhos dos dela.

— Quer dizer que a senhorita, além de excelente dona de casa também é expert em jardinagem? – perguntou ele espantado com a competência da jovem.

— Bem – disse ela sem graça – nas minhas folgas é na jardinagem que eu me distraio. Adoro lidar com as plantas. Falo com elas, escuto-as também! Lá em casa – continuou, como que se transportasse até lá – temos um pequeno pomar e também um lindo jardim.

Depois, fingindo ralhar com ele, continuou:

— Só que, quando decido me dedicar a ele, faço isso com carinho, com delicadeza. Assim... Veja! – disse, tomando das mãos do patrão o cortador: – É preciso ter uma meta em mente! Não podemos sair por aí, cortando tudo à nossa frente, de qualquer maneira! Se andarmos em círculos, sem destino certo como está fazendo, ficarão para trás muitos espaços sem que tenham sido aparados. Devemos seguir sempre em linha reta para que a grama seja cortada por igual, assim... Olhe, como ficou bonito! – e apontou para o gramado recém-cortado. – Desta forma, quando o trabalho terminar, não será preciso retocar mais nada, compreendeu? – finalizou, olhando dentro dos olhos de Heitor.

Nesse instante, Heitor sentiu-se como se ela houvesse penetrado sua alma. Não, ela não estava se referindo apenas ao jardim... Falava dele, de sua vida sempre correndo em círculos infindáveis!

Maura, percebendo que o patrão se calara, perguntou:

— Quer a minha ajuda? Posso não ter a sua força, mas, juntos, quem sabe, antes mesmo da hora do almoço já tenhamos terminado!

Heitor ficou alguns segundos pensativo, mas, em seguida, abriu um largo sorriso e disse:

— Com todo o prazer, dona Maura! - brincou. - Estou mesmo precisando de uma boa companhia e... sozinho sei que não darei conta disso tudo ainda hoje. Mas, não vou atrapalhar seu trabalho na casa?

— De forma alguma! Tenho tudo sob controle! Ontem deixei tudo preparado. Basta apenas colocar as carnes no forno. Espere um segundo só! Volto em seguida! Não demoro nada, nada! - gritou ela satisfeita, correndo em direção à porta da cozinha.

O restante da manhã, Maura e Heitor passaram envolvidos com a jardinagem. Maura orientava Heitor quanto à poda das roseiras e ele embevecia-se com a delicadeza da jovem no falar e no agir. Aos poucos, a tensão que Heitor sentia ao levantar-se foi se dissipando e o riso solto e alegre foi tomando conta dos dois que mais pareciam se divertir do que trabalhar propriamente dito.

Da janela do quarto, Helena observava o esposo no jardim. Seu rosto inexpressível, como sempre, não via ali beleza alguma, muito pelo contrário, a alegria do esposo a incomodava. Desde a morte de Rosemary nunca mais descera até o jardim. Quando necessitava de flores para o quarto da filha, pedia a Maura que as apanhasse com presteza. Seu olhar, perdido no horizonte dos pensamentos, era frio. Soubera na tarde anterior que Beto estava prestes a se casar e essa notícia a deixara bastante perturbada. Fora então até o cemitério, conforme todas as semanas fazia e, debruçada sobre a lápide da filha, destilara sua ira contra Roberto.

— Mentiroso! Mentiroso! Iludiu você, minha filha! - bradara ao léu. - Que seja infeliz! Tão infeliz quanto você tem sido, desde que ele a esqueceu! Bem que eu a avisei, não foi? – dizia ela como se estivesse frente a frente com a filha.

Rosemary, então, contorcia-se no leito da enfermaria a cada palavra proferida pela mãe. Debatia-se entre a realidade e a fantasia criada por Helena. A jovem, que por vezes parecia quase conseguir desligar-se da influência da mãe, sentia que Roberto constantemente lhe enviava pensamentos benéficos, mas... mas a mãe lhe afirmava o desdém de sua parte? Seus pensamentos tornavam-se então desconexos, confusos e isso fazia com que a jovem, imediatamente, se ligasse ao campo mental materno por laços fluídicos que cismavam em mantê-la ainda presa à terra, sofrendo enormes pesadelos. Chamava pela mãe, pedia por socorro, um socorro que seu próprio Espírito se negava, terminantemente, receber.

Ali, parada em frente à janela, Helena não percebia o quanto estava prejudicando sua amada Rosemary e comprometendo seu próprio Espírito que, mais e mais se aprofundava nas sombras do desequilíbrio físico e mental.

Alheio ao que se passava na mente doentia da esposa, Heitor entrou rindo na cozinha.

— Fizemos um bom trabalho, Maura! O jardim está pronto e lindo, o que é mais importante! – disse enquanto se dirigia ao lavabo.

— Eu sei! E foi bom, não foi? – perguntou ela, retirando o assado do forno. – Pronto! Está uma beleza! Huuummm! O cheirinho está apetitoso! – disse, enquanto apreciava o fumegante assado.

— Vou subir e pedir à Helena que desça para se juntar a nós – falou Heitor satisfeito.

— Obrigada, mas, almoçarei mais tarde! Tenho algumas coisas ainda por terminar na cozinha – disse a jovem, esquivando-se delicadamente do convite para se sentar à mesa com os patrões.

Heitor subiu as escadas correndo. Abriu a porta do quarto e chamou por Helena que não respondeu ao seu chamado. Banhou-se rapidamente e foi à procura da esposa.

Abriu vagarosamente a porta do quarto da filha e lá estava ela. Sem pensar nas conseqüências de suas palavras, disse com total desânimo:

— Novamente, Helena?
— Novamente o quê, Heitor? – perguntou ela aborrecida.
Percebendo que irritara a esposa, continuou:
— Venha! Vamos descer! Maura preparou um assado maravilhoso! Você deve estar com fome, não tomou o desjejum!
— Não! Descerei mais tarde! Não sinto fome agora – respondeu sem se virar. – Mais tarde comerei alguma coisa.
Heitor não insistiu mais. Estava cansado das recusas de Helena e sua recusa, naquela manhã, seria até bem-vinda. Sentia-se bem e não queria estragar essa maravilhosa sensação de bem-estar. Desceu rápido as escadas e chamou por Maura que acabara de sair do banho também.
— Não aceito negativas! Estou cansado de fazer as refeições sozinho! Basta! Vai me fazer companhia, sim! Afinal, somos ou não somos uma bela dupla de jardineiros? Pois então! Merecemos comemorar juntos a "derrota das terríveis ervas daninhas", não estou certo? – disse ele animado.
— Bem, já que é inevitável... Espere! Vou tirar este avental e passar um pente nos cabelos. Volto já! – disse Maura com satisfação.
No pequeno banheiro de empregados, Maura desfez o coque que prendia seus cabelos e escovou-os vigorosamente fazendo com que caíssem livres sobre os ombros. Passou um batom levemente rosado nos lábios e finalizou com algumas gotas de suave perfume de flores borrifadas sobre o colo. Ajeitou a alva blusa sobre a saia florida e olhou-se no espelho.
— Pronto! Agora estou à altura de me sentar à mesa ao lado dele – e se dirigiu à sala de refeições.
— Meu Deus! Que exuberante transformação! De gata borralheira à princesa do baile! – disse Heitor admirado com a beleza que surgira na jovem.
— Por favor, só não quis fazer feio! No mais, sou eu mesma – disse, corando, enquanto se sentava à sua frente um tanto sem graça.
— Bem, vamos saborear este delicioso assado antes que esfrie! Passe seu prato, Maura! Hoje sou eu quem a sirvo! – falou Heitor,

rindo, procurando não melindrá-la ainda mais.

O almoço transcorreu alegremente. Heitor falou de seus projetos no escritório, de sua infância distante, contou coisas interessantes do início de sua carreira como advogado e, quis saber mais a respeito da vida de Maura e de seus anseios para o futuro.

— Minha vida, como vê – disse ela em dado momento da conversa que se estendeu por muito tempo – é e sempre será muito simples. Vivemos, eu e meu pai em uma casa muito confortável, mas adquirida com muito esforço! Minha mãe faleceu quando eu era ainda muito jovem. Tinha apenas oito anos e meio – lembrou pensativa. – Quase não consigo mais recordar sua fisionomia, muito embora, nunca tenha esquecido o carinho de suas mãos e a docilidade de sua voz. Recordo vagamente sua fisionomia que, muitas vezes dança em minha frente indo e vindo sem nunca se fixar – continuou ela, com o olhar vago no horizonte. – Como já disse, restou em minha lembrança muito pouco de seus traços fisionômicos, mas, meu coração nunca se esqueceu do imenso amor que ela nos dedicava. Éramos felizes a seu lado e, depois de sua morte... Bem, precisamos aprender, a duras penas, a ser felizes novamente! Papai nunca mais se relacionou com nenhuma outra mulher, acho que está se guardando para mamãe! – falou com orgulho. – Eles foram um desses casos raros na vida terrena! Papai fala de mamãe com orgulho, admiração e um carinho que chega a dar inveja! Os laços que os uniram aqui, devem ter sido dados por anjos! – concluiu rindo.

Heitor olhou-a com carinho. A alegria que irradiava de seu coração ao falar sobre o amor do pai pela mãe, fez com que ele não se contivesse e perguntasse:

— Deve ter sido difícil para você, não é, Maura? Como você conseguiu, digo, como conseguiram não destruir suas vidas como eu e Helena? – recordava-se da filha e do quanto fora difícil o novo recomeço. – Se é que houve um recomeço em minha vida – pensou.

— Sim. Confesso que não foi fácil aceitar sua partida e conviver com sua ausência! – disse ela num desabafo. – No princípio as lágrimas eram uma constante para mim e para papai, depois...

Depois conhecemos alguém que muito nos consolou, dizendo-nos que existe vida além da morte e que nem tudo está perdido para os que ainda permanecem na Terra à espera do reencontro. Então, ouvimos seus sábios conselhos a respeito da espiritualidade e da estreita relação de sentimentos que existe entre os que partiram e os que aqui ficaram. Guardamos nossas lágrimas no cofre sagrado da saudade e, com muito esforço, sobrevivemos confiantes de que Deus sabe o que faz e por que faz! Ainda hoje, vez por outra bate uma saudade doída que parece sufocar, mas, depois, peço ajuda a Deus e tudo fica bem novamente. Sei que ela está conosco sempre que possível e isso é o bastante por ora! Bem... Agora vamos à sobremesa? – disse interrompendo definitivamente a conversa que se tornara um tanto melancólica. – Queria apenas vê-lo sorrir, não chorar ainda mais!

— Huuummm! Temos sobremesa? – perguntou ele, lambendo os lábios como se fosse uma criança.

— Musse de chocolate! – respondeu ela com um olhar maroto.

— Há quanto tempo não saboreio musse de chocolate, Maura! Rosemary adorava esta sobremesa, lembra-se?

— Com certeza! Acordei pensando nela esta manhã, e, por esse motivo, resolvi fazer seu doce favorito, em sua homenagem. Fiz mal? – perguntou a jovem preocupada com a resposta.

— Não, não! Muito pelo contrário! – retrucou ele com suavidade na voz. – Faça sempre o que achar certo e tenho certeza de que nunca estará agindo erroneamente. Agora me deixe saborear este magnífico manjar dos deuses!

V

UMA RECONCILIAÇÃO QUASE IMPOSSÍVEL

Após o almoço, Heitor estirou-se no sofá da sala para ler o jornal. Sentia-se bem como há muito tempo não se encontrava. – Maura era realmente a vida daquela casa! – pensou.
Um sorriso havia surgido em seus lábios sem que fosse preciso forçá-los a isso: – A companhia de Maura e sua conversa, sempre tão sincera e descontraída, me fizeram bem, muito bem – pensou enquanto escutava com satisfação o tilintar dos talheres e pratos sendo lavados na cozinha. Suspirou profundamente como se aquele simples ruído, tão familiar em todos os lares, fosse delicada música para seus ouvidos cansados de insultos e lamentações. Heitor fechou os olhos por alguns instantes e, por mais que tentasse, o olhar de Maura parecia continuar brilhando em sua mente. Sentia por ela, já há algum tempo, um carinho especial, um apego, não sabia definir ao certo o que estava acontecendo, mas, alguma coisa o estava atraindo para junto da jovem sem que ele percebesse ou quisesse e isso o perturbava cada dia mais e mais. Não haviam sido poucas as vezes em que se surpreendera pensando nela e em como tudo seria diferente em sua vida se Helena fosse como ela. Então,

então sacudia a cabeça fortemente na tentativa de afastar de vez esses pensamentos, desviando-os para o mais longe possível de seu coração. Agora, no entanto, já não conseguia afastá-la com facilidade de sua mente. Sentia que algo crescia em seu coração, algo com que não estava mais sabendo lidar com tanta habilidade. Cerrou os olhos e deixou que seu coração falasse por si só. Sim, estava apaixonado por Maura e a constatação desse sentimento fez que um arrepio lhe percorresse a espinha. Atirou o jornal sobre a mesinha à sua frente e passou os dedos por entre os cabelos, nervosamente.

— Não posso deixar que isso aconteça, não posso meu Deus! - disse entre dentes: — Helena precisa de mim. Preciso fazer alguma coisa antes que seja muito tarde!

Absorto em seus pensamentos, Heitor não percebeu a presença de Maura na sala, a observá-lo preocupada, enquanto ele andava de um lado para o outro, muito agitado.

— Desculpe-me, seu Heitor, não quis assustá-lo – disse ela, quando ele se sobressaltou ao vê-la. – Vim apenas saber se dona Helena não vai descer. Se desejar, posso levar uma bandeja com o almoço para ela no quarto – completou a jovem, já se dirigindo novamente para a cozinha.

— Não, não! Deixe que eu mesmo levo – respondeu Heitor, procurando acalmar-se.

— Bem, então até amanhã.

— Obrigado, Maura – disse olhando-a com extrema ternura. - Ah! Obrigado pela ajuda no jardim! Precisamos fazer isso mais vezes! Sabe que me diverti muito, não me sentia tão bem há muito tempo, Maura! Obrigado mesmo!

Maura sorriu e saiu fechando a porta.

Heitor subiu, levando a bandeja com o almoço para Helena. Colocou uma boa porção da musse na taça e pensou:

— Desta vez vou tentar ser ainda mais paciente com Helena. Pobre Helena... Nossa vida em comum está se esvaindo a cada dia que passa! Preciso tirá-la de dentro desta casa. Quem sabe, hoje, eu consiga fazer que ela aceite o convite de Antenor e Sílvia? Preciso fazer alguma coisa por nós, enquanto ainda é tempo, não podemos mais continuar assim! Sinto que não vou suportar isso tudo por

muito tempo – concluiu desanimado.
  Bateu levemente na porta do quarto de Rosemary.
  — Quem está aí? – perguntou Helena chorosa.
  — Abra a porta, por favor! Estou com as mãos ocupadas, querida!
  Enxugando os olhos, Helena abriu a porta. Heitor percebeu que a esposa estivera novamente a chorar.
  — Por que não abre as janelas, querida? O dia está lindo! Sabe que trabalhei toda a manhã no jardim? – perguntou enquanto colocava a bandeja sobre a escrivaninha. – Maura me ajudou. Precisa ver só como ela é habilidosa com as plantas. – Dirigindo-se até a janela, puxou as cortinas e deixou a luz do sol iluminar todo o ambiente.
  A claridade ofuscou os olhos de Helena que se virou contrariada.
  — Assim está bem melhor! Luz! – respirou profundamente o ar que acabara de penetrar o quarto. – Luz é vida, querida! Nós precisamos de luz em nossas vidas! – falou, achegando-se da esposa que permanecia sentada em frente à bandeja com os alimentos.
  Tocou levemente os ombros dela, massageando-os delicadamente.
  — Helena, que tal sairmos um pouco hoje! Antenor e Sílvia vivem nos convidando para...
  — Se vai começar a insistir com essa bobagem de sair, de passear, tagarelar à toa, vai perder seu tempo! – disse, afastando as mãos do esposo. – Não preciso sair de casa para nada! Estou muito bem aqui! Agora... Se você sente necessidade disso, que faça bom proveito!
  Heitor cerrou os olhos na tentativa de controlar-se. Não suportava mais as agressões de Helena. Contou até dez mentalmente e continuou:
  — Não, querida, não preciso de nada disso em minha vida. Preciso de você, apenas de você, não percebe? Estamos nos afastando dia após dia. Sinto falta de sua companhia, de você, de como éramos antigamente, lembra-se?
  Helena levantou-se num repente e postou-se em frente ao

esposo.

— Pelo que me consta, Heitor, muita coisa mudou desde então! Tenho sofrido calada esse tempo todo! Minha dor parece não estar interferindo na sua vida! Nem mesmo ao cemitério você me acompanha mais!

Heitor, desanimado, sentou-se na borda da cama. Levou as mãos ao rosto e calou-se por algum tempo. Depois, mais calmo, disse:

— Nós continuamos vivos, Helena! Será que não compreende o que está fazendo conosco? Não percebe que nos tornamos um amontoado de lembranças inúteis que perambulam pelo escuro mundo em que transformamos nossa casa? Eu não agüento mais vê-la dia após dia trancada neste quarto! Foi nossa filha quem morreu, foi nossa Rosemary quem partiu, não fomos nós! - bradou com energia.

Sobressaltada com as palavras do esposo, Helena reagiu com violência, avançando sobre ele, esbofeteando-o, com força sobrenatural.

— Cale-se! Cale-se, maldito! - gritava ela enfurecida.

— Não! Não me calarei mais, Helena! Rosemary está morta, morta, entendeu? - repetia ele aos gritos.

— Não! - gritou Helena mais forte ainda. - Seus olhos pareciam querer pular fora das órbitas nesse instante, tamanha era a fúria com que negava a morte da filha. - Ela está viva, viva dentro de mim, viva dentro desta casa! Não deixarei que ninguém me separe dela, ela é minha filha, minha filha e ninguém vai tirá-la de mim! - completou, atirando-se ao chão em copioso pranto.

Cansado de debater-se com a esposa, Heitor saiu batendo a porta atrás de si. Ganhou a rua em poucos segundos e perambulou sem destino por horas a fio. A tarde começava a cair quando, finalmente, tocou a campainha da casa de Antenor e Sílvia.

— O que houve, meu amigo? - perguntou Antenor ao perceber o estado de espírito de Heitor.

— Tivemos mais uma terrível discussão. Saí andar sem destino - meneou a cabeça: - Helena ficou lá, trancada naquele quarto...

— Entre, entre, vamos conversar. - Antenor puxou,

carinhosamente, Heitor pelo braço. – Sílvia! Temos visitas! – gritou tão logo fechou a porta.

A jovem esposa de Antenor apareceu, esfregando as mãos no avental.

— Quem está aí? – perguntou sorridente.

— Sou eu, Sílvia – respondeu Heitor meio sem graça.

— Mas que bons ventos o trazem até aqui? – perguntou, abraçando-o demoradamente.

— Não foram os bons, mas os maus ventos que me empurraram até sua casa – disse, ameaçando um sorriso.

— Bem, bons ou maus, o fato é que você está aqui e isso é ótimo, não é? – riu ela, tentando descontrair o amigo.

A casa de Antenor era grande e confortável. Possuía uma ampla sala de estar e uma cozinha de fazer inveja a qualquer "gourmet".

— Venha! Estou acabando de tirar um bolo de chocolate do forno. Vamos nos acomodar na cozinha que é o melhor lugar da casa! Venham, meninos! Falou, dirigindo-se a eles.

— Essa minha mulher! – Antenor abraçou a esposa. – Vou acabar velho e gordo.

— Velho você já é! – riu ela. – Gordo? Bem, gordo, com o tempo a gente resolve isso! – Gracejou para o esposo.

Heitor observou a brincadeira do casal e sentiu uma ponta de inveja de tudo aquilo. O cheirinho de bolo recém-saído do forno despertou-lhe o apetite. Não se alimentava desde a hora do almoço.

— Faz muito tempo que não saboreio um bom pedaço de bolo. Acertei em cheio vindo aqui hoje – arregalou os olhos.

— Pois então, divirta-se. O primeiro pedaço será seu! – respondeu Antenor. – Mas o segundo é meu! – gargalhou.

Por alguns minutos Heitor esqueceu-se de seus problemas. A companhia de Sílvia e Antenor era sempre muito agradável. Sorridente e espirituosa, Sílvia sabia perfeitamente como deixar seus convidados à vontade.

— Quer mais um pedaço de bolo, Heitor? – perguntou ela gentilmente.

— Não! Pelo amor de Deus! Este é o terceiro que eu como! Está simplesmente uma delícia! Vou pedir a receita e dar para a Maura fazer lá em casa.

— Mas foi Helena quem me deu esta receita! – espantou-se Sílvia.

Um enorme silêncio se fez no ambiente, somente quebrado pelo tique-taque do relógio pendurado na parede.

— As coisas não andam bem entre vocês? – perguntou Sílvia carinhosamente.

— Nosso amigo está com problemas, querida – disse Antenor com gravidade na voz.

Rapidamente expôs à esposa o que Heitor havia lhe relatado na tarde anterior.

— Como vê, só compliquei as coisas ainda mais hoje. Discuti violentamente com Helena e saí, deixando-a entregue ao seu sofrimento. Não sei mais o que fazer! – desabafou. – Sinto-me completamente perdido. Parece que tudo o que faço, o que penso, o que digo, incomoda profundamente a ela. Não temos mais vida. Às vezes, penso que teria sido melhor se tivéssemos morrido ao lado de nossa filha! – Heitor, cabisbaixo, não conseguiu segurar mais as lágrimas.

— Chore, meu amigo, chore! Às vezes as lágrimas são benditas amigas, pois que aliviam a alma sobrecarregada de infortúnios – consolou-o Antenor, afagando-lhe as mãos.

— Vocês precisam de ajuda – disse Sílvia decidida. – Não só vocês, como Rosemary também. Pelo que estou sentindo, ela não se encontra em paz.

Sílvia havia fechado os olhos por alguns instantes e visualizara, através da mediunidade, a agitação em que Rosemary se encontrava.

— Essa fixação que Helena tem sobre a filha não é nada boa, nem para ela, nem para nossa Rose – disse cautelosa. – Helena precisa reagir a qualquer custo antes que se torne irreversível essa situação.

— Mas como? Como poderei fazer para que ela saia daquele quarto e retorne à vida? – perguntou ele desesperado.

Sílvia pensou por alguns segundos e em seguida, mais animada e satisfeita com a intuição que tivera, disse:

— Ela precisa de algum incentivo, alguma coisa que lhe desperte o interesse pela vida novamente, não é mesmo? Pois bem! Vamos dar a ela um empurrãozinho, de leve, mas vamos tentar.

Os homens entreolharam-se desconfiados.

— Volte para sua casa, meu querido e aja como se nada houvesse acontecido. Deixe comigo o empurrãozinho, está bem?

Naquela noite, após o jantar, Helena, impressionada com a aparente tranqüilidade com que o esposo retornara ao lar, preferiu não continuar a discussão. Deitou-se cedo e, logo a seguir, caiu em sono profundo, induzido pelos medicamentos que, agora, habitualmente ingeria.

Heitor procurou distrair-se assistindo a um filme na televisão. Por volta das duas horas da madrugada, também ele se entregou ao descanso.

VI

O EMPURRÃOZINHO

Sílvia havia se recolhido logo após as vinte e duas horas. Depois de suas orações noturnas, pediu ao Pai permissão para avistar-se com Helena durante o seu desprendimento noturno.

Portadora de meritória mediunidade de transporte, tão logo se desprendeu do corpo físico, foi ter com Helena em sua residência.

Como era de se esperar, o Espírito da amiga se encontrava sentado na borda da cama de Rosemary, em seu quarto terrestre. Afagava com carinho e fascinação uma pequena almofada que fora da jovem quando criança. Ao perceber a presença da antiga amiga, Helena sobressaltou-se.

— O que está fazendo aqui?

— Vim visitá-la, minha querida. Não se assuste – disse ela calmamente.

— Trouxe para você um recado de Rosemary.

— O quê? Um recado de minha filha? Como é possível isso? - retrucou Helena, afastando-se apavorada de Sílvia.

Sílvia apanhou do chão a pequena almofada que Helena deixara cair ao levantar-se e continuou:

— Sua querida Rosemary deseja falar-lhe, Helena. Pediu-me que lhe transmitisse este recado.
— Mas onde? Quando? Como farei para encontrar minha filha? – suplicava ela, desesperada.
— Você saberá como, ao amanhecer. Ao amanhecer... Não se esqueça de minhas palavras, Helena! Não se esqueça! Ao amanhecer você descobrirá como deverá proceder – disse Sílvia, desaparecendo lentamente.

Assim que a figura da amiga se desfez no ar, Helena imediatamente retornou ao corpo como que puxada por poderoso ímã.

Ao despertar na manhã seguinte, Helena sentia-se muito estranha. Tinha a nítida sensação de que alguém lhe dissera que Rosemary precisava falar com ela o mais rápido possível. Angustiada, levantou-se e foi até o banheiro. Tomou um demorado banho na tentativa de afugentar aquela insistente sensação, mas as palavras que ouvira na noite anterior não lhe saíam da mente. Desceu até a cozinha, na esperança de encontrar Heitor ainda em casa, mas, percebendo que Maura já havia retirado a mesa do café da manhã, perguntou:

— Meu marido já saiu para o trabalho?
— Já sim, senhora. Faz mais ou menos meia hora. — Percebendo a agitação em que Helena se encontrava e, preocupada com a expressão da patroa, arriscou uma pergunta:
— A senhora não parece bem. Precisa de alguma coisa?
— Não, não... Estou bem... É só que... – calou-se repentinamente.
— Vou lhe preparar uma xícara de café fresquinho. Vai se sentir bem melhor depois de tomá-lo – e, apanhando uma xícara de cima da mesa, Maura continuou: – Tome, vai se sentir melhor!

Helena apanhou a xícara e, muito embora somente se dirigisse à Maura em circunstâncias estritamente relativas à casa, pois que antipatizava gratuitamente com ela, sem que se apercebesse, disse:

— Tive um sonho esta noite... Um sonho estranho... Não consigo me recordar por completo. Já tentei, tentei, mas ficou uma sensação estranha dentro de meu peito. Parece que alguém me dizia que Rosemary precisava falar comigo urgente!

E, olhando fixamente nos olhos de Maura, segredou:

— Senti como se... Como se minha filha estivesse chorando, chorando muito e... E a impressão que tive foi... Foi de que ela sofria horrivelmente!

Um calafrio estranho percorreu o corpo de Maura ante a confirmação daquilo que já pressentira.

— Será possível isso, Maura? Será possível que minha filha esteja tentando falar comigo, que esteja sofrendo?

Maura permaneceu calada, medindo as palavras que diria à patroa.

— Me diga, Maura. Você acha que é possível Rosemary falar comigo? - insistiu Helena quase que implorando para que a jovem lhe desse uma resposta afirmativa.

— Bem... Tudo é possível para Deus, digo... Sei de Espíritos que se comunicam com os vivos - disse meio sem saber como, pois que Helena era dada a incríveis rompantes de histeria e agressividade.

— Você acredita que isso seja realmente verdade? Será que minha filha conseguirá se comunicar comigo? - perguntou ela tocando levemente nas mãos de Maura que estremeceu ao seu toque como se tivesse levado um pequeno choque.

Maura afastou-se instintivamente, procurando não demonstrar o que acabara de sentir. Suas vibrações não se compatibilizavam, isso era certo. Havia entre elas apenas a fria relação que existe entre um patrão e seu mais distante empregado, embora Maura, fosse, naquela casa, muito mais que isso, pois, já há anos dividia com os membros daquela família, as dores e as alegrias que ali se processavam, revelando-se dia após dia, fiel amiga de todos.

Helena percebeu a imediata transformação da fisionomia de Maura, mas não deu importância a esse fato, uma vez que nunca julgava relevantes os sentimentos alheios.

— Vamos, estou esperando sua resposta! - disse ela um tanto agitada.

— A senhora conhece alguém que é capaz de lhe responder essa pergunta, dona Helena - respondeu a jovem com firmeza.

— Quem? Quem poderá me responder essa pergunta, menina? - perguntou ela ansiosa.

— Dona Sílvia, a esposa de seu Antenor. Ela é espírita e uma excelente médium. Por que a senhora não conta seu sonho a ela, quem sabe ela não tenha a resposta que a senhora tanto está procurando? – respondeu Maura com entusiasmo na voz. – Se quiser, posso ligar agora mesmo para ela e pedir que venha até aqui. O que acha, dona Helena?

— Não! Vou fazer melhor, vou até lá! Não suporto mais esta angústia. Será que ela se encontra em casa a esta hora? – perguntou a si mesma. – Bem, se não estiver, esperarei até que volte. Por minha filha faço o que for preciso! – decidida, levantou-se apressada – Não é do meu feitio, mas... Obrigada! – concluiu, olhando para Maura com altivez, como se isso fosse o máximo que pudesse fazer por ela.

Maura, espantada, limitou-se apenas a olhá-la intrigada. Nunca a ouvira agradecer por nada, desde que para ali viera.

Depois, enquanto dava andamento nas lides da casa, ela deixava que seus pensamentos se voltassem para o frio contato que ambas tinham e, por mais que tentasse, não conseguia entender a enorme antipatia que a patroa nutria por ela desde que se cruzaram pela primeira vez.

— Não sei... Nunca aconteceu nada entre nós que justificasse essa atitude, muito pelo contrário... Desde que vim para cá, tenho seguido rigorosamente meu intuito. Tenho procurado agradá-la, cercá-la de atenções e, quando Rosemary ainda estava entre nós, nunca a deixei só um instante sequer em sua luta! O que mais deverei eu fazer para ajudá-la? Sinto que se sente só, que está perdida em meio a tudo isso, que sua vida está se esvaindo em lamentações! Ah, meu Deus, como a alma humana é complicada, enigmática! – conjeturava, desolada com o rumo que as coisas haviam tomado. Apanhando de cima da cristaleira um reluzente porta-retratos onde Helena, Heitor e Rosemary sorriam alegremente, passou delicadamente um pano sobre ele, retirou alguns vestígios de poeira e o recolocou no lugar, com carinho.

— Tomara que sua mãe consiga encontrar paz algum dia, minha querida, ela tem sofrido muito, muito mesmo! – e foi afastando-se vagarosamente.

VII

Novos rumos

Helena dirigiu-se rapidamente para a casa da amiga. Sílvia não se encontrava lá, naquele momento. Havia ido até o banco, mas voltaria em seguida, lhe dissera a empregada.

Sentada na sala de estar, Helena retorcia as mãos em extremo nervosismo. Não saía de casa já há muito tempo e sentia-se deslocada fora dela.

Meia hora mais tarde, Sílvia estacionou o carro na garagem.

— A senhora tem visita! - disse a empregada, quando ela entrou pela porta da cozinha.

— Quem é, Etelvina? - perguntou Sílvia.

— Não sei, não senhora. Nunca a vi aqui, mas ela disse que é sua conhecida de muitos anos.

Sílvia teve um repentino pressentimento de que seu plano havia dado certo. Correu até a sala e abriu um largo sorriso, ao ver Helena sentada no sofá.

— Minha querida – disse ao abraçá-la – que imenso prazer em vê-la aqui em casa! Esperei muito por isso.

— Obrigada, Sílvia. Vim, porque preciso de sua ajuda – disse baixando os olhos. – Tive um sonho. Um sonho que está me perturbando por demais. Maura a minha empregada... – justificou-se – foi quem me "aconselhou", se é que posso resumir assim, a procurá-la – muito nervosa e gesticulando bastante, Helena continuou, irritada: – Não sei o que me deu, mas... Contei a ela o sonho que tive! Não gosto de intimidades com empregados, principalmente com ela. Tem alguma coisa naquela moça que não me agrada, nunca me agradou. Na verdade não sei por que ainda não me desfiz dela!

Percebendo o descontrole da amiga, Sílvia interrompeu-a, propositadamente:

— Sente-se, querida e acalme-se. Etelvina nos trará um café e conversaremos sem pressa, está bem?

Helena obedeceu à amiga e sentou-se mais confortavelmente no sofá. Etelvina serviu o café e retirou-se, deixando as duas mulheres mais à vontade.

— Me conte, me conte seu sonho perturbador – pediu Sílvia bondosamente.

— Não sei, não sei contá-lo... Não me recordo dele, apenas, apenas lembro que alguém me dizia insistentemente que Rosemary precisava falar comigo urgentemente. Estou angustiada desde então – confessou ela com os olhos cheios d'água. – Se minha filha realmente precisar falar comigo, acho que enlouquecerei, se não conseguir isso! O que faço, Sílvia, o que faço? – implorou.

Sílvia havia atingido seu objetivo. Mais aliviada, mentalmente, agradeceu a Deus a dádiva que obtivera.

— As coisas não são tão fáceis assim, minha amiga. É possível, sim, a comunicação entre os mortos e os vivos, mas, ela não se dá do dia para a noite, num estalar de dedos – explicou, procurando fazer com que Helena ficasse cada vez mais curiosa.

Helena retorcia-se angustiada na poltrona.

— Então, como? Como vou fazer para falar com Rosemary? – inquiriu ela agarrada ao braço da amiga.

— Primeiro é preciso que se estabeleça uma ligação mental entre vocês duas. Uma ligação como uma linha telefônica, entendeu? Se ela pediu para alguém lhe dar esse recado, é sinal de que esta linha não está estabelecida ainda, compreende?

— Sim, sim... Continue! - pediu Helena.

— Pois bem, para que esta ligação se faça, é preciso que você esteja preparada psicológica e espiritualmente, o que possibilitará a comunicação.

— E como eu faço isso?

— Temo que vá demorar um pouco ainda, minha querida - disse Sílvia, desviando os olhos propositadamente da amiga. - Não se consegue isso do dia para a noite como já disse. Você precisará participar de algumas reuniões, reuniões essas que farão com que você fique mais próxima de sua filha. Está disposta a isso?

— Por minha filha faço tudo, tudo! Nunca abandonei minha filha e não será agora que o farei! - respondeu, confiante, com altivez no olhar.

— Pois bem! Esta noite, às vinte horas, esteja na Casa Espírita de nosso bairro. Sabe onde é, não?

— Sei. Minha religião é outra, mas, por Rosemary, já disse, faço tudo! E depois... - disse com desdém - pecado maior foi Ele ter me tirado meu único tesouro!

Sílvia olhou com ternura para a amiga. Uma sensação de tristeza invadiu seu espírito. - Como tem sofrido, pobre Helena! - pensou. - Aquele que não carrega Deus no coração não encontra a paz para seu espírito.

Desvencilhando-se dos pensamentos, combinou com Helena para logo mais à noite se encontrarem no Centro Espírita.

De volta à casa, Helena não se continha de contentamento. A idéia de poder falar com a filha a havia deixado em estado de êxtase. Estava agitada, ansiosa pelo anoitecer. E, assim que Heitor chegou, desandou a lhe contar tudo o que havia ocorrido naquela manhã.

Boquiaberto com a mudança ocorrida na esposa, Heitor não ousou discordar de nada.

— Se você realmente desejar, iremos, sim! - disse ele sentindo-se mais aliviado com a empolgação da esposa. - Prepare-se então! Sairemos por volta das sete e trinta, está bem? Voltarei do trabalho, jantaremos rapidamente e às vinte horas em ponto lá estaremos.

— Ah! Helena! Como me sinto feliz vendo que você também

está feliz! – continuou ele, emocionado, olhando demoradamente a esposa.

Helena apenas sorriu sem dar muita atenção aos sentimentos do esposo.

A Casa Espírita ficava distante algumas quadras da residência de Sílvia e Antenor. Não era grandiosa, nem luxuosa. Construída por volta da década de vinte, de madeira, resistia valente às intempéries do tempo.

Sílvia esperava por Helena e Heitor na porta de entrada. Antenor fazia as vezes de recepcionista. Recebia os novos membros e cadastrava-os em um pequeno fichário posto sobre uma mesinha logo após o hall de entrada.

Na sala principal, cadeiras de palha, conservadas à base de verniz, enfileiravam-se à espera dos que iriam assistir à palestra daquela noite. Mais à frente, uma mesa de imbuia maciça sobre a qual havia um vaso com flores frescas, uma jarra com água, copos descartáveis e um *Evangelho Segundo o Espiritismo*. Tudo muito simples, simples mesmo. No quadro de avisos, logo atrás da mesa, estava escrito: "Jesus está presente no coração dos que aprenderam a amar ao próximo como a si mesmos".

— Olá! Pessoal! – disse Sílvia, ao avistar Helena e Heitor. – Entrem e acomodem-se! A reunião já vai começar.

Helena espantou-se ao adentrar o humilde salão de orações. Não havia santos, imagens, crucifixos pregados nas paredes, nem mesmo as velas que ela imaginava que os espíritas usassem. Sentou-se, um tanto contrariada com a simplicidade do lugar.

— Esperava mais! – resmungou decepcionada.

Heitor acomodou-se ao lado da esposa e arriscou segurar suas mãos. Helena não resistiu. Estava ansiosa demais para que a reunião começasse logo. Precisava falar com a filha, isso é que importava no momento.

Um senhor de idade já bastante avançada cruzou o corredor de cadeiras e postou-se atrás da grande mesa de imbuia.

A um sinal seu, as luzes foram diminuídas e ele, de olhos cerrados, iniciou a prece.

— Amado Mestre Jesus! Mais uma vez estamos aqui reunidos

em teu nome, para iniciar a reunião desta noite. Pedimos neste momento, que derrame sobre nós as tuas bênçãos e que nossos amigos do plano espiritual nos intuam, dirigindo nossas palavras aos corações que delas necessitarem. Que a Divina mão do Senhor esteja sobre nossas cabeças, abrindo nossos sentidos, para que, ao sairmos daqui, possamos carregar nos corações a alegria do dever bem cumprido e a força necessária para que nossa luta de redenção não se perca entre as mazelas da vida material.

Helena ouvia atenta as palavras do ancião, sem entendê-las corretamente, no entanto prestava bastante atenção. Não queria perder uma só palavra. Precisava falar com Rosemary e, portanto, tudo era válido.

— ...obrigado, Pai, por mais esta oportunidade que nos oferece. Que assim seja! – disse o palestrante finalmente.

As luzes novamente foram acesas e o homem apresentou-se aos novatos que ali estavam.

— Meus queridos irmãos, sejam bem-vindos a esta casa espírita, disse, dirigindo-se a Heitor, a Helena e a mais um pequeno grupo de pessoas. Meu nome é Walfrido Pereira e serei o palestrante desta noite. Completou com um largo sorriso nos lábios.

Hoje falaremos a respeito do valor benéfico da oração em nossos lares. É sabido por todos nós que a oração é o alimento que nos sustenta a alma. Através da oração, achegamo-nos às esferas superiores e dela recebemos o auxílio de que tanto necessitamos. Não falaremos aqui, meus queridos irmãos, das inúmeras orações, decoradas que nenhum efeito benéfico trazem aos nossos corações. Falaremos, sim, da oração que flui límpida, cristalina, do fundo de nossos mais caros sentimentos. Falaremos daquela oração que não busca palavras, que não procura rimas, mas que é o espelho que reflete nossa alma.

Discursaremos, hoje, aqui, sobre a oração que nos desnuda o ser dos sentimentos mundanos, tornando-nos apenas mais um filho de Deus. Um filho que apenas pede o socorro de que necessita e agradece a bênção da vida e das provações pelas quais está passando.

Por meio da Doutrina Espírita e das leituras do *Evangelho Segundo o Espiritismo*, descobrimos que existe vida além da vida! Vida além do túmulo frio que nos acolhe na última morada terrena! Vida esta que se perpetua por todo o sempre, indo e vindo, nascendo e morrendo, renascendo ainda quantas vezes se fizerem necessárias ao nosso burilamento espiritual. Através desta magnífica e consoladora Doutrina Espírita, percebemos, com alegria, que a morte não existe! Que os que partiram, retornarão quando for preciso, e que os laços de amor que nos uniram em vida se expandem após a morte do corpo físico, alicerçando ainda mais o sentimento puro e verdadeiro do amor fraternal entre os homens.

Fez uma pequena pausa e depois continuou:

— Sabemos, igualmente, que a comunicação entre os que partiram e os que ainda permanecem na Terra é possível e se dá constantemente de várias maneiras, algumas delas belíssimas. E que a oração é também uma forte ponte de ligação entre nós, os encarnados e eles, os desencarnados. Através da oração, meus amigos, extensão de nossos pensamentos, nos colocamos em contato com o plano espiritual e, com ele nos comunicamos.

Helena se remexeu na cadeira. As mãos suavam e a agitação de seu coração era intensa. Não despregava os olhos do palestrante. Queria saber, saber mais, mais, precisava aprender a falar com a filha!

— Quando me referi às comunicações belíssimas – continuou ele – são belíssimas quando trazemos no coração o sentimento da bondade, da caridade, do amor ao próximo, do perdão, pois que atraímos para o nosso lado, aqueles que conosco afinizam pensamentos e ações. Recebemos então, através da psicografia, da psicofonia, da intuição pura e simples, mensagens magníficas que nos relatam, com clareza, a situação de elevação espiritual em que se encontram nossos parentes e os amigos que nos antecederam na passagem final. Através destas comunicações, aprendemos, nos instruímos, somos aconselhados, orientados quanto às metas de trabalho material. Recebemos pequenos puxões de orelhas também, quando necessário! – disse rindo no que foi acompanhado pelos presentes.

— Não, meus queridos irmãos, a morte não põe um ponto final entre os vivos e os mortos. Ela apenas os afasta de nossas vistas por pequeno espaço de tempo se compararmos, o nosso tempo terrestre, com a eternidade de vida espiritual que nos aguarda.

Mas, não se pode esquecer a comunicação por meio dos pensamentos – disse ele com seriedade. – Estamos, irmãos, ligados constantemente com o plano espiritual como um telefone fora do gancho esperando que alguém diga alô do outro lado e vice-versa. Esta comunicação sutil é a mais comum de todas as comunicações existentes entre o aqui e o acolá. Basta que sintonizemos nossos pensamentos com aqueles que amamos ou odiamos e ela, imediatamente, se estabelece passando a existir então uma perfeita sintonia entre ambos. Sintonia esta que, muitas vezes, nos traz graves problemas – alertou ele – pois que somos influenciados e influenciamos aqueles que estão, digamos, na escuta!

Por isso Cristo disse: "Orai e Vigiai!".

Caríssimos irmãos! Observem seus pensamentos, policiem-se constantemente, pois que o telefone está fora do gancho a todo instante! – disse com gravidade na voz. – Se nossos pensamentos são dirigidos ao alto em forma de oração, incentivo, boas vibrações, amor, aqueles que nos ouvem, aqueles que estão conosco sintonizados receberão, com alegria, a energia que emana de nosso ser, fortalecendo-se cada vez mais. No entanto, se os pensamentos forem de revolta, de inconformismo, de ódio, de amargura, aqueles a quem os dirigirmos, receberão de nós toda essa amargura, todo esse rancor, todo esse inconformismo que habitam em nosso coração, fazendo com que se prostrem solitários e extremamente sofredores diante da vida espiritual.

Se perdemos alguém que muito amamos – disse ele pausadamente – é imperioso que o deixemos seguir seu caminho em paz. Nossos pensamentos funestos, nosso sofrimento, nossa saudade em nada os ajudarão na espiritualidade, ao contrário, os farão imensamente infelizes. A cada toque do telefone, atenderão instintivamente ao chamado, seja ele portador de boas ou más notícias, seja para fortalecê-los ou para derrotá-los.

Helena remexeu-se uma vez mais na cadeira.

— Não pensar em minha filha... Esse homem está louco! – pensou ela sarcasticamente. – Por certo há de julgar que devemos agradecer a Ele o fato de a ter levado? Queria só ver se fosse a filha dele que tivesse morrido! Duvido que ele estaria aqui agora falando mansinho assim!

Na verdade, pouco ou quase nada do que o palestrante falava conseguia penetrar no coração de Helena. Sua atenção estava apenas presa ao que dizia respeito ao fato de que queria aprender a se comunicar com Rosemary, apenas isso! Quanto ao restante... Isso não lhe interessava – mas, com voz mansa e pausada, alheio ao que se passava na mente doentia daquela mãe, ele continuava sua preleção, dirigindo-se a todos:

— Somente através da oração é que realmente nos colocaremos em situação de auxílio certeiro para os nossos entes amados que partiram. Somente quando tivermos no coração o verdadeiro sentimento do amor, daquele amor que transcende as paixões terrenas de posse e de propriedade é que poderemos fazer essa ligação entre o aqui e o acolá com a certeza de que não estaremos prejudicando nossos entes queridos, torturando-os com nossos devaneios.

Helena tinha o rosto lívido. Seu olhar era de espanto diante das palavras do ancião. Não queria mais ouvir aquelas palavras. Fora ali para falar com Rosemary, não para ouvir aquele homem falar que não poderia se comunicar com a filha. Ameaçou levantar-se e sair correndo, no entanto sentiu-se como que presa naquela cadeira. Suas pernas não se governavam e ela acabou por desistir de seu intento. Heitor, embevecido com as palavras do palestrante, não se apercebeu do que se passava com a esposa a seu lado.

Sílvia observava atenta as reações da amiga, a distância. Percebera a perturbação de Helena e orava mentalmente para que ela resistisse até o final da palestra.

— Quando lhes disse, a princípio, que falaríamos a respeito do valor da oração em nossos lares, não julguem que me afastei de meu propósito inicial – continuou o palestrante, sorrindo. – Orar, para nós espíritas, é o ato de pensar, é o ato de agir com discernimento em todas as situações de nossa vida, é o ato de aceitar os desígnios de Deus sem contestar o porquê das coisas. Orar é agradecer, agradecer sempre e sempre a oportunidade que temos a cada dia que passa de evoluir, mesmo que, através do sofrimento, pois que sabemos ser passageiro. Orar, meus irmãos, é telefonar para o além e receber dele o auxílio merecido, a força de que necessitamos.

Quando nos recolhemos então, ao silêncio de nosso Espírito, seja em nosso quarto, em nossa sala de estar, em nosso carro ou em nosso trabalho e pedimos a Deus a proteção diária para nós e para nossos familiares, estamos nos ligando automaticamente às esferas superiores e de lá recebemos os fluidos benéficos que nos sustentarão na jornada. É, portanto, a oração simples, mas sincera, a única e poderosa arma que possuímos; arma essa que nos protege e ampara em todos os momentos cruciais, terrenos e espirituais. Orar é, meus irmãos, falar com Deus e ouvi-Lo! – concluiu com docilidade na voz.

— Que Jesus nos ilumine e nos faça compreender o imenso valor da oração é o que, encarecidamente, pedimos – concluiu Walfrido Pereira.

— Agora passaremos ao passe. Aqueles que desejarem recebê-lo, por favor, façam uma fila aqui ao lado – disse uma senhora que se levantou na primeira fila de cadeiras, apontando para uma porta à sua direita. – Os demais poderão voltar a suas casas, se assim o desejarem.

Antes que Helena pudesse ir embora, Sílvia se adiantou, puxando-a pelo braço:

— Venha, Helena! O passe é uma forma de energia que muito lhe fará bem. Nos acompanhe também, Heitor – pediu ela baixinho.

— Eu vim aqui para falar com Rosemary, Sílvia! – resmungou irritada. – Quero apenas falar com minha filha, não compreende? Pensei que ele iria ensinar alguma coisa a esse respeito, mas, pelo que vi, não disse nada, nada de concreto! Fique sabendo que aqui não voltarei mais! Não sou palhaça, Sílvia! – rangiu entre dentes.

— Se acalme, Helena! Tome o passe e, quando for para casa, pense, pense muito a respeito de tudo aquilo que ouviu aqui, promete, querida? Sei que encontrará nas palavras do professor Walfrido algum sentido, alguma coisa que fará com que muito em breve possa falar com sua Rose. Confie em mim! Deus não lhe faltará!

Helena adentrou a sala de passes. Sentou-se ao lado do esposo e cerrou os olhos a pedido da passista a sua frente.

A médium postou as mãos sobre sua cabeça e, imediatamente, Helena sentiu um forte arrepio percorrer-lhe o corpo de alto a baixo. Seu coração pareceu saltar pela boca. Quis abrir os olhos, mas não conseguiu. Estavam pesados demais. Sentiu-se então sonolenta, parecendo que havia flutuado no espaço.

Repentinamente, viu surgir ali a figura de seu pai que a tomou pelas mãos. Uma sensação de leveza começou a percorrer-lhe o corpo e, de repente, foi levada por ele, à porta do quarto de Rosemary.

Lentamente, a porta se abriu, deixando que Helena vislumbrasse um ambiente escuro e feio. A pobre mãe quis gritar, mas a voz não lhe saiu da boca.

— Não! – gemeu Helena antes de cair em transe profundo.

Amparada pela passista, aos poucos foi recobrando a consciência. Heitor fez menção de socorrê-la, mas foi impedido pela médium que o acalmou.

— Não se preocupe. Está tudo bem agora. Tome esta água, querida e logo, logo se sentirá bem melhor! – disse, enquanto observava a amiga sorver todo o conteúdo do copo de um só gole.

Ainda abalada pelo quadro que vira, Helena se despediu apressada dos amigos, sem nada dizer sobre o que ocorrera naquela pequena sala de passes e, em pouco tempo já se encontrava novamente em casa.

VIII

O DESPERTAR DE ROSEMARY

A noite ia alta. Heitor, adormecido a seu lado, não supunha o quanto a esposa estava agitada. A visão que tivera na sala de passes não lhe saía da mente um minuto sequer.

Não dissera nada a respeito do que vira e sentira. A dúvida martelava seu cérebro insistentemente. – Teria sido mesmo o quarto de sua filha que vira? E por que, por que estava tão escuro e feio? Não! – pensava ela. – Não pode ser! Essas coisas não existem... Isso é coisa do demônio! Aquela mulher me induziu... me hipnotizou com toda a certeza. Meu pai, o que fazia ali, por que me olhava com tanta severidade? E a voz... Aquela voz que me chamava desesperadamente não poderia ser de Rosemary... Poderia?

Exausta, acabou por sucumbir ao sono, entregando-se à sua peregrinação noturna. No entanto, naquela noite, Helena não entrou no quarto da filha, como de costume. Seu Espírito, amedrontado, manteve-se perambulando a esmo pelo quarto do casal.

No espaço, graças à pequenina trégua que Helena havia dado à filha, envolvida que estivera durante parte do dia e da noite com a reunião na Casa Espírita, dona Rose, ao lado do médico espiritual, aproveitando-se do momento, conseguiu, mesmo que por curto espaço de tempo, estabelecer contato direto com a neta.

Rosemary abriu os olhos para a espiritualidade e a primeira figura que viu à sua frente foi o rosto sereno e carinhoso da avó.

A jovem se encontrava desencarnada há quase um ano e meio e este era o primeiro contato que realmente haviam conseguido. Espantada, levou as mãos aos olhos na tentativa de esconder-se daquela visão fantasmagórica a seu ver.

Dona Rose sorriu ante o gesto da neta.

— Não tema, querida! Sou eu, sua avó! – disse meigamente.

Rosemary, lentamente, afastou as mãos trêmulas.

— Como se sente, querida? – perguntou a senhora.

— Estou sonhando! Estou sonhando! – gemeu ela, virando o rosto.

— Não, não... – disse baixinho. – Você não está sonhando, meu anjo! É a vovó que está aqui a seu lado para ajudá-la.

— Mas você...Você já morreu! – exclamou a jovem com os olhos arregalados.

— Eu sei, eu sei, minha querida! Aqui – disse ela pausadamente enquanto o médico, ao lado da cama, ministrava à jovem passes curativos que auxiliavam Rosemary naquele momento crucial. – Aqui onde estamos agora, todos já deixamos o corpo material, somos Espíritos agora, compreende?

Rosemary, num ímpeto sentou-se no leito.

— Quero acordar! Isso é um pesadelo! – gritou ela desesperada. Colocando as pernas para fora da cama, ameaçou correr em direção à porta.

Nazaré e Matilde, que aguardavam ao lado, a contiveram com energia. Presa nos braços das duas mulheres, Rosemary debatia-se, tentando desvencilhar-se, mas foi reconduzida ao leito.

Doutor Francisco intensificou seu tratamento e, em poucos segundos, a paciente entrou em uma espécie de sonolência, no entanto, seus sentidos e sua compreensão permaneceram ativos. Então, dirigindo-se à jovem, disse:

— Não tema, minha filha! Todos nós só lhe desejamos o bem! Você está entre amigos que muito a amam, confie em nós.

— Quero minha mãe! – gritou ela chorosa. – Quero minha mãe! Pelo amor de Deus! Me tirem daqui, me tirem daqui!

— No momento – tornou ele, com ternura na voz – ela não poderá estar com você, mas, tão logo você se recupere, poderá vê-la.

Rosemary percorreu os olhos pelo quarto à procura de alguma coisa que lhe indicasse onde estava, mas, tudo lhe parecia estranho, muito diferente dos hospitais onde por longo tempo estivera internada. Percebendo o pensamento da moça, doutor Francisco interveio:

— Você se encontra agora em um dos hospitais espirituais próximos à Terra. Trouxemos você para cá alguns dias após sua desencarnação, recorda-se? – perguntou ele colocando a destra em sua cabeça.

Um zunido profundo se fez em seu cérebro e ela voltou ao passado com a rapidez de um raio.

Imediatamente o Espírito de Rosemary viu-se preso em um cubículo extremamente escuro e frio. Seu corpo todo doía e os pulmões pediam desesperadamente por ar. O choro convulsivo da mãe e os apelos insistentes para que não se fosse, lhe atormentavam os ouvidos cuja audição, havia aumentado milhares e milhares de vezes. Como imensos tambores a lhe martelar o cérebro, a voz da mãe se repetia, ecoando e ecoando: – Não se vá!... Não se vá Rosemary!... Não se vá, minha filha!... Não me abandone, Rosemary!

— Socorro! – gritou ela levando as mãos ao pescoço. – Socorro! Estou morrendo! – seus olhos estavam desmesuradamente abertos, parecendo querer saltar fora das órbitas. – Coff, coff, coff... – tossiu ela. – Não consigo respirar! Mãe! Me tire daqui! – pedia ela em total desequilíbrio.

Ante o sofrimento da neta, dona Rose, bastante emocionada, implorou ao médico que suspendesse o processo de regressão.

— É necessário, é de vital importância, minha irmã! Não temos tempo suficiente para conscientizar nossa irmãzinha de sua nova condição de maneira mais amena. Em poucos minutos a mãe retornará ao lar e recomeçará a subjugação. Afagou as mãos da amiga e voltou-se para a jovem.

— Olhe ao seu redor, minha filha. Perceba cada detalhe a sua volta e, finalmente terá consciência de tudo. Sussurrou em seu ouvido.

— Não! Não! Não! Eu morri! Eu morri, eu morri mesmo! – disse soltando um grito que lhe veio do fundo da alma.

Um pranto copioso brotou de dentro dela. Banhada em lágrimas, a jovem se contorcia agarrada aos lençóis, murmurando palavras desconexas.

— Não... Não... Afaste-se... Me deixe... Preciso de ar... Pare! Pare!... Me soltem... – gemia ela agitando-se no leito.

Rosemary via e sentia mentalmente as sensações pelas quais passara logo após a desencarnação. Viu-se primeiramente deitada sobre a maca do pronto-socorro terreno. Um médico e algumas enfermeiras colocavam um tubo em sua boca, mas seus batimentos cardíacos pouco a pouco iam diminuindo até que não mais sentiu seu coração pulsar. Uma sensação de leveza começou a tomar conta de seu corpo. Viu-se, então, logo acima dele, pairando no ar. Sobre a maca, seu corpo inerte havia sido coberto com lençóis. Alguém lhe chamou pelo nome: – Venha, Rosemary, venha! Você agora não pertence mais ao mundo terreno, venha conosco. Sua nova vida a espera!

Rosemary, assustada, olhava os enfermeiros espirituais que, em vão, tentavam persuadi-la a acompanhá-los. Fechou os olhos para não vê-los, mas ouvia as vozes chamando-a com insistência.

Exausta pelas lembranças daquelas cenas, desfaleceu nos braços da avó.

— Nossa irmãzinha ficará bem. Manteremos um de nossos colaboradores em vigília ao lado dela esta noite para que receba constantemente passes magnéticos que a fortalecerão. Pelo menos, por ora, conseguiremos mantê-la afastada da mãe – disse, meneando a cabeça.

Intrigada com o que acabara de ouvir a respeito do desenlace da neta, a avó perguntou:

— Se minha neta teve consciência da sua desencarnação tão logo ela ocorreu, o que fez com que nossos amigos do desligamento não conseguissem trazê-la de imediato, doutor Francisco?

— Eles tentaram, minha amiga, tentaram muitas e muitas vezes

– disse bondosamente –, no entanto, o enorme e desmedido apego de Rosemary pela vida material, aliado ao desejo incontrolável da mãe em mantê-la a seu lado, mesmo que após a morte, fez com que Espíritos que se comprazem no sofrimento alheio conturbassem o processo de retirada de nossa irmã – e, após uma pausa, continuou: – Vale ainda dizer, que nesse curto espaço de tempo, que para ela pareceu uma eternidade, Rosemary desejou permanecer ali.

Dona Rose estava perplexa. Sua fisionomia era de espanto ante aquela revelação.

— Mi... minha neta – disse ela gaguejando – mesmo sabendo-se desencarnada, desejava continuar agarrada ao corpo?

Irmão Francisco fez que não com a cabeça.

— Então não compreendo, irmão? Se desejava o auxílio dos nossos amigos espirituais, por que, então, não permitiu que eles a ajudassem? – Perguntou angustiada a pobre mulher.

— Ao seu redor e emaranhado em seus pensamentos, em virtude do desequilíbrio pelo qual havia se deixado levar, nossa jovem criou uma forte energia que impedia nossos amigos de se achegarem a ela, compreende? Energia essa, como já disse, alimentada pela mãe, pelos intrusos espirituais e por ela mesma que, apesar das terríveis sensações que sentia, debatia-se entre a realidade da desencarnação, a negação desta, o forte apego à matéria e ao noivo a quem realmente nutre intenso amor. Relembrava o noivo e os planos materiais que haviam feito. O ciúme desmedido, que sempre fora marcante em sua existência, fazia com que tentasse sim, desvencilhar-se do corpo, mas, para postar-se ao lado dele, mesmo que morta, compreende?

Dona Rose sentou-se em uma cadeira ao lado da cama da neta e levou as mãos ao peito.

— Compreendo, agora, compreendo... – Murmurou.

— Pois bem! – continuou ele. – Rosemary não esteve só durante esse tempo. Nossos amigos do desligamento, lentamente, fizeram com que essas barreiras diminuíssem e, quando ela menos esperava, trouxeram-na até aqui no estado em que se encontra até hoje.

— Sim, me recordo – respondeu a avó.

— Tem sido necessária esta indução hipnótica constante, pois que, o desligamento completo só se dará quando nossa irmãzinha aceitar, sem restrições, sua nova condição e libertar-se do assédio da mãe. Na verdade, minha irmã – explicou ele –, Rosemary, até esta noite, sofria horríveis pesadelos entre a realidade de nosso plano espiritual e a realidade material, quase palpável, criada em seu subconsciente doentio. Momentos houve e foram inúmeros, em que, mentalmente, muito embora reclusa a esta enfermaria, que, sua presença espiritual aqui, era apenas ilusória – e percebendo sua fisionomia continuou: – Explico melhor! Rosemary estava realmente ao lado da mãe, não totalmente, mas, uma espécie de projeção de seu perispírito. Nesses momentos, sentia plenamente a revolta que acalenta o coração de Helena e, assimilando dela esse conceito errôneo de que fora injustamente arrancada da vida terrena, revoltava-se contra Deus e seus desígnios, complicando em muito nosso auxílio. Veja – disse ele sentando-se à frente da amiga –, nos momentos em que Helena buscava a lembrança da filha em situações de alegria, recordando-se de sua infância feliz, de seu riso descontraído, das festas com as amigas, nossa irmãzinha se aquietava aqui na espiritualidade e, por momentos, seu Espírito encontrava um pouco de paz, permitindo nossa interferência mais incisiva. No entanto, quando a mãe tocava suas coisas, seus objetos materiais e recordava a filha morta no caixão, fazendo com que uma saudade doentia e possessiva lhe invadisse a alma, imediatamente Rosemary era sugada por essa energia extremamente forte e negativa. Aí, nossa pobre criança se perturbava novamente. Compreendeu?

Dona Rose fez que sim com a cabeça.

— Não é preciso lembrar – disse olhando ternamente nos olhos da mulher – que as constantes e longas visitas da mãe ao túmulo, aumentaram ainda mais o desequilíbrio desta jovem!

Os olhos da avó encheram-se de lágrimas.

— Não – disse ele – não chore, querida irmã. Suas lágrimas não auxiliarão Rosemary, muito embora sejam de amor e compaixão! Urge sim, o trabalho! – e levantou-se, convidando a amiga também a fazê-lo. – Nossa luta mal começou! O desânimo não será nosso aliado nesta empreitada, concorda comigo? Se o Pai permitir e for chegada a hora, logo, logo terá sua querida netinha a seu lado.

Sorrindo, dona Rose despediu-se da neta com um beijo e saiu

acompanhando o amigo.

A avó desencarnara já há quinze anos. Deixara a Terra de forma mansa e serena como havia sido sua vida. Precedera o esposo e, quando novamente se encontraram na erraticidade, a alegria que seus corações sentiram foi indescritível.

Católica fervorosa buscou na religião que professara na matéria, ser o que conhecemos como "católico professante". Sem apego material merecedor de preocupações, ao passar para a espiritualidade, viu-se, repentinamente em um mundo novo totalmente desconhecido até então e, nunca antes imaginado nos seus sessenta e cinco anos terrestres. Contudo sua adaptação se deu sem graves problemas. Acostumada que fora desde a juventude a dividir seu tempo entre o trabalho e a caridade, em pouco tempo tornara-se uma fiel colaboradora naquela colônia. Seu espírito, boníssimo e seu jeito meigo no tratar, fizeram que fossem destinados a ela trabalhos com as crianças que, portadoras de doenças degenerativas, preparam-se, nos hospitais e nos lares terrenos, para o desencarne. Ali encontrou a alegria do trabalho útil e salutar e, qual humilde anjo do Senhor, buscava, ao lado de uma legião de outras colaboradoras e colaboradores, intuir e resignar mães e filhos próximos da separação temporária.

De seu esforço constante e de seu trabalho árduo, angariou méritos para que, em poucos anos, já houvesse preparado um aconchegante e feliz lar na esperança de lá acolher os familiares que se seguiriam a ela.

Com efeito. Alguns anos mais tarde, seu amado Raul viera lhe fazer companhia.

Sua residência espiritual ficava em uma pequena vila próxima ao centro da colônia e, com o mesmo desvelo com que auxiliava os necessitados, cuidava também do lar, não permitindo que o desânimo e a tristeza façam parte dele.

Ali, rodeados pelos frondosos arvoredos, pelos mimosos jardins que circundam a vila, e pelos amigos e vizinhos, ela e o esposo davam continuidade a uma vida espiritual muito similar à da Terra, isto é, nas horas em que não se fazia necessário o trabalho, Raul e Rose, a exemplo do que faziam, quando encarnados, cultivavam uma pequena horta no fundo do quintal de onde retiravam, com satisfação, parte de sua alimentação.

De volta ao lar, e, depois de narrar com detalhes ao esposo tudo o que acontecera com a neta no hospital naquela tarde, ela e o esposo, iniciaram os planos para recebê-la.

— Estive pensando em destinar este quarto à Rosemary – disse dirigindo-se até um aposento próximo à sala de estar: – O que acha, querido?

— Ótima escolha, Rose! – disse ele espiando a rua da janela. – É confortável e tem uma bela vista daqui! Nossa neta com certeza se sentirá bem instalada nele! – completou, satisfeito com a idéia de que brevemente teriam a jovem entre eles.

— Vou providenciar algumas roupas de cama e também pessoais para ela. A qualquer momento poderemos ser comunicados de sua vinda, não quero deixar nada para a última hora! Pobrezinha!

O esposo se achegou carinhoso a ela e ambos, abraçados, ficaram a olhar para o quarto ainda vazio.

— Nosso trabalho está apenas começando, querida! – ponderou ele, com seriedade na voz. – A adaptação de nossa Rose não será feita com facilidade, você sabe disso, não é?

Dona Rose concordou com a cabeça.

— Nossa pobre Helena reluta em aceitar a desencarnação da filha e bem sabemos que muito ainda sofrerá até que a luz do entendimento se faça em seu coração.

— Helena nunca aceitou a doença da filha, meu velho, essa é a verdade! Lembra o quanto foi difícil no início? Afastou-se da igreja, dos amigos, repudiava qualquer tipo de ajuda! – disse ela enquanto iniciava os preparativos para o jantar.

Raul, a seu lado, escolhia algumas folhas verdes para a salada que lhes serviria de refeição naquela noite.

— Sim! Heitor sempre foi mais equilibrado nesse sentido. Me lembro do quanto conversávamos a esse respeito em nossa casa terrestre. Nunca, nunca percebi nenhuma revolta que não fosse dita normal, digo, não se voltou contra Deus, pelo contrário, buscava sempre mais e mais forças n'Ele.

— Helena atirou-se ao tratamento da filha como quem luta

contra a vontade do Senhor. Iniciou-se uma guerra entre ela e Deus, essa é a verdade, meu velho! – relembrou a senhora, desanimada.

— Fui incumbido de auxiliar nossa filha doravante. Agirei, auxiliado por alguns amigos da colônia, nos momentos em que ela estiver liberta do corpo, sob o efeito do sono. Combinamos uma pequena reunião, na casa de Silvério, após o jantar, a fim de traçarmos nossos planos. É preciso que tudo seja feito com cuidado. Vamos precisar de uma boa dose de paciência e obstinação! Deus há de nos orientar nesta difícil empreitada! – disse, com os olhos voltados para o alto.

— Sim, sim! Agradeçamos a Deus essa graça infinita de podermos ajudar nossa querida filha! – disse ela esperançosa.

O pequeno jantar fora servido. Sentados cada qual de um lado da mesa, Raul e Rose fizeram uma singela oração de agradecimento com as mãos entrelaçadas.

O crescente burburinho das pessoas que iam e vinham na calçada em frente à casa do casal, indicava que mais um dia espiritual findava coroado de êxito.

IX

A SINTONIA MENTAL

Maura havia posto a mesa para o café matinal. Heitor terminava sua toalete e Helena penteava os cabelos em frente à penteadeira de seu quarto.

Colocou a escova sobre o aparador e mirou-se pensativa no espelho. Remoía na mente os acontecimentos da noite anterior.

— Vamos descer, querida? - perguntou Heitor, já se encaminhando para a porta do quarto e, como sempre esperando por uma negativa, adiantou-se: - Posso pedir para Maura trazer seu café aqui no quarto, tudo bem?

— Não! Descerei em seguida - e, sem desviar os olhos do espelho, falou laconicamente: - Vou ao cemitério esta manhã. Preciso falar com Rosemary!

Heitor estancou na porta. Cerrou os olhos e disse:

— Rosemary não está lá, Helena! Não está com Deus, não está no inferno! - gritou cerrando os dentes. - Está aqui, dentro desta casa! - disse batendo a porta atrás de si.

— Não tomarei o café em casa! - disse irritado à Maura. - Preciso de ar... Preciso respirar... - resmungou, deixando a moça sem nada entender parada em frente à mesa, cuidadosamente arrumada.

Acelerou o carro e saiu em disparada rumo ao trabalho.

Minutos depois, Helena desceu pronta. Tomou uma xícara de café, apanhou a bolsa e saiu em direção ao cemitério.

O dia amanhecera nublado. Pesadas nuvens encobriam o sol que, mesmo por detrás delas, brilhava no espaço, iluminando outros planetas.

O trajeto até o campo santo era longo. Helena apertava fortemente o acelerador do veículo sem se preocupar com a velocidade. Queria estar ao lado da filha o mais rápido possível. Sua mente, perturbada ainda com as palavras daquele homem, negava, veementemente, tudo o que ouvira.

— Quem imagina ele que é! Como pode me proibir de falar com Rosemary! Nunca desejei o mal a ela, nunca! Que mãe seria capaz de prejudicar a própria filha! Imbecil! – pensava ela enquanto fazia uma curva extremamente fechada rangendo os pneus no asfalto. – Sinto que conseguirei saber o que ela deseja de mim muito antes do que ele pensa! A própria Sílvia me disse que é possível! Se é necessário que o telefone toque então... Hoje ele tocará sem parar, garanto! Ah! Garanto! – concluiu, com um estranho sorriso nos lábios.

Estacionou o carro ao lado do portão de entrada, no momento exato em que um raio riscava o céu de fora a fora. Um enorme estrondo a fez estremecer.

— E essa agora! – disse apressando o passo. – Até mesmo o céu está contra mim! Isso deve ser coisa d'Ele, com certeza!

Uma estreita alameda conduziu Helena ao mausoléu onde Rosemary fora enterrada.

Alguns pingos de chuva começaram a cair sobre a Terra. Pequeninos a princípio, em poucos segundos ganharam volume e intensidade.

Ajoelhada ao lado da sepultura da filha, abraçava o frio mármore como se tivesse Rosemary em seus braços novamente.

— Estou aqui, filhinha, estou aqui! – murmurava docemente enquanto a chuva, agora torrencial, descia por todo o seu corpo fazendo-o estremecer. – Mamãe atendeu ao seu chamado, minha

filha! Não tenha medo, querida, nunca a abandonarei, nunca!
– Falava baixinho como que a ninar o sono eterno da filha.

Durante horas a fio, Helena permaneceu agarrada à tumba da filha em absurdo colóquio. Pensamentos, emoções, sentimentos, mágoas, revolta, amor, tudo, tudo se misturava em sua mente ao mesmo tempo.

Por volta do meio-dia, alguém lhe tocou o ombro, tirando-a daquele transe.

— Senhora, senhora! A senhora está bem? Precisa de alguma coisa? – perguntou um homem encapotado atrás dela, preocupado com a cena que presenciava.

Espantada, Helena levantou-se rapidamente.

— Não, não! Estou bem! Obrigada – disse, afastando os cabelos molhados do rosto. – Perdi a noção do tempo, foi só... Que horas são? – perguntou, procurando por seu relógio de pulso.

— Onze e meia, senhora! Vi quando chegou... Devia ser por volta das oito horas, não foi? – e depois, observando o quanto Helena estava ensopada pela chuva que continuava a cair sem piedade, continuou: – Temos algumas toalhas lá no escritório. A senhora precisa se enxugar, se aquecer!

— Não, estou bem e... Já estou indo. Obrigada de qualquer forma – disse saindo ligeira.

O homem ficou observando Helena desaparecer na distância entre os túmulos.

— Pobre mulher! Vem todas as semanas aqui e é de dar pena o quanto chora pela filha. Deve sofrer muito, muito mesmo! Em todos os meus anos aqui, nunca vi coisa igual! – murmurou, olhando para a fotografia na lápide de Rosemary. – Coitada! Que Deus tenha piedade dessa pobre alma! – falou, dirigindo-se à jovem que sorria na fotografia.

— Doutor Francisco! Doutor Francisco! – chamou o enfermeiro pelo interfone. — Precisamos de seu concurso. – A paciente do leito 15 necessita de ajuda!

Em poucos segundos, o médico, acompanhado de dois outros auxiliares, adentrou a enfermaria. Depois de avaliar as condições mentais de Rosemary através de um pequenino aparelho colocado em sua cabeça, o médico disse aos assistentes:

— Esta foi uma crise bastante grave. A forte intensidade com que a mãe reclamou por sua presença esta manhã fez com que praticamente todo o nosso trabalho junto a esta jovem caísse por terra. O transe em que ela se encontra neste momento é preocupante. Esta irmã recebeu ontem a revelação de que havia deixado o corpo material dezoito meses atrás. Sua reação, como era de se esperar, foi violenta – falou, enquanto anotava algumas palavras em uma prancheta colocada aos pés da cama de Rosemary. – Houve a negação no princípio e depois que aplicamos o tratamento que se fazia necessário, ela desfaleceu, acionando seu mecanismo de defesa, na tentativa de negar o que já era óbvio para seu Espírito.

Os assistentes concordaram com a cabeça.

— Observem agora – disse, apontando para o corpo da jovem que se agitava e rangia os dentes, provocando fortes ruídos. – Nossa irmã encontra-se novamente perecendo das mesmas dores e aflições do pós-desencarne. Se não agirmos rapidamente, corremos o risco de que ela se transporte para a casa onde viveu e daí... Bem, daí ficará muito mais difícil o nosso concurso.

— Qual então deverá ser o nosso procedimento neste caso? – perguntou o mais jovem dos médicos que o acompanhavam naquele atendimento.

— Mudaremos nossa tática de atuação, pois pouco auxílio poderemos prestar a ela, neste estado de desequilíbrio – respondeu o doutor Francisco. – Providenciaremos para que a mãe se torne temporariamente incapacitada de recorrer às lembranças da filha, dando uma trégua forçada neste processo obsessivo. Aproveitaremos, para isso, a pneumonia que já se instala em seu organismo, pelos descuidos com o corpo físico.

Instruiu o enfermeiro quanto aos medicamentos a ser ministrados em Rosemary caso o quadro se agravasse ainda mais e saiu, acompanhado dos assistentes.

Na sala de reuniões, no final do corredor do hospital, irmão Francisco traçou com os colegas sua estratégia. Depois de colocar os dois a par de todo o caso, disse:

— Aproveitaremos para tanto, a fragilidade física em que

se encontra nossa irmã Helena – sorriu, batendo com a palma da mão de leve na mesa à sua frente. – Sentirá enorme fraqueza que a fará desejar dormir e mais nada! Apenas a induziremos a dormir ainda mais. Se não conseguirmos chamá-la à razão, pelo menos ganharemos tempo com relação ao tratamento da filha – concluiu satisfeito.

— Excelente idéia! – disse Nelson radiante. – Desta forma poderemos agir livremente sobre o Espírito da jovem, sem a interferência da mãe! Parabéns, doutor Francisco, parabéns!

O médico sorriu bondoso.

— Não, meu caro amigo! Não nos vangloriemos antecipadamente. Todos os esforços que fizermos no sentido de ajudar aos nossos semelhantes são quase que, na sua totalidade, intuições que nos chegam de planos mais elevados do que aquele em que nos encontramos, compreende? Somos apenas e tão somente pequeninas formiguinhas carregadeiras, tentando amealhar sabedoria e discernimento em nossas decisões.

Os médicos se entreolharam abismados com a humildade do professor. Sabiam o quanto eram imprescindíveis o seu conhecimento e suas decisões sempre tão oportunas naquele hospital. Doutor Francisco havia estado ali desde a pedra inicial da fundação daquele reduto de socorro aos jovens vindos da Terra nas mesmas condições que Rosemary. Profundo conhecedor da alma humana, labutava sem descanso pela recuperação daquelas crianças, como se referia ele a seus pacientes.

— Pois bem! Nos encontraremos no final da tarde em frente à porta da morada de nossa irmã Helena. Que Deus nos ilumine! E levantou-se, emocionado.

Helena olhou no relógio. Faltavam ainda alguns minutos para o meio-dia e meia. Heitor só chegaria por volta da uma hora para o almoço. Sentia o corpo gelado, como se pequenas agulhas a espetassem por inteiro.

— Vou tomar um banho quente e me deitar um pouco antes que ele chegue – pensou. – Preciso me aquecer!

Banhou-se rapidamente e enfiou-se debaixo de um grosso cobertor de lã.

A chuva lá fora não dera tréguas. As fortes trovoadas e o lampejar constante dos raios, faziam parecer que o céu viria a baixo.

Algum tempo mais tarde, Maura bateu à porta do quarto.

— Dona Helena, dona Helena! – chamou ela baixinho.

— Hummm... – resmungou Helena sonolenta. – O que foi, Maura? O que você quer? Não vê que estou descansando?

— Desculpe! É seu Heitor... Seu Heitor ligou, dizendo que não virá almoçar em casa hoje. Pediu que avisasse a senhora.

— Melhor assim! – disse aliviada. – Almoce você! E, por favor, não me incomode mais! Estou com uma terrível dor de cabeça! – e pensou: – Não sei por quê, mas, não suporto essa moça desde o primeiro dia em que entrou nesta casa. Sempre tão solícita, tão prendada, tão cheia de mesuras... Aiiiii ela me irrita! Qualquer dia mando essa metida embora!

Maura desceu as escadas, deixando a patroa entregue ao sono.

Por volta das três horas daquela tarde que mais parecia noite, Heitor entrou respingando água pelo chão da cozinha. Procurou por Maura, como de costume, e não a encontrou. Imaginou que talvez já tivesse saído e sentiu um enorme vazio no coração. Ultimamente, a presença dela em sua vida tornara-se uma constante.

X

O ENVOLVIMENTO AFETIVO

Com o crescente afastamento de Helena, nos últimos anos, Heitor passava a maior parte do tempo disponível em casa na companhia interessante da jovem. Discutiam sobre futebol, sobre filmes, sobre a vida. Sentia falta de sua presença nos finais de semana quando então, a total solidão lhe fazia companhia. Estar ao lado de Maura lhe trazia bem-estar. As conversas que tinham não eram simplesmente palavras jogadas fora, havia conteúdo, dignidade.

Várias foram as vezes em que sentiu vontade de pedir a ela que ficasse, fazendo-lhe companhia um domingo ou outro mas, dominara seu desejo, imaginando-se ridículo.

Ouviu um ruído na lavanderia e dirigiu-se até lá. Maura estava distraída, passando roupas sobre uma pequena mesa e não percebeu a presença do patrão, logo atrás de si.

— Onde está minha mulher? – perguntou ele de repente, provocando um enorme susto na jovem.

— Pelo amor de Deus, seu Heitor! O senhor quase me matou agora! – disse ela levando as mãos ao peito para logo a seguir desatar em risos. – Está lá em cima...

— Nem precisa continuar – disse ele irritado. – Está no quarto de nossa filha, não é?

— Não! Dona Helena esta repousando desde antes do almoço. Saiu logo cedo e quando voltou estava ensopada pela chuva. Pela sua fisionomia – disse Maura, meneando a cabeça – acho que esteve no cemitério novamente. Estava bastante abatida. Subiu e não mais desceu desde então.

Com ar de espanto e desconfiança, Heitor resolveu averiguar o que estava acontecendo. Abriu a porta e, sim ela dormia profundamente. Tornou a fechá-la e desceu novamente procurando não fazer barulho com os pés.

— Não disse! – afirmou Maura que esperava no final da escada. – Nunca vi dona Helena fazer isso antes!

— Nem eu! – concordou ele. – Bem, mas seja lá o que for, pelo menos não está chorando pelos cantos da casa!

Em seguida, virou-se para Maura e com um olhar de menino pidão, disse com a delicadeza que lhe era peculiar.

— Você seria capaz de fazer um bolo de chocolate para mim?

Espantada com o pedido, a jovem não respondeu de pronto. O que fez com que ele se sentisse sem graça pelo pedido que havia feito.

— Não, não precisa ser agora... Nem hoje! – desculpou-se apressado. – Quando você puder estará bem para mim, na verdade... Na verdade nem estou com tanta vontade assim!

— Não, não. De maneira alguma! Vou agora mesmo para a cozinha atender seu desejo com todo o prazer! Para ser sincera, também sou louca por bolo de chocolate — respondeu ela, com um ar de criança levada, remexendo na gaveta do armário. – Pronto! Está aqui! Encontrei a receita preferida de dona Helena. Hummm... Preciso verificar se temos chocolate suficiente para a cobertura... Está aqui, acho que para um bolo pequeno dará.

Heitor observava a agilidade e leveza de Maura deslizando alegre e conversadeira pela cozinha e encantava-se com o que via. Maura era fascinante. Sua fisionomia sempre alegre e sorridente fazia com que ele esquecesse o tormento que vivia ao lado da esposa. Absorto em seus pensamentos, ele não ouviu quando Maura lhe dirigiu a palavra.

— Então, seu Heitor, eu lhe fiz uma pergunta – disse ela olhando nos olhos dele.

— Como? Desculpe, Maura, não prestei atenção ao que você perguntou.

— Perguntei se quer me ajudar com as claras! – disse ela sorridente. – O senhor não vai ficar aí parado na porta, apenas olhando até que o bolo fique pronto, não é? Vamos lá, mãos à obra e logo, logo estaremos nos servindo de um delicioso bocado dele! – e, entregando-lhe o pirex com as claras por bater: – Sente-se aqui! Saiba que essa é uma parte muito importante da receita. Vai precisar de paciência e constância ao movimentar o garfo. Assim, veja! – e, tomando a mão desajeitada de Heitor entre as suas, iniciou o movimento correto. – Não se pode parar no meio do caminho, senão desanda tudo!

Heitor riu da maneira séria e compenetrada com que Maura lhe ensinava a bater claras em neve.

— Meu Deus! Até parece que vamos salvar alguém da morte? – gargalhou gostosamente.

Maura olhou fixamente nos olhos de Heitor e por alguns segundos ficou a observar como era lindo o sorriso daquele homem por quem, secretamente, nutria um profundo amor há muito tempo.

Desvencilhando-se dos pensamentos, com medo de ser descoberta e desviando os olhos do patrão, Maura continuou a bater vigorosamente o bolo.

O aroma delicioso de bolo recém-saído do forno impregnou toda a cozinha e, sentados lado a lado, os dois provavam alegremente o feito.

— Que delícia – disse ele com os lábios lambuzados pela cobertura do bolo. – Na semana passada quase tive uma indigestão de tanto que comi este mesmo bolo na casa da Sílvia. É simplesmente divino!

Repentinamente uma nuvem negra surgiu em sua mente, fazendo com que seu sorriso desaparecesse por completo. Percebendo a brusca mudança, Maura perguntou:

— O que houve, seu Heitor?

— Nada, nada não Maura – respondeu lacônico, mas, em

seguida, percebendo o desapontamento da jovem desabafou: – É só que... É só que todos os dias poderiam ser assim. Leves, como agora.

Levando as mãos ao rosto, respirou profundamente como que tentando apagar da mente as más lembranças e a tristeza que começava a reaparecer em seus olhos. Olhou demoradamente nos olhos de Maura e desejou ardentemente que Helena não mais existisse em sua vida. Seu coração de há muito se entregara, silenciosamente, à jovem.

Maura calou-se pensativa. Doía em sua alma o sofrimento daquele homem a quem amava e a quem chamava de senhor, quando na verdade sentia vontade de dizer: – Olhe! Olhe para mim Heitor... Eu estou aqui, aqui a seu lado esperando, esperando como sempre estive durante toda a minha vida!

Dos olhos da jovem, duas lágrimas rolaram furtivas. Levantou-se e foi até a pia onde depositou o prato em que se servira para, disfarçadamente enxugar os olhos que a denunciariam.

Heitor agradeceu o bolo e retirou-se para o escritório.

Na volta para casa, Maura, sentada, solitariamente no ônibus que a conduziria ao seu destino, deixava que as lágrimas rolassem de seus olhos dando livre passagem aos seus sentimentos.

— Não, não posso sonhar com este amor! Ele é impossível! Não posso deixar que Heitor perceba o quanto meu coração está entrelaçado ao dele! Oh! Meu Deus! Que sina triste a minha! Não suporto mais vê-lo sofrendo dia após dia, noite após noite. Pobre Heitor, pobre Heitor, está se consumindo dentro daquela casa. Oh! Deus, me ajude, por caridade! Tire de dentro do meu peito este sentimento que corrói minhas entranhas, que me faz sentir-me qual mísera traidora naquele lar. Por Deus!...Deveria ter fugido quando percebi ser impossível esquecê-lo... Ah! Como fui ingênua, acreditando que conseguiria conviver ao lado dele sem que sentisse vontade de atirar-me em seus braços e declarar meu amor! Juro! Juro, meu Deus que tentei, tentei com todas as minhas forças esquecê-lo, mas, não consigo, não consigo mais olhar em seus olhos sem que deixe meu coração falar mais alto! Oh! Deus! Que faço de minha vida? Que faço, meu Pai? – chorava Maura, sem se controlar.

O veículo estacionou no ponto final e Maura desceu

cambaleante. Rapidamente tomou a direção de sua casa. O pai, ansioso, a aguardava como sempre. Percebendo a fisionomia da filha, perguntou apreensivo:

— Esteve a chorar novamente, minha filha?

— Não agüento mais, papai! - desabafou ela, em prantos, nos braços do pai. - Não suporto mais vê-lo naquele estado! Já não consigo mais controlar meus sentimentos. Ele acabará por descobrir que o amo. Preciso me afastar daquela casa o mais breve possível! Não é justo causar ainda mais sofrimento a ele. Que faço, papai, que faço?

O homem abraçou-a ainda mais fortemente e, por alguns instantes, permaneceram calados.

— Tenha fé em Deus, Maura! - disse ele com carinho. - Deus sabe o que faz e saberá como conduzir seus caminhos na direção correta. Por ora, eles ainda necessitam muito de sua ajuda, você bem sabe o quanto sua presença é vital naquela casa. Dona Helena está em franco processo de desequilíbrio, como você mesma já constatou e, o que será dela sem os seus cuidados? Não é o momento certo para fugir agora, minha querida!

— E quanto a mim, papai? Como conseguirei esconder por mais tempo meus sentimentos? - murmurou ela apertada contra seu peito.

— Acharemos uma solução, tenho certeza disso! Comece a procurar entre suas amigas alguém que possa substituí-la com competência naquela casa. Aos poucos você irá então se desligando, se desligando e, quando achar que é a hora, sairá da vida daquela família em definitivo, sem remorsos!

— Farei isso, papai! Farei isso o quanto antes! Já no próximo final de semana tratarei deste assunto - disse limpando os olhos. - Conversarei com Heitor amanhã mesmo! Direi que... Direi que necessito viajar, mudar uns tempos de cidade! Direi que tia Marlene está precisando muito mesmo de meus cuidados, que acha papai?

— Bem - disse ele com falsa seriedade na voz. - Acho que ela não vai se importar, visto que é morta! — E gargalhou muito com a idéia da filha. - Venha, menina! Vamos jantar, a comida está esfriando em cima do fogão! - E puxou a filha pelas mãos como uma criança rebelde que não quer sair do lugar.

Eram exatamente dezenove horas quando os médicos espirituais se encontraram em frente à casa de Helena.

— Podemos subir agora – disse doutor Francisco aos companheiros.

O quarto estava escuro. Helena dormia profundamente, induzida que fora, pelo medicamento que habitualmente vinha ingerindo contra insônia. Os três postaram-se à cabeceira da cama.

— Bem – disse doutor Francisco – podem iniciar o processo que combinamos.

Doutor Nelson abriu uma pequena maleta que carregava consigo. Retirou dela, cuidadosamente, um estojo prateado e de dentro dele um frasco contendo uma substância amarelada que, a seguir foi aplicada na veia de Helena.

Thiago, seu companheiro, examinava os pulmões de Helena com um aparelho em forma de funil, muito brilhante. Minutos depois, o jovem disse:

— Professor! – ela está bem debilitada.

— Muito bem! – disse doutor Francisco com seriedade. – Ficará na cama, sentindo-se fraca por algum tempo – e, virando-se para Nelson e Thiago continuou: – Farão turnos de revezamento constante à cabeceira desta irmã! Não descuidarão um segundo sequer. Quando um precisar se ausentar, o outro tomará o lugar e vice-versa, compreenderam? Qualquer sinal de alarme deverá ser avisado imediatamente pelo extensor de vozes, está bem? Ah! Sim! Terão companhia algumas vezes. Pedi ao irmão Antenor, pai de Helena que se encarregue, juntamente com outros companheiros, de intuí-la e orientá-la quanto à necessidade do desapego à filha. Aproveitarão esse repouso forçado de nossa irmã e atuarão sobre seu Espírito. Não se sentirão sós! – concluiu rindo. – Bem, até mais! Irei ter agora com nossa pacientezinha. Que Deus nos proteja, irmãos!

Enquanto isso, Heitor lia e relia os papéis espalhados sobre a mesa do escritório.

— Não consigo me organizar mais! – disse para si, passando nervosamente as mãos pelos cabelos. – Helena vai me levar à loucura! Não consigo mais me concentrar em nada, nada! – gritou batendo com o punho sobre a mesa.

Jogou, com raiva a caneta que ela lhe dera anos atrás, num dos cantos da saleta e atirou-se na poltrona, deixando os braços penderem-se para os lados.

— Isso não é vida! – gritou para as paredes.

Levantou-se e foi até a cozinha. Procurou no armário um copo, encheu-o com água tomando todo o conteúdo sem sequer respirar. Sentia-se mal. Angustiado. Precisava sair daquela casa, precisava conversar alguma coisa saudável com alguém, precisava se sentir vivo e, desde aquela distante tarde no jardim, não conseguira mais tirar Maura de seus pensamentos por mais que tentasse. Os límpidos olhos de Maura rondavam desde então sua mente, como que a recordá-lo de um tempo bom, um tempo do qual ele tentava, mas não conseguia se recordar.

Remexeu com a mão os bolsos e apanhou a chave do carro. Olhou-a demoradamente e decidiu.

— Vou procurar Maura! – disse em voz alta.

Estacionou o carro em frente ao portão da casa de Maura e hesitou antes de bater na porta. Seu coração pressentia alguma coisa que não saberia definir com palavras.

— O que ela vai pensar de mim, aparecendo assim... Assim sem avisar? – pensou. – Não, não vou bater. Acho que ela não iria entender minha vinda até sua casa... Como vou explicar a minha presença aqui? Sou mesmo um tremendo idiota!

— Até logo pa... pai... Seu Heitor! – disse Maura, assustando-se com a presença de Heitor parado em frente à porta, quando a abriu para sair: – O que o senhor faz aqui? Aconteceu alguma coisa com dona Helena? – perguntou agitadíssima.

— Não, Maura, não se assuste – disse sem graça. – Eu nem mesmo sei por que vim até aqui! Devo estar ficando louco mesmo! Boa noite, Maura – disse dando as costas para a moça e caminhando em direção ao carro.

— Não! – gritou ela da porta. – Espere! Vamos conversar!

Heitor estacou no meio do caminho. Maura se achegou dele e tocando em suas mãos levemente, disse:

— Entre! Fez bem em vir.

XI

A DECLARAÇÃO DE AMOR

A casa de Maura era bastante simples, mas não lhe faltava o conforto e o bom-gosto. Na pequena sala, logo à entrada podia-se ver uma estante e nela o quadro de formatura da jovem fazia par com uma extensa coleção de livros de diversos autores e conteúdos.

— Vejo que aprecia a leitura! – comentou Heitor, tentando quebrar o silêncio que se fizera entre eles.

— Sim. Papai e eu adoramos um bom livro. Herdamos esse hábito de minha mãe. Na verdade ela devorava os livros! – disse rindo muito. – Oh! Meu Deus! – continuou ela, levando as mãos aos lábios. – Papai? Papai, temos visitas! – chamou em voz alta. E, virando-se para Heitor: – Esqueci de avisá-lo que voltei, isto é que nem mesmo cheguei a sair! – cochichou. – Se não alertá-lo, aparecerá de pijama aqui na sala, logo, logo!

— Estraguei seu passeio, ia sair com alguém, não é? – disse Heitor sem jeito. – Sou mesmo inconveniente!

— Não se preocupe. Ia apenas conversar com uma amiga, nossa vizinha – e, lembrando-se do que conversara com o pai, horas atrás, aproveitou aquele momento e, com a voz embargada pela emoção que sentia em seu coração, completou: – Estamos com problemas... – titubeou – nada grave, mas... Bem, tenho uma tia que reside no interior já há alguns anos. Ela é irmã de papai... – Maura procurava as palavras, mas, sua alma recusava-se a dizê-las: – Pois bem! – disse ela puxando o ar do fundo dos pulmões: – Ela está adoentada e precisando de minha ajuda.

Heitor sentiu que suas mãos começavam a suar, pressentindo o que Maura estava tentando dizer. Um arrepio lhe percorreu a espinha.

— Papai não poderá se ausentar do trabalho neste momento então... Então – desviando os olhos dele – pensei em pedir a uma amiga de confiança que me substitua por uns tempos em sua...

Antes que Maura pudesse terminar suas palavras, Heitor, transtornado, gritou repentinamente sem pensar:

— Não! Agora não, Maura! Não. Não vê que preciso de você? Não vê que, não percebeu que a amo? Que a amo, que sempre a amei? Não posso perdê-la, Maura, não posso – disse, puxando-a fortemente de encontro ao peito que arfava descompassado.

Maura cerrou os olhos. Podia sentir o perfume de seu corpo, o calor de sua pele, roçando-lhe o rosto e a firmeza com que as mãos dele a seguravam desesperadamente. O coração, em disparada, mal se continha dentro do peito e as palavras não lhe saíam dos lábios por mais que tentasse. As pernas pareciam flutuar no espaço entre a realidade e o sonho. E, quando seus lábios úmidos e quentes se tocaram, todo seu corpo estremeceu, entregando-se inteiramente nos braços de Heitor.

Naquele momento, Maura e Heitor haviam se tornado um só ser, um só sentimento explodia, inconseqüente, em suas almas, agora desnudas.

Por quanto tempo ali permaneceram, não saberiam jamais dizer. O tempo havia parado e buscara, implacável, no passado longínquo, toda a força da paixão e do amor que, um dia, em outras vidas, os unira fortemente por laços indestrutíveis.

Passos no corredor fizeram com que voltassem à realidade. Maura, ainda cambaleante ante a emoção daquele momento, percebeu a figura do pai que se aproximava.Tentando se refazer rapidamente, caminhou em sua direção, dizendo:

— Papai, seu Heitor está aqui!

O pai aproximou-se sorridente, no entanto, de pronto sentiu o que estava se passando entre eles. Seu coração de pai saltou dentro do peito. Seu sorriso se desfez imediatamente.

— Boa noite, seu Antônio! - disse Heitor, tentando sorrir.

— Boa noite, meu filho! - respondeu ele, com tristeza na voz. - Vim apenas buscar um copo de leite na cozinha. Percebi luzes na sala, mas não imaginei que Maura estivesse com alguém.

— Heitor... Chegou segundos antes que eu saísse - disse ela tentando justificar-se. - Nos encontramos na porta e... - calou-se.

Não, ela não conseguiria esconder do pai o que lhe ia na alma por mais que tentasse. Ele conhecia seu coração como conhecia o dele, baixou os olhos e duas lágrimas rolaram sem que percebesse.

Seu Antônio, não pretendendo melindrar ainda mais a filha, disse:

— Bem, já estou velho! Velhos cansam-se com muita facilidade! - apanhou de cima de uma mesinha o copo de leite que fora buscar. - Hoje está uma noite muito fria, muito fria mesmo! Me perdoem, mas, vou voltar para debaixo das cobertas! - brincou, sorrindo. - Fique à vontade, meu filho! - falou estendendo a mão para Heitor.

Depositou um longo e significativo beijo na testa da filha e a abençoou antes de se retirar.

Maura ficou a observar a figura carinhosa do pai afastando-se na penumbra do corredor. Seu pensamento não conseguia assimilar o que havia acontecido momentos antes.

Com o coração agora mais sereno, Maura olhou profundamente nos olhos de Heitor e sentiu que sim, era verdade, ele a amava com a mesma intensidade.

Quebrando o silêncio que se fizera entre eles, Heitor falou com meiguice na voz.

— Que faremos, Maura? - disse enquanto tomava suas mãos entre as dele.

A jovem não tinha palavras para responder. Em todos esses anos em que escondera seu amor, nunca, nunca mesmo havia sonhado com uma situação como aquela. Jamais lhe passara pela mente destruir o casamento de Heitor e Helena! Seus princípios morais a impediam sequer de pensar em tal possibilidade.

— Não... Eu não sei Heitor, eu não sei! – respondeu apenas meneando a cabeça.

Calados, ali permaneceram entrelaçados, no amor e na incredulidade do que acontecera em suas vidas já tão atribuladas.

Quando o relógio anunciou as doze badaladas, Maura disse:

— É preciso que se vá, Heitor! Sua esposa o aguarda. – E, notando a fisionomia do amado que se transformara, continuou: – Não podemos, entende? Não podemos! Não desta forma, não...

Interrompendo a jovem com um longo beijo em seus lábios, ele disse:

— Não, não diga nada agora, Maura! Pelo amor de Deus! Há de existir uma solução, eu sinto que acharemos uma solução! – falou abraçando-a fortemente. – Amanhã... Amanhã, mais calmos, tenho certeza de que tudo ficará mais claro! Confie em mim!

À porta, Heitor ainda uma vez mais pediu a Maura que não o abandonasse, que não deixasse sua vida vazia novamente.

Maura observou o carro desaparecer ao longe. Seus olhos estavam marejados pelas lágrimas da alegria infinita que sentia no coração e, ao mesmo tempo porque sentia, ser aquele amor impossível nesta vida.

Helena ardia em febre, quando Heitor entrou no quarto. Seu rosto estava banhado em suor e murmurava frases desconexas, agitando-se no leito.

— Meu Deus! – espantou-se o esposo. – O que estará acontecendo com Helena?

Vasculhando a gaveta da mesinha de cabeceira apanhou de lá um termômetro.

— Quarenta graus de febre! Santo Deus! O que está acontecendo? - e tentava acordar a esposa.

— Helena! Helena, acorde, acorde! – chamava ele enquanto procurava recostá-la nos travesseiros úmidos pelo suor que escorria de seu corpo.

Percebendo que era inútil, lembrou-se de chamar Roberto.

Correu até o quarto da filha apanhando sua agenda. Procurando rapidamente com o dedo, encontrou o nome dele escrito ao lado de um pequenino coração desenhado com capricho.

— Tomara que não esteja de plantão hoje... Outro não viria até aqui, não a esta hora! – pensou enquanto discava o número da casa do médico.

Os socorristas do plano espiritual observavam a correria de Heitor e, mentalmente, o haviam intuído quanto a procurar a ajuda de Roberto, pois que, naquele momento, ninguém poderia ser mais útil.

Quando o médico solícito, disse que lá estaria o mais rápido possível, os amigos do além se abraçaram em efusiva alegria.

— Tudo está saindo conforme planejamos! – disse Nelson aos demais. – Nosso colega Roberto fará com certeza a parte que lhe cabe esta noite. Deus seja louvado!

Seu Raul estava à cabeceira da filha, procurando manter seu Espírito junto ao corpo enquanto, no quarto ao lado, Josefina, Eulália e Mariana, procuravam, com a ajuda do Mais Alto, irradiar energias benéficas que fluíam de suas mentes em forma de pequeninos botões de rosas que, aos poucos, iam desfazendo aquele terrível ambiente espiritual.

Com efeito. Quarenta minutos depois, Roberto já estacionava seu carro em frente ao portão de entrada da casa da ex-noiva. Permaneceu ainda alguns segundos dentro do carro, buscando coragem para novamente adentrar aquela residência.

— Desculpe chamá-lo assim – disse Heitor após cumprimentar o médico —, mas, foi necessário. Estou sozinho e não consegui acordá-la. Vamos! Vamos subir! – falou, agitado, tomando a frente na escada. – Não consigo entender, quando saí, ela estava bem, dormindo tranqüila...

— Tenha calma, seu Heitor – disse o rapaz: – Já, já saberemos o que está acontecendo e, se for necessário, providenciaremos seu transporte até o hospital.

Minutos depois, após minucioso exame e após aplicar-lhe, contra a altíssima febre, uma injeção, à qual Helena mal esboçou reação, Roberto disse:

— Pelo que constatei, dona Helena está com um quadro típico de pneumonia, mas, precisaremos de alguns exames. Apenas para confirmar o que pude observar. Quanto à sonolência, bem, é a medicação que tomou – disse apontando para a caixa de comprimidos ao lado da cabeceira da cama.

— Eu imaginei – disse Heitor. – Ela vem tomando essas pílulas desde que Rosemary se foi.

Roberto meneou a cabeça. Ouvira falar do estado psicológico de Helena. Tristemente o rapaz apanhou a caixa de cima da mesinha e disse:

— Se me permite, seu Heitor, esse tipo de recurso é um veneno! Não levará a nada!

Olhando para as flores bordadas no tapete a seus pés, Roberto pareceu reviver por instantes a dor que sentira quando da desencarnação de Rosemary.

Notando que as recordações da filha haviam perturbado Roberto, Heitor calou-se, esperando que ele se recompusesse.

Depois, erguendo os olhos, Roberto olhou novamente com serenidade para Heitor e continuou:

— Todos nós sofremos quando Mary nos deixou. Todos! – salientou ele. – Cada qual a seu modo, todos nós sofremos uma perda irreparável! A vida nos prega peças muitas vezes trágicas, amargas. Peças que mortificam nossa alma despreparada – disse melancolicamente. – Também me custou muito me recuperar, seu Heitor! Custou-me acreditar na realidade de uma vida sem a graça e a docilidade de Mary, da minha Mary.

Heitor sentara-se em uma das poltronas dispostas próximas à janela do quarto e oferecera a outra ao rapaz.

Roberto continuou:

— Lamentei muito sua perda, muito mesmo, mas, tinha consciência de que minhas lágrimas não a trariam de volta e que minha vida continuaria, mesmo sem sua presença a meu lado – fazendo uma longa pausa, Roberto procurou conter as lágrimas para depois continuar: – Em breve estarei casado. Refiz minha vida e me sinto novamente feliz, no entanto, guardarei sempre em meu coração o amor que senti por sua filha, tenha certeza disso! Não a esqueci e sei que jamais a esquecerei, mas, minhas lembranças agora são em forma de oração para que, onde quer que esteja, se sinta bem e feliz também! Não podemos e não devemos venerar nossos mortos com tamanha obsessão! Não lhes fazemos bem, não mesmo!

Heitor observava Roberto com admiração. As palavras que deixava sair de seu coração tinham o mesmo teor das que ouvira na reunião espírita e sentia estarem cobertas de sinceridade.

— Dona Helena precisa de tratamento, não apenas para o mal que a acometeu agora... - disse olhando-a demoradamente - precisa de tratamento espiritual!

— Tratamento espiritual? - perguntou Heitor curioso com o que ouvira.

— Sim. É preciso que procure a cura para seu Espírito o mais breve possível - disse com seriedade. - Procure auxílio em uma Casa Espírita, seu Heitor, antes que seja tarde!

Notando o ar de espanto de Heitor, Roberto explicou:

— Não só o corpo precisa de ajuda e tratamento. Nosso Espírito também! Dona Helena está debilitada física e espiritualmente e, nesse estado em que se encontra, está suscetível a influências que poderão levá-la ao desequilíbrio mental. É preciso que se fortaleça espiritualmente antes que se torne mais difícil sua cura.

Heitor ouvia atento as palavras do médico e conjeturava sobre os últimos acontecimentos. - Meu Deus! Ele tem razão! As atitudes de Helena não deixam dúvidas, ela... ela está enlouquecendo! - pensou aflito. - Quem sabe ele tenha razão. Quem sabe não seja isso mesmo? Quem sabe não foi a mão de Deus que me fez chamá-lo até aqui? - e como quem descobriu a chave de seus problemas, perguntou:

— Onde poderei procurar essa ajuda da qual está me falando, Roberto! Qual a melhor Casa Espírita de nossa cidade, porque quero levá-la no que tem de melhor!

— Não existe a melhor Casa Espírita, existem apenas Casas Espíritas, pois que todas contêm o mesmo remédio para a cura de dona Helena - disse ele segurando o riso mediante o total desconhecimento de Heitor a respeito do Espiritismo.

Tomando da caneta, escreveu alguns nomes e endereços em um papel.

— Leve-a a qualquer um desses locais e serão bem recebidos, tenho certeza! Peça que o orientem quanto ao procedimento que deverá ter ao levá-la. Provavelmente terá grande dificuldade em convencê-la a ir, contudo peço que insista, insista muito e não desanime até conseguir, está bem? – disse, levantando-se. – Se precisar novamente de mim, estarei sempre disposto a ajudá-lo!

Parado ao lado do leito, Roberto advertiu ainda uma vez mais:

— Dona Helena precisa de ajuda urgentemente! Procure por ela assim que puder, está bem? E quanto à pneumonia, acredito que poderá ser tratada em casa mesmo! Vou prescrever alguns medicamentos que deverão ser tomados ainda hoje, impreterivelmente! A febre está cedendo – verificou ele satisfeito, examinando-a novamente. – Observe como se encontra mais calma! Dormirá tranqüila, tenho certeza! Os exames poderão ser feitos amanhã pela manhã se ela se encontrar mais disposta, caso contrário mandarei um coletor em sua casa, se preferir.

— Está bem! – concordou Heitor.

— Passarei logo cedo para examiná-la outra vez e, então, avaliaremos a necessidade do internamento – falou vestindo seu sobretudo.

— Obrigado, Roberto! Não sei o que teria feito sem sua ajuda!

— Não há o que agradecer, seu Heitor! Saiba que sempre nutri grande afeição por ambos – e se despediu, sensivelmente emocionado.

Rosemary se encontrava mais calma agora. A seu lado, Dona Rose conversava com Dr. Francisco que constatava sua crescente melhora.

— Graças a Deus nossa irmãzinha está se recuperando com rapidez – disse satisfeito. – Se continuar nesse ritmo, dentro de alguns dias poderemos, finalmente, retirá-la do processo de indução do sono – depois, olhando com doçura para a amiga, perguntou, animado:

— Sabia que nosso irmão Roberto tem contribuído em muito

pela recuperação de sua neta?

— É mesmo?

— Sim! O nome de Rosemary tem estado na lista de irradiações da Casa Espírita em que trabalha constantemente e, não bastasse esse carinho, irmão Roberto ora fervorosamente em seu favor diariamente desde que ela deixou a Terra! Sua neta recebe esse ato de amor de seu ex-noivo em forma de eficaz energia que, aos poucos, vai impregnando seu Espírito, fazendo com que mais e mais se fortifique.

Dona Rose olhou com carinho para a neta e sorriu satisfeita.

— Agora vá para casa, Rose, e descanse! Sua neta está em boas mãos! Procure descansar e renovar suas forças para amanhã. Nazaré se encarregará dela pessoalmente doravante, não é mesmo? - falou, virando-se para a enfermeira.

— Com certeza, Rose. Descanse sossegada! Estarei aqui se ela precisar e, se chamar por seu nome, aviso-a imediatamente, confie em mim!

— Obrigada - disse dona Rose suspirando profundamente. - Amanhã, logo cedinho estarei aqui novamente.

Despediu-se de ambos e dirigiu-se para a vila, caminhando vagarosamente a fim de colocar seus pensamentos em ordem. Rose observava o quanto a noite estava bela.

Um tapete brilhante de estrelas multicoloridas cobria o céu de ponta a ponta. A brisa perfumada dos jardins e praças por onde passava, enchiam-lhe os pulmões de fortificante energia. - Tudo nesta Colônia é lindo! - pensou, parando por momentos. - Tudo! Até mesmo o canto dos pássaros é mais sonoro, mais melodioso do que quando os ouvia na Terra! Nunca sequer poderia imaginar que existisse vida assim depois da morte - sentou-se em um dos bancos da enorme praça que se estendia a sua frente e deixou que uma pequena prece subisse ainda mais alto nos céus, indo ao encontro do Criador.

"Pai Amado... proteja minha pobre neta contra os devaneios da mãe. Permita Senhor, se for chegada a hora, que Rosemary possa vir, definitivamente, para nossos braços. Sei que muito ainda há por fazer, mas, sinto também que, a nosso lado, em nosso humilde lar, serão muito mais amenas a sua adaptação e sua resignação. Ah! Senhor! – rogou ela entre lágrimas. – Rosemary não foi preparada para a passagem! Rosemary foi criada por Helena para a vida, apenas para a vida material! E... hoje... pobre criança! Hoje se debate entre a Terra e a espiritualidade! Acalme seu coração, meu Deus! Perdoe a ignorância de sua alma enferma e nos dê permissão para ajudá-la a se reerguer do abismo em que se encontra! Permita, Pai Amantíssimo, que ela possa vislumbrar a luz do seu amor e do entendimento que tanto se faz necessário... Dê-nos força e sabedoria para que possamos, eu e meu querido Raul, finalmente reconduzi-la em sua jornada evolutiva."

Perdida em sua oração que nada mais era do que um reflexo vivo do amor que nutria pela neta, Rose não se deu conta das horas. Um leve toque em seus ombros a trouxe de volta.

— Boa noite, dona Rose! – disse um jovem sorridente.

— Oh! Estava tão distraída que não percebi sua aproximação, Ernani! – disse ela levantando-se rapidamente.

— Se aceitar minha companhia? – sorriu ele estendendo o braço em sua direção.

— Claro, claro, meu jovem! – agradeceu ela enroscando seu antebraço no dele. — Vamos! Sabe que perdi a noção das horas?

— Este lugar possui um magnetismo incrível! – referia-se à praça que ficava para trás. – Às vezes acontece o mesmo comigo! Não é à toa que a denominaram "Iluminação", não acha?

— É – disse pensativa. – É justamente isso que procurava sentada ali. Iluminação!

— Soubemos, eu e mamãe, que em breve receberão em seu lar uma neta vinda recentemente da Terra, é verdade? – perguntou ele enquanto esperavam para atravessar a rua movimentada àquela hora.

— Sim. Ela está ainda hospitalizada, mas não veio recentemente da Terra, como supõe, meu jovem! – disse ela: – Na verdade, é um caso bastante complicado e demorado na sua solução.

Haviam chegado em frente ao portão da casa de Rose.

— Obrigada pela companhia, Ernani! Dê meu carinhoso abraço em Matilde, está bem?

O jovem, de andar ligeiro e passos firmes, afastou-se, acenando, enquanto a matrona o observava sorridente.

Sobre a mesa da sala de estar havia um botão de rosa e um bilhete de seu Raul. Rose apanhou o botão e aspirou seu delicado perfume, enchendo sua alma de inebriante sensação de paz. Leu as palavras contidas nele e sorriu satisfeita.

"Estamos a caminho da Terra. Eu, Josefina e Terencio, Eulália e a filha Eliane, Mariana e Castro. Reze por nós! Amo-a eternamente. Raul.

Ps. Ao alvorecer, retornaremos."

— Que o Pai os proteja! – disse ela, levando o pequeno papel ao encontro do peito.

Foi até a cozinha, sorveu lentamente um reconfortante caldo quente e, sem mais demoras, acomodou-se para o descanso, pois o amanhã seguinte prometia intensa atividade em seu setor de trabalho.

Maura abriu insegura a porta de entrada da cozinha. Seus passos indecisos foram ouvidos por Heitor que se encontrava no quarto, ao lado de Helena que, após uma noite razoavelmente tranquila, agora dava sinais de que a febre subira novamente.

Acomodando a esposa mais confortavelmente nos travesseiros, falou com carinho:

— Maura já chegou, Helena! Vou pedir que lhe faça um chá e traga algumas torradas. Você precisa se alimentar para resistir à doença. São recomendações do médico! – disse quando percebeu que ela se negaria a alimentar-se. – Volto logo!

Na cozinha, Maura iniciava os preparativos para o desjejum. Sua fisionomia era de muito abatimento. Heitor percebeu de pronto que ela havia passado a noite em claro e seus olhos denotavam uma imensa tristeza.

— Maura! – espantou-se Heitor. – O que houve, querida?

— Não! – pediu ela desesperada. – Não me chame dessa maneira, pelo amor de Deus! – disse, virando-se de costas para ele, enquanto apanhava algumas coisas de cima da pia. – Esqueça tudo o que aconteceu ontem à noite, por Deus! Eu...

— Esquecer! – interveio ele com energia, virando-a. – Não

podemos mais fugir do que sentimos um pelo outro, Maura! Não é justo conosco, nem mesmo com Helena, compreende? – disse segurando suas mãos que tremiam entre as dele.

— Heitor eu... – tentou Maura falar, mas foi interrompida novamente.

— Não vamos falar nada agora que possamos nos arrepender depois, está bem? Prometa? – insistiu ele carinhosamente. – Aconteceu algo com Helena ontem à noite.

Maura espantou-se e ele a acalmou rapidamente.

— Não, não... Já está tudo sob controle, fique sossegada! Precisei chamar um médico. Chamei por Roberto. Foi a única pessoa que me passou pela cabeça naquele momento – e, ajudando a moça a arrumar as xícaras na bandeja, continuou: – Pelo que ele falou, é pneumonia.

— Meu Deus! – disse ela, sentando-se na cadeira a seu lado. – Dona Helena chegou toda molhada ontem pela manhã. Deve ter tomado aquela chuva no cemitério! O que, o que vai acontecer com ela agora? – perguntou ansiosa.

— Dentro de alguns minutos, Roberto passará por aqui para uma nova avaliação e, se o quadro não tiver piorado, não haverá necessidade de interná-la para tratamento. Mas isso não é só... – disse olhando com extrema seriedade para Maura. – Roberto me aconselhou a levá-la a uma Casa Espírita! Afirmou com todas as letras que Helena está enlouquecendo e que, se não procurarmos ajuda, acabará por piorar sensivelmente! – concluiu, apanhando a bandeja pronta de cima da mesa.

— Me acompanhe, Maura! Vou precisar muito de sua ajuda! Helena mal consegue se sentar tamanha é a dor que sente no peito e no corpo.

— Coitadinha, coitadinha! – disse Maura, seguindo logo atrás de Heitor.

Olhando a patroa extremamente debilitada sobre aquela cama, Maura percebeu que não era o momento para deixá-los. Helena precisaria de seus cuidados, agora redobrados.

Imediatamente ajudou Heitor a recostá-la nos travesseiros e, segurando suas mãos, fez com que vagarosamente ingerisse todo o chá.

— Pronto! – disse realmente satisfeita ao ver que Helena se alimentara. – Farei uma sopa leve, mas bem substancial para o almoço. Precisa que eu a ajude com a higiene, dona Helena? – perguntou carinhosa.

— Não! Heitor me ajudará. Pode descer agora! – respondeu com o mesmo mau-humor de sempre. – Se precisar de você para alguma coisa eu chamo! Agora vá!

Heitor fez sinal com os olhos para que Maura não levasse em conta a malcriação de Helena.

Maura saiu, fechando a porta atrás de si.

Um leve toque na campainha fez com que Maura se desfizesse de seus pensamentos.

— Bom dia! Doutor Roberto! Há quanto tempo! – disse ela gentilmente.

— Maura! Como vai, você? – perguntou ele sorridente, enquanto entregava seu casaco à moça. – Não pensei que ainda estivesse com esta família. Fico realmente feliz em vê-la por aqui!

— Assisti a uma de suas palestras dias atrás! – disse ela. – Explanou brilhantemente o assunto! Saí de lá com a alma renovada. Estava bem lá no fundinho, acredito que não tenha me visto.

— Não a vi, confesso, mas obrigado, Maura. Fico contente em saber que continua freqüentando o centro e... minhas palestras, é claro! – disse rindo gostosamente. – Preciso dos conhecidos na platéia para me incentivarem!

— Da minha parte, sou sua fã de carteirinha! Pode acreditar! – respondeu brincando com o antigo amigo, enquanto subiam as escadas.

No topo da escada, Maura indicou ao visitante o quarto e desceu para seus afazeres diários.

Helena estava sentada, quando Roberto abriu vagarosamente a porta, depois de haver batido. Assim que avistou a figura do rapaz, teve um sobressalto e gritou histericamente:

— Fora! Fora daqui, infame! Heitor, Heitor! – chamou pelo esposo que se achava na suíte. – Ponha este homem para fora daqui imediatamente!

— Helena! O que é isso, Helena! Roberto está aqui na qualidade de médico! Fui eu quem o chamou! – disse desconcertado com a agressão gratuita da esposa.

Médium vidente que era, Roberto percebeu nitidamente se formarem pequenos círculos negros ao redor da mulher que iam e vinham em sua direção numa velocidade espantosa, tentando atingi-lo como se fossem pequeninas cobras a se estender e a se recolher, preparando-se para novo bote. Instintivamente recuou.

— Entre, entre Roberto – disse Heitor indo a sua direção e indicando o interior do quarto: – Helena não estava preparada para sua visita. Tenho certeza de que não sabe o que está dizendo ou fazendo, me perdoe, por favor!

Helena havia se encolhido no fundo da cama como se quisesse esconder-se de Roberto, como se a presença dele, além da ira, lhe provocasse um terrível medo.

Notando o desequilíbrio crescente da mulher que, além da fortíssima febre que a acometia, encontrava-se também sob o efeito de psicotrópicos, Roberto se aproximou vagarosamente da cama e, postado ao lado dela, pediu mentalmente, a proteção dos mentores espirituais que o acompanhavam habitualmente em visitas daquela natureza.

Colocou sua mão sobre a cabeça de Helena e ela, como que dominada por poderosíssimas forças ocultas, emudeceu, pendendo a cabeça sobre o pescoço.

Heitor estava boquiaberto pelo que se passava naquele quarto.

Roberto, depois de alguns minutos em absoluto silêncio, como se voltasse de um longo transe, disse:

— Dona Helena está sendo atendida por amigos espirituais. Dormirá por algumas horas e, ao acordar, estará mais calma, não se preocupe, seu Heitor.

Apanhou seus instrumentos da pequena valise que colocara sobre a mesinha de cabeceira e começou a examinar a mulher. Depois de algum tempo, concluiu:

— Não houve evolução do quadro de pneumonia desde ontem. A febre, que está apresentando, ainda é natural e durará por alguns dias, até que cessem todos os sintomas. Se preferir, poderei indicar uma internação para que fique mais sossegado!

— Acredito que no estado emocional em que Helena se encontra, seria pior levá-la para o hospital – disse Heitor pensativo.

— Concordo plenamente com o senhor, ademais, se houver mudanças, poderemos alterar nossa conduta a qualquer momento! Por ora, não vejo motivos para tanto. Vejo que Maura continua nesta casa, não é? – perguntou ele.

— Sim – respondeu curioso Heitor.

— Direi a ela como deverá proceder em alguns exercícios respiratórios que deverão ser feitos ao longo do tratamento para amenizar as dores nos pulmões de dona Helena, está bem? Sabia que tem em sua casa uma enfermeira de primeira linha? – disse sério.

— Não, isso para mim é novidade, sempre pensei que Maura tivesse feito magistério apenas. Não sabia que entendia de enfermagem também, se bem que, com Rosemary, ela demonstrava muita segurança em tudo o que fazia – lembrou ele. – Cheguei muitas vezes a elogiá-la, mas...

— E, diga-se de passagem – interrompeu Roberto – uma excelente profissional! Foi uma pena quando resolveu abandonar sua profissão repentinamente.

— Sabe o motivo disso? – perguntou Heitor curioso.

— Quanto a isso, é melhor perguntar a ela, pois ninguém conseguiu entender até hoje os motivos que a levaram a desistir de tão brilhante carreira! – disse Roberto pensativo. – Bem, preciso ir agora! O hospital me aguarda! Se precisar, é só ligar – despedindo-se na porta do quarto, continuou: – Conheço a saída, não precisa me acompanhar, está bem?

XII

A DOR MATERNA

Helena estava mais uma vez entregue aos médicos espirituais que se revezavam em seu atendimento. Apesar do abatimento físico em que se encontrava, o tratamento continuava ininterruptamente.

Sobre o corpo da paciente, havia sido colocada, como barreira, uma espécie de condutor elétrico, que impedia seu Espírito de se ausentar do corpo físico durante o sono e, retida nele, ela recebia impulsos magnéticos com a finalidade de reequilibrar suas atividades mentais. Por outro lado, Raul, seu pai, continuava, junto a ela, a intuir a necessidade do desapego à filha morta.

— Terminamos a faxina espiritual nos aposentos de nossa irmãzinha Rosemary – disse Mariana, achegando-se ao lado de seu Raul. – Pelo menos por ora, não será mais atraída àquele lugar, influenciada pela mente da mãe, como vinha fazendo desde então. Há claridade, há luz e muita paz por lá agora! – disse sorridente a mulher.

— Não sei como agradecer por tão magnífica ajuda, minhas irmãs e meus irmãos! – disse Raul emocionado com a alegria que o pequeno grupo sentia em poder ajudá-lo. – Só o Pai poderá retribuir tanta amabilidade da parte de todos vocês!

— Não seja tolo, meu amigo! Todos nós precisamos uns dos outros! Hoje foi você, amanhã poderá ser um dos nossos, e assim por diante! Esse é o grande objetivo do Pai Maior! A união verdadeira entre os homens, não é mesmo? Além do mais, somos vizinhos, se esqueceu? Quem é que vai nos fornecer aqueles magníficos legumes que só Rose sabe plantar, se não o ajudarmos? – disse Castro, rindo para o amigo.

Seu Raul abaixou a cabeça e, por alguns instantes deixou que as lágrimas viessem à tona sem conseguir estancá-las, como de costume. O pequeno grupo se calou em respeito ao amigo que, instantes depois, refazendo-se, ameaçou um sorriso enquanto justificava o ocorrido.

— Perdoem-me, meus amigos, mas, às vezes, bate uma dor profunda neste velho peito – disse batendo de leve com a mão no peito – e... bem, fica muito difícil não me sentir também culpado pelas atitudes de minha pobre filha Helena.

— Ai, ai, ai, ai, ai! – repreendeu Mariana o amigo como se o fizesse a uma criança. – Não ouse pensar dessa maneira! – e abraçou-o com carinho. – Nós, os pais, temos o dever, a obrigação sublime de orientar nossos filhos, encaminhando-os sempre que se fizer necessário, não é mesmo? – e dirigiu-se aos demais, continuando: – Mas, daí a nos julgar culpados pelos erros cometidos por eles ao longo de sua jornada evolutiva... Não, isso não seria justo perante as Leis do Divino Criador. Você, Raul, e também Rose, instruiu a filha que Deus lhes confiou com sabedoria e competência. Cumpriram com a missão que lhes foi confiada e, saiba, meu amigo, que se não tivesse sido dessa maneira, o Pai não teria permitido a sua e a nossa presença hoje aqui.

Após uma pequena pausa, Mariana continuou sorrindo, emocionada:

— Nossa irmãzinha Helena está sofrendo muito, meu amigo... Para o coração de uma mãe, nem sempre é tão fácil aceitar a perda de um filho, a dor da separação pela morte, seja ela repentina ou não, como no caso de sua filha, é algo que dói, dói muito dentro do peito, e é tão profunda e tão intensa que parece que parte de nós também deixa de existir, está me compreendendo? – perguntou ela, afagando docemente as mãos do amigo. – Nossa irmã Helena não entende a vida sem a presença da amada filhinha a quem dedicou toda a sua existência, todos os seus cuidados, todos os seus anseios e, por este motivo, tem sofrido e feito sofrer, mas, por mais paradoxal que tudo isso possa parecer, ela age assim por amor.

Olhando para um ponto indefinido no horizonte, Mariana deixou que as lembranças de seu passado lhe tornassem à mente enquanto, emocionada, falava ao amigo:

— Também eu, num tempo agora distante, sofri a perda lamentável de um amado filho... Filho esse que era a alegria de meus dias terrenos. Bem, mas, estava escrito que assim seria e, quando esse dia chegou, o sofrimento foi maior, muito maior do que eu pensava poder suportar. Muito embora, devido à doença que o havia acometido, eu já esperasse isso, não consegui aceitar, compreender o porquê de tudo aquilo. Ah! Meus amigos, meu pobre coração que já se julgava calejado e preparado para a despedida definitiva, se viu tão solitário, tão frágil perante aquela imensa dor, que parecia, dia após dias, arrancar de minhas entranhas a vida nelas contida. Lágrimas, meu Deus, foram tantas, tantas que não saberia nem mesmo precisar quantos foram os dias, as noites, os meses em que me vi banhada por elas! Um único desejo possuía em meu coração: ver novamente meu querido tesouro, beijar novamente aquele rosto amado, sentir novamente o calor de seu abraço...

O silêncio naquele aposento era apenas cortado pelo canto alegre dos pássaros que se agitavam com o alvorecer que agora se iniciava na Terra. Aqueles que a ouviam narrar sua desdita, também compartilhavam a dor daquela mãe.

— Então, muito tempo depois, talvez intuída por amigos espirituais que se compadeceram de mim, resolvi não mais chorar, trancada em meu quarto solitária e amargurada. Saí em busca de algo, algo que fizesse com que eu me sentisse viva, útil... Algo que fizesse valer a pena continuar vivendo, compreendem? – perguntou ela sem esperar resposta. – E, numa tarde, depois de muito andar sem chegar a lugar nenhum, conheci aquela que seria minha mestra na

Terra. Seu nome era Jurema – era como se estivesse visualizando-a a sua frente. – Cabelos muito brancos, olhos de um azul tão límpido e tão profundo como sua vivência. Jurema Mariano! Uma mulher de aparência muito frágil, de andar firme e decidido e de mãos delicadas e meigas como seu bondoso coração. Bem, meus amigos, foi através dessa mulher que meus caminhos terrenos ganharam novo rumo! Também ela perdera um filho e também ela passara por essa experiência dolorosa e triste que só quem já a sofreu compreende em toda a sua extensão. No entanto, algum tempo depois, formara um grupo pequeno de mães em idêntica situação que, ao invés de chorar a morte de seus filhos inutilmente, juntaram as dores na abnegada tarefa de ajudar o próximo na confecção de enxovais para recém-nascidos, na reconfortante tarefa de trazer alegria para mãezinhas carentes. Foi assim que, pouco tempo depois, eu, que julgava ter aniquilado dentro de mim a vontade de viver, descobri, através desse humilde trabalho que, proporcionar alegria a outros nos impulsiona, nos revitaliza e nos abranda as dores, por maiores que elas sejam. Não, não esqueci meu adorado filho, meus queridos! Muito pelo contrário, a lembrança dele se faz mais presente ainda em meus dias, pois passei a dedicar meu lavor e meu esforço em prol de sua evolução espiritual e da minha também. As lágrimas aos poucos foram dando lugar a uma alegria inexplicável, assim... assim como se eu estivesse ainda mais ligada a ele, só que de uma maneira saudável, compreenderam?

O sorriso que agora se encontrava estampado em seu rosto não deixava dúvidas de que falara a verdade.

Com voz embargada, seu Raul falou:

— Como seria maravilhoso se as mães soubessem enfrentar com essa coragem as dores que o destino coloca em seus caminhos e não agissem impensadamente como Helena que está aniquilando todos à sua volta...

Irmã Mariana interrompeu seu Raul não dando margem a que ele continuasse seu pensamento:

— Não foi fácil, não foi mesmo, meus amigos, mas, a revolta não teria sido a companheira ideal, isso é certo, tanto é que tão logo desencarnei, muitos anos mais tarde, a primeira pessoa que vi a meu lado na espiritualidade foi meu amado filho a me sorrir como antigamente, então todas as dores, toda a saudade, todas as lágrimas que eu havia derramado ao longo de minha jornada na Terra, deixaram de ter significado, pois constatei, com alegria infinita, que a vida realmente continuava e, que aquela abrupta separação nada mais havia sido do que uma longa, longa viagem que, finalmente, terminara – fez uma pausa e depois continuou:

— Não julguemos tão duramente nossa irmãzinha Helena, meus amigos, ela ainda não dispõe de conhecimento suficiente para enfrentar com coragem a perda de sua amada filha e, portanto, busca no sofrimento, o qual julga ser a prova máxima de seu amor, o consolo para seus dias. Ah! Se pudéssemos adentrar realmente esse pobre coração e, por instantes, mínimos que fossem, sentir a dor nele contida... Com certeza não teríamos coragem de julgá-lo tão duramente! – disse muito emocionada. – Nossa missão, meus irmãos, deve se restringir apenas a ajudar, sem nunca, nunca julgar! Tempo virá em que, na Terra ou na espiritualidade, ela acabará por compreender o porquê das vicissitudes pelas quais está sendo induzida a passar e abrirá, finalmente, seu coração para que a Luz Divina o ilumine em definitivo. Por ora, nossa humilde contribuição deverá ser a oração, o nosso amor e a nossa compaixão... – concluiu com um bondoso e sábio sorriso nos lábios.

Todos se abraçaram com lágrimas nos olhos ainda embevecidos com as palavras tão sábias daquela mulher que, antes de condenar os desmandos de Helena, sabia compreender perfeitamente sua dor e compadecer-se sinceramente dela.

Despediram-se e partiram de volta a seus lares. Seu Raul permaneceu por mais algum tempo junto à filha, conjeturando sobre tudo que ouvira dos lábios da amiga.

Sílvia passou em casa de Helena no final da tarde. Soubera por Maura que Helena estava adoentada. O toque da campainha despertou Heitor, que havia cochilado no sofá da sala. Esfregando os olhos atendeu à porta, sonolento.

— Oi, Sílvia! Não repare – disse arrumando os cabelos –, estava descansando no sofá e acabei por adormecer.

— Maura me ligou, avisando sobre Helena – disse

encaminhando-se até a lareira. – Huuummm! Que maravilha! – e esfregou as mãos próximas ao fogo que ardia, fazendo pequenos estalidos. – Você já viu o frio que está fazendo lá fora?

Heitor não havia percebido a lareira acesa.Deve ter sido Maura quem a acendeu. Pensou com carinho na amada.

— Lá em casa, Antenor não tem saído da frente dela! Minha sala de estar está um caos! Pratos, copos, pratinhos espalhados pelo chão. Ele e as crianças não querem outra vida! – completou, rindo.

Depois, tornando-se mais séria, perguntou, sentando-se em frente dele numa espaçosa poltrona florida:

— Como está Helena? Maura me contou a conversa que tiveram e também o que Roberto lhe disse a respeito disso tudo. Parece grave, não é mesmo?

— Parece que não será preciso interná-la para o tratamento. Durante a tarde a febre não se elevou muito e está mais calma.

— Não, querido, não é sobre a pneumonia que estou falando. É sobre seu estado espiritual. Essa é a gravidade do caso! – falou com firmeza. – Por este motivo vim até aqui! Precisamos agir com cautela, mas, decididamente!

Maura havia se aproximado, vindo da cozinha.

— Ouvi quando chegou, dona Sílvia. Demorei-me um pouco, pois estava preparando um chocolate quente para ambos – e, com delicadeza, serviu o fumegante líquido. Colocou a bandeja sobre a mesinha e já ia se retirando, quando Heitor a chamou:

— Fique conosco, Maura, por favor, por favor! – pediu ternamente.

Maura hesitou por um momento, mas, percebendo que seria em vão sua recusa, aquiesceu ao convite e sentou-se ao lado de Sílvia.

— Maura tem sido a vida que ainda sustenta esta casa, Sílvia! – disse ele em dado momento. – Não fosse sua presença aqui, nem sei o que seria de... – parou com a voz embargada.

Sílvia gracejou tentando animá-lo.

— Pois que Deus a conserve sempre neste lar, então! Principalmente se servir sempre aos amigos uma xícara de tão delicioso chocolate como esta! – e serviu-se de mais uma caneca. – Estou completamente aquecida agora! Obrigada, querida, obrigada mesmo! Meus músculos e ossos já estavam estalando!

Todos riram e o ambiente pareceu ganhar nova luz.

— Não posso me demorar, portanto, vamos direto ao assunto que me trouxe aqui. Helena, pelo que conversamos e, pelo que pude notar dias atrás quando ela foi me procurar, necessita de tratamento espiritual para que possa restaurar sua saúde. Pois bem – continuou –, em nossa casa Espírita, desenvolvemos um trabalho destinado a esses casos. Será preciso que ela esteja bem fisicamente, isto é que se recupere totalmente do mal que a acometeu agora, pois não é aconselhável iniciarmos nada antes disso.

Heitor observava e ouvia atencioso as palavras da amiga.

— Tão logo Helena se sinta disposta, isto é, curada dessa pneumonia, gostaria que vocês me avisassem – falou tocando com carinho nas mãos de Maura – para que novamente eu venha até aqui e dê um jeitinho de fazer com que ela sinta vontade de assistir aos trabalhos.

— Não será fácil convencê-la. Helena está fechada para qualquer conselho – conjeturou Heitor.

— Deixemos isso nas mãos de Deus, meu amigo. Sei quanto Helena é relutante no que diz respeito às coisas espirituais, mas, por outro lado, não podemos desistir sem que antes tenhamos tentado de tudo, não concordam? Vamos fazer a nossa parte e rezar para que ela faça a dela também, caso contrário, estaríamos incorrendo em grave erro.

Olhando demoradamente para Maura, Sílvia disse como que depositando nela todas as suas esperanças de cura da amiga:

— Maura, minha querida, você é a pessoa mais importante neste momento nesta casa, mais importante até que Heitor, pois, a maior parte do tempo ela tem passado em sua companhia, e quer queira ou não, precisa de você a seu lado.

— Sim – respondeu a jovem.

— Helena não se afiniza com Maura – disse Heitor. – Por qualquer motivo a agride verbalmente...

— Não, não, não! Isso não tem importância! Maura é forte e madura o suficiente para entender que isso tudo faz parte de um grande desequilíbrio e que, portanto, não deverá ser levado em conta, não é, minha querida? – falou afagando com carinho as mãos da jovem. – Você tem sob seu teto uma moça de princípios morais e religiosos muito valorosos, saiba disso, Heitor! Somos velhas companheiras de fé. Conhecemo-nos muito antes que ela viesse para esta casa! – contou segurando firmemente suas mãos como que a fortalecer ainda mais os laços que já as uniam. – Encontrará em Maura o equilíbrio de que precisa para ajudar Helena, meu amigo, e, desta forma, estará ajudando a si mesmo a encontrar seu caminho seguro.

    Heitor estava confuso. Olhou curioso nos olhos de Maura e pensou: – Vivemos sob o mesmo teto há tanto tempo, amamo-nos e nada sei realmente sobre sua vida... Que mistérios se escondem dentro de seu coração, minha querida? O que a fez dedicar-se ao trabalho em nossa casa afinal?

    — Bem, já se faz tarde – disse Sílvia olhando no relógio de pulso. – Preciso voltar, um batalhão me aguarda! – referia-se ao marido e aos quatro filhos. – Não subirei para ver Helena. Melhor, não digam a ela que estive aqui! – e despediu-se de ambos. – Que Deus os proteja! Até mais!

    Assim que a porta se fechou, Heitor seguiu Maura até a cozinha. Percebendo sua presença, parado na porta, Maura disse:

    — Não voltei para casa hoje porque julguei que seria útil aqui esta noite. Quando fui até a sala procurá-lo, estava adormecido, não quis perturbá-lo, então, então fiquei assim mesmo, fiz mal? – perguntou ela.

    Heitor não parecia ouvir as explicações e nem a pergunta de Maura. Sentia como se estivesse diante de alguém cuja presença tão humilde e por vezes silenciosa, escondia um grande mistério. Não se contendo mais, explodiu em perguntas:

    — Maura, quem é você realmente? O que faz aqui, por que está aqui? Como por Deus veio parar nesta casa? – perguntava ele quase não conseguindo mais controlar sua ansiedade.

    Maura, que começava a guardar a louça recém-lavada, estacou repentinamente. Suas pernas fraquejaram, suas faces tornaram-se lívidas e sentiu como se fosse desfalecer a qualquer momento. Heitor aflito correu em seu socorro tomando-a nos braços.

— Querida, querida! Me perdoe, me perdoe – dizia ele abraçando-a fortemente de encontro ao peito. – Que direito tenho eu de questioná-la dessa maneira? Que direito tenho eu de invadir sua vida e questionar seus mais íntimos segredos? Perdão, Maura, perdão! – pedia ele sem parar.

Com os olhos marejados, Maura foi se recompondo aos poucos. Estava calada, as palavras não lhe vinham à mente com facilidade.

— Não hoje, Heitor, não hoje! Ainda não conseguirei... não conseguirei! – disse, com voz embargada, afastando-se dele apressadamente. Ganhou ligeira o corredor e depois o quarto, fechando atrás de si a porta. Atirou-se sobre a cama e deu livre curso às lágrimas.

Sim, ela guardava um segredo na alma. Um segredo que trancara no coração, escondido entre o terrível arrependimento que carregava e o ato inconseqüente que tivera. Por horas a fio, Maura ali permaneceu até que o cansaço a venceu e o sono reparador desceu sobre seu corpo fazendo com que antigas lembranças fossem apagadas de sua mente por instantes.

XIII

Conselhos do Dr. Roberto

Absorto em seus pensamentos, Heitor, ainda muito intrigado com a atitude desesperada de Maura, não permitia que o sono chegasse, sorrateiro, como sempre. Andando de um lado para o outro do quarto, conjeturava sobre o que poderia tê-la deixado tão transtornada, a ponto de sair correndo em busca da solidão de seu quarto. Sua mente fervilhava em busca de respostas, respostas estas que jamais poderia supor.

Helena, adormecida, vez por outra se remexia no leito, gemendo baixinho. Achegou-se dela e, sentado na borda da cama, permitiu que as lembranças de um tempo bom lhe voltassem à mente.

Viu-se jovem. Helena sorridente lhe anunciava com alegria e lágrimas nos olhos, a gravidez tão esperada.

— Deus seja louvado! - dissera emocionado. - Deus seja louvado, querida! Ele ouviu nossas preces finalmente! - falara erguendo, qual criança, a esposa nos braços.

Meses mais tarde, veio a decepção! Helena perdera a criança que gerava em seu ventre e, a partir dela, uma interminável peregrinação aos médicos se iniciou.

Anos a fio, ele e a esposa haviam percorrido os melhores especialistas, na tentativa de constituir uma família até que finalmente Helena conseguiu levar a cabo a gestação que lhes trouxera Rosemary.

Recordava-se das inúmeras lágrimas e frustrações pelas quais haviam passado a cada aborto espontâneo de Helena e o quanto isso os havia afastado. Heitor havia sugerido uma adoção, mas, o Espírito rebelde de Helena abominava a idéia de ter em seus braços uma criança que não fosse gerada em seu ventre. – Não! Não admito essa hipótese, Heitor! – repetia, irritada, ela, sempre que o assunto vinha à baila. – Como poderemos ter certeza da procedência da criança, de quem ela é filha! E se for de um marginal, uma prostituta! Não colocaremos aqui nenhum desconhecido, entenda que este assunto está acabado! Teremos um filho nosso ou... não teremos filho algum! – no entanto, finalmente ela ali estava: pequenina e indefesa, dormia aconchegada nos braços, sob o olhar radiante de Helena.

— Vai se chamar Rosemary – havia dito ele: – Rose de sua mãe e Mary de Maria, a minha! – dissera entre lágrimas de alegria...

— Ah! Deus! Que foi feito de nossas vidas! – murmurou, voltando-se à realidade e olhando pensativo para Helena.

Os primeiros raios de sol começavam a aparecer no horizonte, quando Heitor afastou-se da janela em que estivera por quase toda aquela longa noite de incertezas e lembranças.

Olhou para o relógio e apanhou os medicamentos de Helena. Preparou-os e fez com que ela os ingerisse.

— Sente-se melhor? – perguntou.

— Acho que sim! – respondeu sonolenta. – Só preciso continuar dormindo...

— Cubra-se, então! Vou deixá-la descansar! – disse, ajeitando os cobertores sobre seu corpo. – Terei que ir ao escritório hoje, mas não devo me demorar. Maura cuidará de você na minha ausência, está bem?

— Hum, hum... Tive... tive um sonho... um sonho muito estranho.... Papai estava aqui... – murmurou ela, adormecendo novamente em seguida.

Heitor saiu antes mesmo que Maura se levantasse. Não queria vê-la logo cedo, pois talvez ela precisasse de algum tempo para pensar.

Lá fora, a vida já iniciara sua rotina. O burburinho das crianças a caminho da escola acordou Maura.

Rapidamente levantou-se e abriu a veneziana da janela. O sol aquecia docemente a relva ainda molhada pelo orvalho e alguns pássaros banhavam-se nas poças de água que haviam sobrado da chuva da noite anterior. Respirou profundamente o frescor daquela manhã, buscando energias para mais um dia. Apanhou suas roupas de cima de uma cadeira e vestiu-se apressadamente.

— Meu Deus! Dormi demais! - disse olhando no relógio de pulso. - Preciso me apressar! Doutor Roberto já deve estar chegando... marcou comigo às oito horas! - resmungou, enquanto escovava seus dentes apressadamente.

Dito e feito. Mal acabara de escovar e prender os cabelos e a campainha tocou.

Ligeira atendeu a porta com o sorriso de sempre.

— Bom dia, Maura! Como está tudo por aqui? - perguntou ele ao entrar.

— Para ser sincera - disse desconcertada. - Ainda não subi até o quarto de dona Helena. Perdi a noção do tempo e... acabei por me atrasar.

— Então, por favor, me acompanhe até lá, Maura. Não gostaria de ficar a sós com ela, por enquanto - disse ele subindo as escadas. - E, depois, preciso lhe indicar os exercícios respiratórios para fazer durante o dia, está bem?

— Pois não, doutor - respondeu ela.

Maura abriu vagarosamente a porta do quarto que permanecia na penumbra e chamou pela patroa.

— Dona Helena! Dona Helena! O médico veio vê-la! - tocou-a, de leve, em seu ombro descoberto.

— O que quer, Maura? Quem veio me ver? - perguntou virando-se.

— O médico, dona Helena. Posso abrir um pouco as janelas? Ele vai precisar de luz natural para examiná-la, está bem? - num zás-tráz, escancarou as cortinas e a luz do sol penetrou iluminando todo o aposento.

Helena, ajudada por Maura, recostou seu corpo na cabeceira da cama e ajeitou os cabelos em desalinho. Maura percebeu, ao tocá-la, que a febre ainda persistia e que enormes olheiras circundavam seus olhos.

— Como estou? – perguntou. – Não quero parecer um trapo na frente do médico – depois, olhando para Maura, continuou, curiosa: – Você sabe quem é ele? Não me recordo da fisionomia dele e... muito menos de seu nome. Acho que estava muito febril na noite em que Heitor o chamou.

A jovem fez-se de desentendida e não respondeu à pergunta da patroa e, mirando-a:

— Sua aparência está bem melhor hoje! Posso pedir que entre agora? – perguntou.

— Sim, sim! - respondeu Helena, arrumando a camisola.

Roberto, que esperava do lado de fora, pressentia que aquela seria uma visita bastante difícil. Helena, até então sedada pela medicação, não tomara conhecimento de que ele era o médico que a estava acompanhando. Pediu então novamente aos amigos espirituais que o auxiliassem naquele encontro. Abriu lentamente a porta e entrou. Teve um sobressalto.

— O que ele está fazendo aqui? – gritou ela, olhando furiosa para Maura.

Imediatamente o plano espiritual que se mantinha atento ao que se passava com a enferma, atuou sobre o perispírito de Helena, fazendo com que um torpor a fizesse calar-se, por momentos.

— Nossa irmãzinha precisa ouvir o médico terreno! - disse Nelson. - Se achegue mais dela – pediu a seu Raul – e coloque as mãos sobre sua cabeça. Peçamos todos ao Pai Sua intervenção para que nossa irmã possa receber o auxílio de que necessita.

— Dona Helena, por favor, se acalme! - disse Roberto. - Estou aqui na qualidade de médico! Estou aqui para ajudá-la, apenas isso! - disse com energia na voz.

— Cóf, cóf, cóf... não... cóf, cóf...não toque em mim!

— A senhora precisa de ajuda! - falou aproximando-se do leito.

Helena quase não podia mais respirar tamanha era a dor que sentia ao tossir. Apoiada sobre os braços, tentava buscar ar entre uma crise e outra. Seu rosto, rubro, parecia quase explodir.

— Não resista, por favor! – disse Roberto enquanto preparava a medicação em um pequeno aparelho de nebulização. – Vou colocar este aparelho em seu rosto, isto fará com que melhore rapidamente.

Com o peito arfando, Helena obedeceu, visto que não havia outra saída. Maura, a seu lado, ajudava-a a dirigir, trêmula e angustiada, o jato de ar em suas narinas. Roberto puxou uma cadeira e sentou-se ao lado da cama, observando-a calado. Mesmo sem condições ainda de falar, Helena olhava-o, fixamente, por entre a espessa neblina que o aparelho lançava no ar e seu olhar dizia tudo aquilo que lhe ia na alma doentia.

O silêncio que se fez era apenas cortado por uma leve brisa balançando os grilhões das cortinas e pelo canto dos pássaros que se misturava ao barulho contínuo do aparelho de inalações.

Alguns minutos depois, percebendo que Helena já se encontrava mais refeita, Roberto fez sinal para que Maura se retirasse do quarto e os deixasse a sós.

Assim que a jovem fez menção de se retirar, Helena tentou chamá-la, mas uma nova crise se desencadeou ainda mais forte.

— Deixe-nos a sós, Maura! – disse ele. – Se precisar, chamarei, fique sossegada.

A jovem se retirou vacilante.

Roberto esperou que a porta se fechasse atrás dela e então, virando-se para Helena, olhou profundamente em seus olhos como que a lhe perscrutar o mais íntimo da alma, o que a fez sentir-se desnuda. Descoberta no mais profundo de sua alma, odiou-o ainda mais por isso.

— O que quer de mim? – disse ela com a voz entrecortada pela crise de apnéia.

— Apenas que me ouça, dona Helena, apenas que me ouça... – respondeu ele com voz cansada.

— Pois fale então! Na certa quer se justificar e... se acredita que vou perdoá-lo, está muito, muito enganado! – estava irritada.

— Não, não, senhora, não quero o seu perdão, mesmo porque, não carrego em meu coração nenhum sentimento de culpa ou coisa parecida.

— Se não é o perdão o que espera de mim, então se retire, pois

não temos nada, nada para conversar! – exaltou-se ela.
— Temos sim! – respondeu ele, levantando-se e dirigindo-se até a janela.

Olhou demoradamente para as árvores que se balançavam ao toque da brisa, cerrou os olhos por instantes, relembrando um passado feliz e depois, voltando à realidade, continuou:
— Também sofri a perda de Rosemary, dona Helena! Sofri muito, muito mesmo! – murmurou.

E antes que ela pudesse contradizê-lo, continuou sem dar ouvidos à gargalhada que ela tentou soltar por detrás do aparelho que continuava, implacável, o seu trabalho.
— Sofri sim, meu sofrimento foi tanto que julguei nunca mais achar motivos para continuar vivendo. Minha dor era calada, solitária, mas... já não sofro mais, quero que saiba – disse olhando-a frente a frente. – Transformei minha dor, minha saudade, minhas lágrimas que, saiba, foram muitas, em queridas lembranças que carregarei eternamente em meu coração, mas, lembranças que não aniquilarão a minha vida ou a vida dos que ficaram ao meu redor – completou, apanhando carinhosamente de cima da cômoda o porta-retratos onde Rosemary esbanjava um enorme sorriso.

Olhou ternamente para a amada e continuou:
— É assim, percebe, é assim que a vejo em meus sonhos, em minhas lembranças... sorrindo, feliz! – falou acariciando o rosto da jovem na fotografia.

Helena, calada, ouvia as palavras do rapaz com desdém. Seus pensamentos, confusos, não conseguiam perceber a sinceridade daquelas palavras, no entanto, Roberto, alheio ao burburinho daquela mente já tão perturbada, continuava:
— Não foram poucos os sonhos que idealizamos para nosso futuro, a senhora bem deve saber, mas... mas a vida nem sempre é como desejamos, não é mesmo? Rosemary me deixou, deixou a todos nós e partiu em busca de uma nova vida, uma vida que não compreendemos, porém, que existe, é real! – disse pausadamente. – Sei o quanto devem ter sentido a falta dela em suas vidas e o quanto a saudade deve ainda ferir suas almas, no entanto – fez uma pausa – é chegada a hora, dona Helena, de permitir que ela parta

definitivamente.

— Quem é você para me falar desta maneira! - interrompeu ela, atirando furiosamente o inalador aos pés da cama. - Que direito pensa que tem para chegar aqui e, sem mais nem menos, dizer o que devo ou não fazer?

— Ninguém! - disse ele apanhando calmamente o aparelho e montando-o novamente. - Todavia, já fui alguém, alguém muito ligado à sua família e é por esse motivo que me sinto no dever de alertá-la, não apenas como médico, mas, principalmente como alguém que, com toda a certeza, estaria hoje fazendo parte desta família também! Dona Helena - continuou —, Rosemary precisa de paz, muita paz! Liberte-a, permita que ela siga seu caminho em busca da verdadeira felicidade na espiritualidade! Ela está sofrendo tanto ou mais que todos nós, acredite em mim! Sua dor, suas lágrimas, seus constantes chamamentos a estão magoando, estão lhe fazendo muito mal, compreende?

Helena, que crivara os olhos no rapaz, retorcia as mãos nervosamente, como se a qualquer momento fosse levantar-se e esbofeteá-lo.

— Não me odeie, dona Helena! Não sou um inimigo! Amei Rosemary, amei como a ninguém havia amado antes e ela sempre soube disso! - disse, com emoção na voz.

— Ahahahaahaaa! - riu ela histericamente. - Quem ama, não trai, rapaz! Não trai, entendeu! - berrou. - Você a traiu, tão logo pôde! Eu sei disso, eu sei e ela também! Contei tudo, tudo a ela, pensa que não! Todos querem me afastar dela, mas não vão conseguir, ah! Não vão mesmo! - e olhava assustada para todos os lados do quarto.

Roberto percebeu o quanto a pobre mulher estava doente mentalmente. Seus olhos, extremamente abertos, pareciam querer saltar das órbitas e seu aspecto tornara-se sombrio repentinamente. Um arrepio percorreu o corpo do rapaz. E, antes que a conversa se estendesse ainda mais para o campo das agressões, Roberto apanhou sua maleta, despedindo-se rapidamente. Nada mais havia para se fazer ali.

Parado no topo da escada, recompôs suas energias antes de procurar Maura.

Na copa, a jovem o aguardava ansiosa.

— Como foi com dona Helena, doutor Roberto? – perguntou ela assim que ele cruzou a larga porta que separava a copa da sala de estar.

— Nada bem, nada bem! – disse colocando desanimadamente sua maleta em cima da mesa. – O apego que ela tem pela filha é descomunal!

— Meu Deus! – murmurou Maura.

— Vou pedir seu internamento o quanto antes. Precisamos tirá-la daqui por uns tempos. Providenciarei para que seja removida ainda hoje para uma casa de repouso não muito distante. Você deve conhecer, Maura, é uma casa espírita. Chama-se Novos Rumos, já ouviu falar? – inquiriu levantando-se.

— Sim, sim – disse ela —, é uma espécie de hospital psiquiátrico, não é?

— Digamos que sim, mas, lá, não tratamos nossos pacientes como meros doentes mentais, usamos também os recursos espirituais a nosso favor. Telefonarei para seu Heitor logo mais e o colocarei a par de toda a situação. Acredito que concordará com o internamento.

E, batendo levemente no ombro de Maura completou:

— Não podemos desanimar, não é mesmo? Anime-se, moça! Vamos precisar de todos nesta luta! Já enfrentamos situações difíceis outras vezes, não será desta vez que sucumbiremos, não é mesmo? – e despediu-se, apressado.

Helena remoía seus pensamentos andando de um lado para o outro no quarto, quando Maura entrou, trazendo o café. O penhoar, entreaberto, esvoaçava de um lado para o outro a cada passo seu e o corpo recurvado, denunciava as fortes dores que deveria estar sentindo, pelo esforço que se impusera.

— Não deve ficar agitada, dona Helena! Isso não lhe fará bem! Sente-se aqui, por favor, e coma alguma coisa. Olhe, eu lhe trouxe o café e as torradas que tanto aprecia!

— Deixe aí! – falou entre dentes. – Quando achar que devo comer, comerei! Agora me deixe só! Saia daqui!

Os protetores espirituais observavam atentos.

Assim que a jovem saiu, Helena sentou-se em frente a bandeja com sua refeição empurrando-a para longe de si.

Seu Raul, muito abatido com tudo o que acabara de presenciar, desabafou aos amigos:

— Perdemos! Perdemos esta batalha, irmão Francisco!

— O que me diz, meu amigo? Não perdemos a batalha, meu irmão! Acabamos de ganhar o primeiro ronde, não percebeu?

— Como assim? Não compreendo! - disse seu Raul incrédulo.

— Analise comigo, meu amigo. Conforme planejamos anteriormente, nossa irmãzinha Rosemary já se encontra em condições de receber ajuda e, graças à doença de nossa irmã Helena, reaproximamos Roberto desta família, o que fará com que ele, através dos conhecimentos espirituais que possui, a encaminhe para o tratamento espiritual e físico de que tanto necessita. Compreende agora por que não perdemos essa batalha? - disse, abraçando-o carinhosamente. - Nossa irmã Helena está bastante debilitada e, enquanto permanecer nesta casa, não conseguirá captar bem nossas orientações espirituais, mas, alojada em Novos Rumos, local extremamente preparado para este fim, poderemos atuar com maior tranqüilidade em seu perispírito, tornando nosso trabalho muito mais proveitoso. Lá, assim como nas colônias espirituais, existem barreiras fortemente edificadas para que as forças do mal não possam interferir em nosso trabalho. Paralelamente ao trabalho médico do plano físico daquela instituição, existe o trabalho médico espiritual que atua, incessantemente, na reabilitação daquelas almas tão comprometidas consigo mesmas! Sua filha estará agora em boas mãos, mãos abnegadas e benditas que, no devido tempo e com a permissão do Pai Maior, trarão de volta a lucidez para seu Espírito! Se, contudo, não conseguirmos total êxito quanto à nossa irmã Helena, teremos alcançado nosso objetivo maior que é o desligamento praticamente total da mente de Rosemary da subjugação em que ora se encontra, compreendeu?

Seu Raul calou-se, deixando que algumas lágrimas rolassem de seus olhos. Eram lágrimas de alegria, de agradecimento e de perplexidade ante à complexa e eficiente atuação daquele grupo de colaboradores que ali estavam auxiliando sua querida neta a integrar-se no plano espiritual e sua amada filha a pacificar seu Espírito tão empedernido.

    Alguns dias se passaram após a agitação inicial do internamento de Helena que relutara grandemente em aceitá-lo, e o início do tratamento espiritual de Rosemary.

    Maura e Heitor não mais haviam tido tempo para voltar aos assuntos pendentes que os ligavam.

    Absorta em cuidados constantes com Helena nas rotineiras visitas matutinas, Maura postergara seus problemas pessoais. Heitor, por sua vez, sentia-se extremamente culpado com a internação da esposa em uma casa psiquiátrica, pois, no fundo, sentia-se aliviado com a ausência de Helena naquela casa.

    — Não sei, Sílvia – dizia ele à amiga naquela tarde enquanto caminhavam pelas alamedas floridas da casa de repouso. – Não sei se o que fiz foi acertado... me sinto culpado, estranho com tudo isso, me entende?

    — Não se culpe assim, Heitor! Roberto foi bastante claro! Helena não estava bem psiquicamente e precisava de ajuda, não há como negar essa realidade! Nem mesmo uma simples alimentação ela estava aceitando mais! Se negou terminantemente a receber os tratamentos das mãos de Roberto, pobre homem! Que paciência ele teve para com as agressões infundadas de Helena! Foi providencial o afastamento dela, pois nem mesmo eu suportava mais tanta insanidade!

    — Tem razão, Sílvia – disse ele pensativo. – Helena tornou-se ainda mais agressiva quando soube de seu casamento com aquela jovem... Audrey, não é mesmo?

    — Sim. É uma boa moça, sei que serão felizes! – concordou ela. E, voltando ao assunto pendente, continuou: – O que acha que acabaria por acontecer se ela continuasse agindo daquela forma? – não esperando resposta, continuou: – Pois então! Aqui está recebendo o tratamento físico de que precisa e... principalmente o espiritual, concorda comigo? Você não está só nesta luta, querido! Todos estamos muito envolvidos na cura de Helena e, depois, não se esqueça de que você tem contado com Maura que tem sido uma abnegada amiga, Heitor! Precisamos reconhecer a imprescindível ajuda que ela tem dado em todos os momentos. Mesmo a contra gosto de Helena tem conseguido fazer com que se alimente, caminhe por esses bosques e, mais que isso, tem feito com que ela vez por outra assista a algumas palestras no auditório.

Haviam diminuído o passo e estavam agora embaixo de um enorme ipê amarelo que derramava delicadamente sua sombra sobre eles como que a convidá-los ao descanso.

Heitor sentou-se num banco naquela sombra convidativa e Sílvia o acompanhou. O olhar dele perdia-se no horizonte que anunciava o findar de mais um dia. De repente, não contendo mais as perguntas que pareciam saltar de seu coração, disse tomando as mãos da amiga:

— Sílvia, me diga, de onde você conhece Maura, por favor, me diga. Não me esconda nada, eu lhe peço! Sei que já a conhecia muito antes que ela viesse para nossa casa, quem é ela na realidade, Sílvia? – concluiu com ansiedade na voz.

Sílvia, pega de surpresa, espantou-se diante da pergunta de Heitor assim tão à queima-roupa.

— Meu Deus! Quanta curiosidade! – gracejou.

— Não brinque, Sílvia, é sério! – disse ele aflito. – Preciso saber quem é Maura realmente!

— Aconteceu alguma coisa que fez com que perdesse a confiança em Maura? – perguntou ela preocupada com a atitude de Heitor.

— Não! Não se trata disso, Sílvia, é só que... é só que não sei praticamente nada de seu passado e tenho percebido que vocês, digo, Roberto e também você a conhecem muito melhor do que nós que convivemos há tantos anos sob o mesmo teto – disse tentando parecer um pouco menos interessado do que realmente estava.

Sílvia deu um longo suspiro e seu olhar percorreu lentamente toda a paisagem à sua frente antes que voltasse a lhe falar. Olhou fixamente nos olhos do amigo e sentiu que suas suspeitas estavam certas: Heitor estava apaixonado por Maura! – Oh! Deus! – pensou ela meneando a cabeça.

— Sabe – disse ela pausadamente. – Não há segredos nisso tudo, Heitor! Maura nos procurou na Casa Espírita há alguns anos. Naquela época eu fazia parte de um pequeno grupo de senhoras que dava assistência às mães solteiras. Fazíamos um trabalho que se iniciava com o pré-natal. Roberto e mais alguns médicos doavam algumas horas por semana nesse atendimento e terminava com a entrega dos enxovais para os recém-nascidos, algumas semanas antes do nascimento.

Heitor, atento às palavras da amiga, sentia seu coração agitar-se na esperança de mais e mais saber a respeito daquela que amava em segredo.

— Bem – continuou ela —, Maura havia se formado recentemente em enfermagem, era muito jovem ainda, mas, desejava doar também algumas horas de seu tempo em favor daquelas mães desfavorecidas pela sorte. No princípio julgamos que seria apenas um interesse passageiro, pois era quase uma menina quando nos procurou, no entanto nos enganamos. E foi desta maneira que ela passou a fazer parte de nosso grupo e, em pouco tempo, tornou-se uma grande aliada de nossa causa. Nunca perguntamos aos nossos colaboradores os motivos que os levam até lá, apenas os aceitamos em nosso meio. Toda a ajuda é sempre muito bem-vinda desde que percebamos que possuem no coração o verdadeiro sentimento do amor ao próximo. Com Maura não foi diferente! Na verdade, Heitor, ela nos cativou de pronto! Durante muito tempo tivemos o prazer de sua companhia ao nosso lado, não só nos trabalhos com as mães, mas também em inúmeras outras atividades em nossa casa espírita.

— Mas... mas, se realmente ela é uma enfermeira, o que faz então trabalhando em nossa casa, Sílvia? – interrompeu ele extremamente aflito com a confirmação do que Roberto já lhe dissera.

Sílvia calou-se por segundos que lhe pareceram uma eternidade.

— Heitor, esta é uma pergunta que somente Maura poderá lhe responder – disse ela afagando as mãos nervosas do amigo. – Os motivos que a levaram a desistir de sua profissão, somente ela poderá responder, mais ninguém poderá fazê-lo, mesmo porque, nada sei sobre isso, meu amigo!

Percebendo o desapontamento de Heitor, Sílvia continuou:

— O coração tem razões que a própria razão desconhece! Maura, com certeza, teve motivos para tomar essa decisão e somente ela, meu amigo, poderá contar-lhe, se desejar. Nada mais sei a respeito de seu passado ou... de seu presente, a não ser que é uma mulher de muita fibra, como já pudemos constatar com Rosemary e, agora, com Helena, não é mesmo? Não sei se eu teria a mesma paciência que ela tem, não sei mesmo! – concluiu tristemente. – Helena parece sentir um prazer imenso em magoá-la, em diminuí-la, em menosprezar seus cuidados e, no entanto, Maura parece não se abalar, não se influenciar com nada disso, graças a Deus! – disse ela erguendo as mãos para o Alto. – Eu mesma já lhe perguntei por que insiste em ajudá-la e sabe o que ela me respondeu?

— Não – respondeu Heitor curioso.

— Me disse que Helena é mais uma filha de Deus que se encontra perdida e que, portanto, merece sua compaixão, pode?

Heitor sentiu que seus olhos se encheram de lágrimas e, procurando disfarçar, virou-se para que Sílvia não percebesse sua enorme emoção.

Nesse instante, o toque de retirada dos visitantes soou, ecoando ao longe.

— Vamos, precisamos ir! – falou Sílvia, pondo fim à conversa. – Delicadamente estão nos mandando embora! – apanhou, rindo, a bolsa que havia colocado sobre o banco. – Meu carro está logo ali na entrada, quer uma carona?

— Não, não! Deixei o meu aqui perto também! – respondeu.

Abraçou fortemente a amiga, agradecendo mais uma vez a ajuda com Helena. E, enquanto Sílvia desaparecia no final da alameda, Heitor, mais uma vez, sentiu no coração que seu amor por Maura aumentava dia após dia e que precisava descobrir tudo a respeito dela o quanto antes ou enlouqueceria.

XIV

Esclarecimentos oportunos

Rosemary havia sido transferida para um quarto individual cuja janela dava para um imenso e florido jardim. Recostada em enormes travesseiros, ela observava, com o olhar perdido em meio aos pensamentos, alguns jovens que, acompanhados por enfermeiros, caminhavam vagarosamente por entre os arvoredos. Pensava na mãe, na saudade que sentia de todos, em Roberto especialmente. Relembrava também, a conversa que tivera com a avó na tarde anterior, e sabia não mais se tratar de um sonho. Havia desencarnado. Doutor Francisco havia passado em seu quarto, minutos antes, e lhe dissera da enorme necessidade de que reagisse às lembranças terrenas, mas, estava sendo muito difícil não pensar nelas naquele momento.

O canto alegre dos pássaros parecia não lhe chegar aos ouvidos e, quando a avó a chamou, virou-se assustada.

— Sou eu, minha querida, desculpe se a assustei! – disse sorrindo a avó. – Fico feliz em vê-la mais corada esta manhã!

Sem nada responder, a jovem enxugou algumas lágrimas que cismavam em rolar de seus olhos.

Dona Rose beijou a fronte da neta e puxou uma cadeira para perto de sua cama.

— Sente-se melhor, hoje, minha filha? – perguntou com carinho.

Rosemary fez que sim com a cabeça para logo em seguida cair em copioso pranto, atirando-se nos braços da avó.

Dona Rose deixou que as lágrimas banhassem a alma da neta e, depois de algum tempo, falou, acariciando os longos cabelos dourados da neta:

— Vamos, minha querida, deixe que essa dor que está lhe ferindo a alma se vá em definitivo! As lágrimas muitas vezes são salutares medicamentos para o coração aflito.

— Não aceito isso, vovó! Não consigo aceitar isso! – disse entre soluços, inconformada. – Não posso acreditar que estou morta! Ah, meu Deus! Por que isso foi acontecer comigo agora, por quê?

— Bem – disse a avó concordando com a neta —, nem mesmo eu aceitei isso tudo de pronto, pensa o quê? – e apontou o dedo para o alto como a repreender Deus por esse motivo. – Passar para o lado de cá não é coisa que a gente faz todos os dias! E olha que eu já estava bem enrugadinha quando chegou minha hora!

Rosemary não conseguiu segurar um sorriso. Sua avó sempre soube como fazê-la rir nos momentos difíceis.

— Você continua a mesma, vovó! – e ela ria da figura engraçada da avó a gesticular e gesticular a sua frente. – Nem mesmo aqui você consegue levar as coisas a sério!

— E o que é levar as coisas a sério, minha querida? – disse ela dando de ombros. – Já estamos aqui, não é mesmo? Pois então que seja! Não vamos poder mudar mais nada, não é verdade?

A jovem aquiesceu com a cabeça.

— Pois então, minha querida, vamos tocar a vida para frente que... atrás vem...

— Gente! – disse ela completando uma antiga brincadeira que faziam quando, na Terra, os problemas de saúde de Rosemary pareciam sem solução e a avó, na tentativa de alegrá-la, repetia esse ditado para incentivá-la a continuar lutando.

Riram e entreolharam-se carinhosamente como a dizer: "Que

bom que estamos juntas aqui!".

— Senti muito a sua falta, vovó! - disse ela emocionada. - Muito mesmo!

— Eu sei, minha querida, eu sei! Recebia seus pensamentos de amor e saudade em forma de pequeninos botões de rosas que apareciam misteriosamente ao lado de minha cabeceira vez por outra durante muitos anos. Você não pode imaginar a alegria que sentia cada vez que isso acontecia!

— Rosas, vovó? - perguntou ela incrédula.

— Sim! Botões de rosas, Rosemary! Exalavam um delicado e duradouro perfume que podia ser sentido por dias e dias! Quando perguntei aos enfermeiros como isso poderia acontecer, eles me disseram que eram seus pensamentos de amor que se transformavam em flores! - respondeu emocionada. - Você sabia que os pensamentos que enviamos e que também recebemos podem se transformar, tomar formas diversas?

E antes que ela respondesse, continuou:

— Veja! Soube de pensamentos que se transformaram em pequenos bilhetes, outros, cartas, outros canções e assim por diante. O pensamento é também uma forma de comunicação, principalmente quando o que desejamos é nos comunicarmos daqui para lá ou de lá para cá, entendeu?

— Acho que sim, não sei ao certo - disse ela, procurando compreender o que a avó tentava dizer.

— O que quero dizer é que, mais do que nunca, aqui na espiritualidade, devemos policiar nossos pensamentos, pois eles podem nos auxiliar em nosso pronto restabelecimento ou nos prejudicar, tornando difícil e penosa a nossa adaptação neste plano de vida, compreendeu?

Percebendo o olhar de dúvida da neta, disse:

— Durante muito tempo, minha querida, você precisou ficar sob o efeito de medicamentos espirituais que a mantiveram em uma espécie de sono profundo, pois que algumas ondas de pensamentos eram enviados até você, prendendo-a à Terra, o que em muito dificultava o atendimento espiritual que se fazia necessário a sua adaptação aqui entre nós, recorda-se disso? - perguntou ela tentando reavivar na mente da neta alguns episódios que haviam sido permitidos por doutor Francisco para sua reabilitação naquele momento.

Rosemary fechou os olhos e, por segundos, viu seu pai orando por ela frente a um crucifixo em seu escritório. Uma sensação de bem-estar lhe invadiu a alma, fazendo com que se sentisse feliz com as ondas de amor que o pai lhe enviava.

— Então, percebeu o que lhe disse?

— Sim, sim, é papai! Meu Deus! Que sensação gostosa em meu corpo! Parece que senti o toque de suas mãos em meus cabelos, é incrível!

— Compreendeu agora como os pensamentos nos chegam em forma de energia? A energia que seu pai dirigiu a você lhe causou alegria, não foi?

— Sim, me senti como que envolta em alguma coisa quente e gostosa! - disse, tentando reter na memória o quadro que vira.

— Pois bem, mas - falou a avó fazendo uma pausa —, não foram apenas essas as sensações boas que você recebeu ao longo desse tempo, meu amor! Outras chegaram até você fazendo com que seu Espírito, ainda despreparado para a vida espiritual, se afligisse muito.

Rosemary ouvia as palavras da avó sem entendê-las, visto que, com o intuito de mais rapidamente retirá-la do jugo da mãe, doutor Francisco havia, momentaneamente, apagado as lembranças de seu sofrimento causado pelos apelos da genitora.

— É preciso, minha filha, que, neste momento, procure manter seus pensamentos voltados para as coisas elevadas, isto é, que não busque na saudade dos que ficaram na Terra, motivos para chorar ou lamentar-se inconformada. É preciso que aceite os desígnios de Deus sem deixar que a revolta lhe mine a alma com perguntas para as quais, com certeza, não encontrará respostas agora. Tudo a seu tempo, será respondido e entendido, confie em mim! Olhe ao seu redor, minha querida e verá que não está só, que este é um local onde muitos outros jovens como você estão pelo mesmo motivo.

Rosemary olhou demoradamente pela janela e constatou a veracidade do que a avó dissera. Esticou o pescoço, tentando enxergar melhor e percebeu que realmente não havia ali pessoas de idade mais avançada, todos eram jovens mais ou menos de sua idade.

— Cada qual, minha filha, carrega também no coração uma história de vida, uma saudade, uma dor, um amor que ficou e aqui estão justamente para aprender a aceitar esta nova realidade e buscar forças para a caminhada que continua mesmo após a morte do corpo físico.

A jovem ouvia a avó e recordava-se de Roberto. Duas lágrimas furtivas rolaram de seus olhos.

Dona Rose enxugou-as com um lenço que trazia nas mãos e beijou a testa da neta com ternura. Sabia o quanto ela estava sofrendo e o quanto ela ainda teria que enfrentar, mas, erguendo a cabeça, decidida como sempre, disse:

— Brevemente, minha criança, tudo isso terá passado e o que hoje parece ruim, será apenas uma lembrança! Mas, para que isso aconteça, você vai precisar ajudar, senão... senão nós vamos passar o resto da nossa eternidade aqui, trancadas neste quarto sem graça! Não gosto nem um pouco desta decoração! É muito impessoal! - falou, e, tentando fazer a neta rir, torceu o nariz para as paredes muito alvas do aposento. - Seu avô preparou um quarto para você que é um encanto, você sabe como ele é caprichoso, não é mesmo? - e, erguendo o queixo da neta com as mãos: - Vamos, sorria! Não quero ir embora deixando você com esta carinha triste!

A jovem esboçou um sorriso e depois outro e outro, até que a avó fez sinal de que, enfim, estava satisfeita.

— Procure pensar no que a vovó falou, minha filha - pediu ela carinhosamente. - Não se detenha em lamentações, Rosemary, eu lhe peço... sei que não será fácil mas, sei também que é uma batalhadora e que conseguirá muito antes do que pensamos. Queremos vê-la a nosso lado, em nossa casa, o mais breve possível, querida! - abraçou-a demoradamente. - Amanhã voltarei com seu avô. Ele ainda não teve oportunidade de vê-la assim, acordada. Ficará imensamente feliz com a novidade. Que Deus a proteja, minha filha! - e despediu-se.

Assim que a porta se fechou, Rosemary acomodou-se nos

travesseiros, fechando os olhos, na tentativa de não pensar como a avó havia pedido, no entanto, a figura de Roberto não lhe saía do pensamento. Seu rosto risonho e a vivacidade que seus olhos irradiavam convidavam-na a delirar, formando à sua frente quadros outrora vivenciados por ambos, repletos de alegria. Por mais que ela desejasse, uma única pergunta não conseguia sair de sua mente:
— Por quê? Por quê? Por quê?...

Viu-se pequenina caminhando ao lado da mãe que, de fisionomia constrita, acabara de sair do consultório médico, levando na bolsa o resultado de seus exames de sangue. Daquele dia em diante, sua vida mudara totalmente – recordava ela tristemente. – Nada mais havia sido como antes. Uma interminável visita a médicos, coletas de exames, medicamentos, cuidados e mais cuidados passaram a ser sua companhia constante. Nunca mais deixara de perceber aquela rusga de tristeza no olhar dos pais por mais que tudo estivesse bem com ela. Crescera cercada de mimos, mas, sem liberdade como as demais crianças de sua idade.

— Rosemary, venha cá, minha filha! - pareceu ouvir a voz da mãe chamando-a. – Não corra, querida, você pode se machucar! - repreendia ela preocupada. – Você não pode, querida... Heitor! Olhe só o que essa menina está fazendo! Rosemary, desça já daí! Rosemary...Rosemary...Rosemary...!

Balançou a cabeça tentando afugentar as lembranças daquele tempo ruim.

— E agora, o que será de mim? Como será minha vida de agora em diante, meu Deus! E meus pais, meus amigos, o que estarão pensando sobre mim? Ah! Deus! É tudo tão complicado, tão estranho, tão inexplicavelmente absurdo que chego a ter arrepios! Isso tudo é loucura! – conjeturava ela. – Vida espiritual! – falou em voz alta, tateando seu corpo com as mãos. – Ainda pareço de carne e osso – resmungou beliscando-se fortemente. – Aiiiii! – gemeu. – Alguém me diga – gritou para as paredes – onde está Deus? Onde estão os anjos, os santos, o paraíso, enfim?

Neste instante a porta se abriu e um jovem médico entrou sorridente.

— Alguém chamou por mim? – perguntou ele gracejando.

Pega em flagrante, Rosemary, enrubesceu. Com um largo e franco sorriso, Mateus se apresentou à jovem.

— Sou o médico encarregado desta ala e serei seu "anjo" por algum tempo. Deixei minhas asas em casa, elas atrapalham um pouco, sabe como é! - falou, sorrindo e estendendo a mão, para cumprimentá-la.

Rosemary, indecisa, não retribuiu o gesto.

— Pode tocar, Rosemary, suas mãos não vão desaparecer entre as minhas! - disse insistindo com a jovem.

Lentamente ela estendeu suas mãos até que sentisse a firmeza do cumprimento do rapaz.

— Não sou tão idiota assim! - resmungou ela contrariada. - Já percebi que o tão famoso céu não é exatamente como diziam na Terra, aliás, é até bem diferente de tudo aquilo que aprendemos lá, para minha enorme decepção, se quer saber.

Mateus ergueu as sobrancelhas, fazendo ar de curiosidade.

— E como gostaria que ele fosse, Rosemary? - perguntou, enquanto examinava, com um pequeno aparelho, seus olhos, esticando-os para cá e para lá.

— Não sei! - respondeu dando de ombros. - Quem sabe se houvesse realmente anjos voando por aí, fosse mais interessante! Exceto pelo fato de que morri, nada parece ter mudado realmente! Quer saber mesmo o que sinto? - perguntou ela irritada.

— Pode falar, se é o que deseja - respondeu ele.

— Uma tremenda decepção! Que espécie de "céu" é esse? Até agora não vi nada de excepcional, maravilhoso, grandioso! Olho pela janela e... o que vejo? Gente, gente como eu, nada mais!

— Que pena! - disse ele continuando seu exame. - Lamento informá-la de que, por aqui, voando mesmo... só os pássaros lá no jardim mas, não desanime! - tocou de leve sua mão. - Nos planos mais evoluídos que o nosso, tenho absoluta certeza de que poderemos alçar vôos também! Mas, tudo a seu tempo, não é mesmo?

Rosemary percebeu que suas alfinetadas não surtiriam efeito sobre o rapaz e calou-se, dando-se quase por vencida.

— Hum, hummm! Vejo que está muito melhor hoje! - disse Mateus anotando alguma coisa em seu prontuário. - Se continuar nesse ritmo, em poucos dias poderá receber alta e rumar para casa de seus avós! E quanto aos pesadelos, eles ainda a perturbam?

— Não, não me recordo de nenhum pesadelo desde que acordei. Eu tive algum ou é só para ter o que falar? - perguntou um tanto agressiva.

— Vários - respondeu ele, sem retirar os olhos do papel. - Mas, desde que foi transferida para nossa ala, doutor Francisco providenciou para que os esquecesse temporariamente como medida de segurança! - completou, fitando-a com doçura no olhar.

A jovem ficou desconcertada com a delicadeza com que Mateus respondia às suas perguntas e desviou seus olhos dos dele, instintivamente.

— Me desculpe a grosseria! - disse ela sem fitá-lo. - Estou muito nervosa com tudo isso. Me sinto castigada, traída por Deus! Não consigo encontrar justiça no que Ele me fez!

— É natural que esteja. Todos, de uma forma ou de outra, nos assustamos quando nos deparamos com a vida do lado de cá da maneira como ela realmente é. E, não há motivos para que peça desculpas, a menos que não aceite meu convite para passear conosco nos jardins do hospital logo mais à tarde! - disse, dirigindo-se a porta. - Voltarei em torno das cinco horas para apanhá-la! Quero que veja como é belo o pôr-do-sol aqui onde estamos. Garanto que vai ser inesquecível!

Rosemary sorriu, aceitando o convite do médico com ar de satisfação. Durante o restante da tarde, Rosemary esperou ansiosa que as horas passassem, pois não via o momento de poder, finalmente, sair daquele quarto e conhecer o exterior do imenso hospital que tanta curiosidade lhe causava.

Uma leve batida na porta fez com que ela, que já estava pronta desde muito, a abrisse rapidamente.

— Vamos, estão nos esperando logo mais à frente - disse Mateus, oferecendo-lhe gentilmente uma cadeira de rodas.

No final do enorme corredor branco, havia um grupo de pessoas que os aguardavam. Eram moças e rapazes, alguns acompanhados por enfermeiros e outros solitários que esperavam pela chegada de Mateus e dela. Após rápidas apresentações e trocas de sorrisos, o grupo se encaminhou para o final do corredor. Rosemary estava curiosa e ao mesmo tempo ansiosa, pois, afinal, queria conhecer o novo mundo do qual agora, contrariada é certo, fazia parte. Uma enorme porta havia e, quando Nazaré a abriu, Rosemary pôde avistar um extenso gramado que mais parecia uma pintura do que propriamente um jardim, tamanhas eram a beleza e a suavidade dos tons multicoloridos das flores espalhadas sobre ele.

— Nem parece grama! – disse ela para si.

— Eu também tive a mesma sensação! – retrucou uma jovem que caminhava vagarosamente a seu lado. – Nunca pensei que existissem coisas desse tipo no céu! Isso tudo aqui é lindo! Lindo mesmo! – rodopiou feito criança sobre o extenso tapete verde a seus pés. – Me sinto como se estivesse voando, voando, voando...

— Cuidado para não exagerar nas emoções! – disse Mateus aconselhando-a carinhosamente. – Esta é apenas a segunda vez que deixa seus aposentos, minha cara Elisa, e temos muito ainda por ver e conhecer até o entardecer! – concluiu sorridente com a sincera alegria da jovem.

O pequeno grupo que se deliciava embevecido com a beleza do lugar, foi se distanciando lentamente do hospital até que, minutos depois, chegaram à beira de um extenso e límpido lago onde algumas aves, similares aos cisnes da Terra, banhavam-se tranquilas executando uma espécie de bailado sobre as águas. Revoadas de pequeninos pássaros coloridos, desciam e subiam carregando nos bicos gotículas luminosas do precioso líquido cristalino. Rosemary não conseguia assimilar tanta paz e beleza ao mesmo tempo. Nenhuma paisagem terrena poderia se igualar àquela. O sol começava lentamente a se pôr no horizonte e seus braços luminosos, refletidos sobre o lençol d'água, faziam com que inúmeros feixes multicoloridos proporcionassem a todos um impressionante espetáculo de cores e de luzes jamais imaginadas. Uma suave melodia, vinda talvez do infinito, envolveu a todos, silenciando-os por completo e convidando-os à reflexão e à oração. No céu, pequeninas estrelas começaram a surgir, salpicando aqui e ali, como que acendendo e apagando constantemente. Sentados sobre a relva, os jovens não tiravam os olhos do firmamento.

O Verdadeiro Amor Liberta

— Meu Deus! – sussurrou ela encantada com tamanha beleza. – Nunca vi nada igual! É, é como se eu estivesse ainda na Terra, mas... mas é... é divino!!!

— Não lhe disse? – falou Mateus, achegando-se a ela. – Temos as nossas belezas também – referia-se à conversa que haviam tido anteriormente em seu quarto. – Nosso céu também é belo! Aqui, a mão de Deus mostra-se por completo!

As lágrimas de emoção não conseguiam mais ser retidas nos olhos de Rosemary que, diante de tão grande manifestação de poder e beleza, sentia-se pequenina e insignificante em sua dor.

— Nunca pensei presenciar um espetáculo tão, tão... – Rosemary não tinha palavras para descrever o que via e sentia naquele momento então balbuciou apenas: – Obrigada, doutor Mateus, obrigada por permitir que eu aqui estivesse hoje.

— Viremos aqui tantas quantas forem as vezes que desejar, minha irmã! E saiba que a cada entardecer uma nova imagem da beleza e grandiosidade do amor do Pai lhe será mostrada. Tomou, carinhosamente, suas mãos nas dele qual afetuoso irmão. Não existem maldade, castigos, traições ou rancores no coração de nosso Pai Criador! – disse ele, elevando os olhos para o Alto. – Existe sim a bondade infinita que se espalha em forma de luz, vida e constante evolução por sobre os mundos, no infinito.

Rosemary ouvia a voz doce e suave de Mateus e suas palavras pareciam penetrar fundo em seu Espírito tão confuso.

— Somos pequeninos diante de Sua Grandeza, minha irmã, mas, somos ouvidos no mais ínfimo de nossos anseios, acredite! Não há injustiça em nossos destinos. Através da reencarnação, buscamos cumprir objetivos preestabelecidos e, quando os cumprimos, retornamos a nossa verdadeira morada vitoriosos ou, se não, sequiosos por nova oportunidade de evolução – disse bondosamente. – Com o tempo, todas as suas perguntas haverão de ser respondidas e perceberá então quão grande foi o amor que Ele teve para com você!

O manto noturno descera sobre todos. Apenas a luz do luar iluminava o caminho de volta que se fez silencioso. No coração daqueles jovens, até então praticamente descrentes do amor do Pai, havia sido novamente acesa a chama da fé e da esperança. Orientados pelos enfermeiros espirituais, ali foram levados para que, diante daquela magnífica manifestação de beleza, seus corações pudessem ser alcançados com mais intensidade.

As fortes luzes do hospital destacavam-se na escuridão da noite, fazendo com que aquela magnífica e sólida construção parecesse uma fortaleza a esperá-los de braços abertos.

Despediram-se à entrada e cada qual se dirigiu aos seus aposentos, levando na alma a certeza de que haviam sido acolhidos na casa do Pai quais filhos rebeldes e desgarrados que retornam ao lar, finalmente.

XV

A FUGA DE MAURA

Heitor deixou as chaves caírem sobre a mesa. O forte tilintar fez com que Maura estremecesse. Desligou rapidamente a luz da cozinha e apanhou sua bolsa, indo em direção à porta dos fundos. Um braço forte a segurou.

— Aonde vai? – perguntou Heitor com voz grave.

Sobressaltada, Maura tentou desvencilhar-se de suas mãos.

— O que está havendo, Maura? Por Deus! Não me enlouqueça! – gritou ele, segurando-a ainda mais fortemente e olhando, através da penumbra em seus olhos aflitos. – Por que tem fugido constantemente de mim? Acaso arrependeu-se, é isso?

— Não, não é isso! Apenas estou apressada. Preciso...

— Mentira, Maura! – interrompeu-a nervosamente. – Tem fugido, se esquivado de mim! Desde que Helena foi levada para a casa de repouso, não consegui mais lhe falar, sequer vê-la! Não percebe o quanto estou sofrendo, o quanto preciso de você! Por quê, por quê? – e lágrimas lhe vinham aos olhos, livremente, enquanto deixava que seus braços pendessem desanimadamente.

O corpo todo de Maura tremia. Sabia que não conseguiria

esquivar-se por mais tempo daquele encontro. Levando as mãos ao rosto, deixou que o pranto falasse mais alto.

— Não podemos Heitor, não podemos, compreende? Nosso amor é impossível! Não poderemos calcar nossa felicidade sobre o sofrimento de Helena! – soluçou ela.

— Não amo Helena, Maura! Não a amo há muito tempo e você sabe disso! Estamos juntos por conveniência, comodismo, seja lá o nome que for! Nosso amor morreu, morreu muito antes de Rosemary partir!

— Ela precisa de você, Heitor! – gritou Maura, interrompendo-o. – Ela precisa de você, entende o que digo? Não podemos alimentar a esperança desse amor!

— E eu? E nós? Não temos também direito a este sentimento que nos uniu? Não temos direito à felicidade também? – puxou-a de encontro a seu corpo, com violência. – Você é minha, minha, minha vida, minha vida Maura, compreende? – balbuciou, enquanto a beijava freneticamente.

Maura tentou resistir, procurando desvencilhar-se dele com todas as suas forças, mas, acabou por sucumbir ao desejo ardente que lhe ia na alma. Seus pensamentos, em desconexo, não mais enxergavam a realidade ao seu redor e deixou que as mãos trêmulas de Heitor se misturassem às dela, percorrendo ávidas seus corpos à procura de amor e do desejo ardente de se entregarem de corpo e alma àquele amor que transcendera as barreiras do tempo e do espaço.

Nada mais poderia impedir que a força desse sentimento traçasse, finalmente, um novo rumo para seus destinos.

— Eu a amo. Eu a amo. Eu a amo. Eu a amo, Maura! – murmurava Heitor em êxtase. – Você faz parte de minha vida, Maura, faz parte de minha vida assim como o ar que entra em meus pulmões – sussurrava ele em seus ouvidos —, sempre... sempre fez, meu amor!

E, durante toda aquela noite Maura e Heitor entregaram-se um ao outro, sem que o medo ou o pudor pudessem impedir a imensa felicidade que sentiam ao se tocarem e se entregarem como outrora.

O Verdadeiro Amor Liberta

Adormecido sobre o tapete da sala de estar, Heitor não percebeu quando Maura, sorrateiramente, desvencilhou-se de seus braços que a haviam acariciado com tanta ternura e paixão.

A tênue luz das labaredas do fogo na lareira iluminava o rosto sereno de Heitor, quando Maura, olhou com os olhos rasos d'água, ainda uma vez mais para seu amado, antes de fechar a porta atrás de si, deixando a casa para nunca mais voltar.

Dois meses se passaram desde aquela noite.

Heitor procurou por Maura desesperadamente sem, contudo, encontrá-la. A antiga casa onde residia com o pai estava fechada e os vizinhos não sabiam dizer para onde haviam se mudado.

— Sei apenas que fecharam a casa durante a noite e se foram – dissera dona Elvira, uma moradora da vila. – Só levaram algumas malas, nada mais! Não me pergunte para onde, porque não sei! Coisa esquisita, não acha senhor?

Inconformado com o desaparecimento de Maura e o pai, Heitor, todas as semanas voltava lá, na esperança de encontrá-la. Desolado, tornara-se extremamente infeliz e solitário, evitando até mesmo a presença de Sílvia e de Antenor. Suas noites haviam se tornado um amontoado de lembranças e de lágrimas. Seu único objetivo era reencontrar Maura, mesmo que, para isso, levasse uma vida inteira. Heitor sentia que precisava acalentar aquele amor em seu coração, para poder continuar vivendo, pois, nada mais fazia sentido em sua vida sem a presença de sua amada.

XVI

HELENA DE VOLTA

Helena adentrava agora a porta de entrada de sua casa. A estada no hospital fizera bem ao seu Espírito e ao seu físico. Desde que Maura partira, Sílvia passara a fazer-lhe companhia todas as manhãs e, aos poucos, foi fortalecendo seu espírito com leituras leves sobre o espiritismo, pequenos livretos de Chico Xavier, deixados por Maura sobre a mesa de cabeceira do hospital, que Helena escutava, mesmo a contra gosto.

— Lá vem você com essa leitura novamente? Não se cansa, não? - dizia ela contrariada. - Pensei que ficaria livre disso, já que Maura finalmente resolveu ir embora e agora você também insiste em me atormentar com isso! Isso deve ser alguma doença que pega sob contágio direto, meu Deus! - queixava-se ela, sem que Sílvia a escutasse.

— Se não deseja ouvir, Helena, tampe os ouvidos, está bem? Pois eu vou continuar lendo e lendo em voz alta! - dizia Sílvia com ar maroto. - Leitura faz bem à alma!

A casa estava em ordem quando Helena retornou. Maura havia deixado uma senhora chamada Antonia ocupando seu lugar nos serviços domésticos.

Absorta em seu tratamento, deixara de lado a terrível obsessão pela filha, pelo menos temporariamente. Afastada da casa pelos assistentes de doutor Francisco, Helena recebera o auxílio imediato que se fazia necessário, mas, agora de volta ao lar, novamente estaria à mercê das entidades inferiores que haviam sintonizado com ela e, se nada houvesse assimilado de tudo o que vira e ouvira, voltaria à estaca zero.

Heitor colocou a pequena maleta no chão da ampla sala de visitas. A casa estava em silêncio bem como seu coração. Sua fisionomia não denotava alegria pelo regresso da esposa. Seu olhar era distante e melancólico, quando subiu as escadas levando Helena até o andar superior.

Acomodou a esposa no leito e abriu as janelas, deixando que o ar entrasse. Calado, permaneceu olhando para o jardim por alguns minutos. Pareceu voltar no tempo e novamente estar ao lado de Maura na tarde em que descobriu o quanto a amava.

Percebendo a fisionomia do esposo, Helena, que o observava já há algum tempo perguntou curiosa:

— O que houve, Heitor? Parece distante, estranho! Sente alguma coisa?

Heitor virou-se e fitou Helena por alguns instantes olhando-a sem realmente vê-la. Depois, passando as mãos por entre os cabelos, respondeu:

— Não houve nada, Helena, nada que valha a pena falar. Vou descer e preparar alguma coisa para você e pedir para que a nova empregada lhe sirva, está bem? – e retirou-se apressadamente do quarto.

Helena não se importou realmente com a resposta do esposo. Estava feliz! – Voltei finalmente para casa, voltei para você, Rosemary! – pensou satisfeita.

Assim que Heitor ligou o motor do carro e saiu em direção ao trabalho, Helena, que espiava da janela de seu quarto, aguardou ainda alguns instantes para ter certeza de que ele não voltaria e, em seguida, dirigiu-se ao antigo aposento da filha.

Abriu rapidamente a porta e...

— Quem mexeu neste quarto sem a minha permissão? Antonia! Antonia! Venha cá imediatamente!

Esbaforida, com os gritos da patroa, a mulher subiu correndo as escadas e estacou frente a ela, quase sem fôlego.

— O que houve, dona Helena? A senhora não está se sentindo bem? - perguntou aflita, percebendo a palidez da mulher.

— Cale a boca, infeliz! - gritou novamente ela. - Foi você! Foi você, não foi? - e saltou furiosa na direção de Antonia.

— Fui eu o quê, senhora? - perguntou a mulher, afastando-se amedrontada da patroa.

— Você mexeu no quarto de minha filha! Ninguém, ninguém tem permissão de entrar aqui, entendeu maldita? - e ergueu os punhos com a intenção de golpeá-la.

Antonia, atônita com o que se passava, virou-se e rapidamente desceu tropeçando nos degraus das escadas, como que a fugir de um demônio enfurecido. Como um raio, apanhou seus pertences e ganhou a rua, aliviando-se.

— Deus que me livre! Essa mulher é louca! - balbuciou ainda ofegante. - Eu nem sequer toquei naquele quarto! Não ponho mais os pés nesta casa! - e tomou a condução de volta à vila.

Enquanto isso, Helena, ainda exaltada com as modificações que haviam sido feitas no quarto da filha, maldizia o autor de tamanha crueldade.

— Ah! Vou descobrir quem fez isto, ah! Se vou! - resmungava entre dentes. - Isso deve ser coisa de Heitor!

Sim, o quarto de Rosemary havia sido modificado. No local de sua antiga cama, havia agora um confortável sofá recoberto com estampas floridas. As paredes haviam sido pintadas de um tom de verde claro e as cortinas tinham sido trocadas. Sua cama estava agora colocada de baixo da janela e fora transformada em uma espécie de móvel decorativo, onde várias almofadas estavam dispostas, de modo gracioso. Heitor havia transformado o quarto da filha em um outro ambiente, um ambiente que em nada lembrava o anterior. Seus quadros, roupas, porta-retratos, enfeites, tudo havia sido retirado de lá e guardado em outro local. Havia tomado essa decisão, tão logo Helena fora para o hospital. Pedira a Sílvia que o ajudasse com a nova decoração visto que ela e o esposo é que o haviam aconselhado a isso.

— Não podemos deixar que Helena continue a venerar a

imagem da filha naquele quarto! – dissera ela na ocasião. – Não está lhe fazendo bem, Heitor, e não faz bem também ao espiritozinho de nossa Rosemary, compreende?

Heitor relutou um pouco em se desfazer dos pertences da filha, mas, sabia ser necessário até mesmo pelo próprio bem de sua esposa. Rosemary partira há quase três anos e era como se a qualquer momento fosse encontrá-la novamente ali. Tudo era muito doentio naquela casa então, tomado de um impulso sadio, telefonou à amiga e pediu que ela executasse esse trabalho que para ele seria penoso.

Heitor e Sílvia tinham consciência dos transtornos que Helena causaria ao voltar para casa, mas, precisavam ajudá-la a desvencilhar-se daqueles laços insanos. Estariam preparados quando isso ocorresse, por esse motivo, naquela manhã, tão logo Heitor deixou a casa, ela rapidamente se encaminhou até lá como haviam combinado na noite anterior à chegada dela.

O toque insistente da campainha fez com que Helena fosse atender à porta .Seu rosto rubro e seus cabelos em desalinho fizeram com que Sílvia soubesse que ela já havia descoberto o que acontecera na sua ausência.

— Entre, entre! – disse ela com irritação. – Você não chegou em boa hora! Acredita que tiveram a coragem de destruir o quarto de minha filha? – perguntou gesticulando desordenadamente.

Sílvia nada disse. Colocou sua bolsa sobre uma pequena mesa calmamente e perguntou sem dar atenção à agitação da amiga:

— Você já tomou seu café, Helena? Estou morrendo de fome! Saí sem sequer colocar um gole de água na boca! – disse dirigindo-se até a cozinha. – Onde está Antonia? – perguntou de lá.

Helena, sem entender a atitude de Sílvia, seguiu-a até lá.

— Você não escutou o que eu disse ou está se fazendo de desentendida, Sílvia? – inquiriu ela com as mãos na cintura. – Eu disse que destruíram o quarto de Rosemary, não me ouviu?

Sílvia apanhara uma caneca e servira-se do café que Antonia havia coado. Apanhou um biscoito da bandeja que Heitor havia preparado para Helena e saboreou-o calmamente para total espanto de Helena.

— Não acredito no que estou vendo! – disse ela deixando-se cair em uma cadeira. – Você não está dando a mínima importância para o que estou dizendo... O que está havendo, Sílvia?

Sílvia puxou uma cadeira também e sentou-se em frente à amiga. Olhou profundamente em seus olhos e depois de alguns segundos em silêncio disse:

— Fui eu, Helena... eu e Heitor!

— Foi você o quê, Sílvia? - perguntou ela empertigando-se na cadeira.

— Fui eu quem redecorou o quarto de sua filha - respondeu calmamente.

Helena empalideceu. Seus lábios começaram a tremer e de seus olhos chispas de ódio eram lançadas em direção à amiga. Com o dedo em riste, apontado para cima, na direção do quarto de Rosemary, Helena não conseguia articular nenhuma palavra, tamanha era a sua incredulidade.

— Sim, fui eu - repetiu Sílvia atenta às reações imprevisíveis de Helena. - Era preciso, Helena, era preciso pôr um fim nesse sofrimento... Você não podia mais continuar daquela maneira - disse sem dar tempo para que ela a revidasse com palavras ou ações. - Rosemary não gostaria que as coisas tivessem tomado o rumo que tomaram! Você a estava prejudicando, Helena! A ela, a você e a seu marido, não percebe? Veja o estado em que se encontra agora! - disse energicamente. - Essa não é a mãe que Rosemary amou!

Helena levantou-se, empurrando violentamente o vaso de flores à sua frente. Um barulho de vidros despedaçando-se ao chão se fez ouvir no silêncio daquela casa.

— Como ousa dizer que não sou a mãe que Rosemary amou? O que entende você de amor, me diga? - bradou ela enfurecida.

Sílvia continuou ali, parada, apenas observando a reação da amiga até que ela extravasasse toda a revolta contida em seu coração. Quando percebeu que Helena já não tinha mais nada a dizer, levantou-se e caminhou em sua direção, tomando-a pelas mãos, qual pequenina criança, conduziu-a novamente até a cadeira.

— Sente-se aqui, Helena, precisamos conversar realmente agora - disse ela com carinho. - Sei que não está em condições de compreender minha atitude agora, no entanto quero que me ouça apenas.

Helena havia se debruçado sobre a mesa e deixava que as lágrimas corressem por seu rosto transtornado pela revolta.

— Sua Rosemary não está lá, nunca esteve naquele quarto. Ela não se encontra mais entre nós há muito tempo. Apenas, apenas suas coisas materiais é que permaneciam ali, fazendo com que seu sofrimento se tornasse tão insuportável a ponto de adoecer física e espiritualmente – falou com doçura na voz, enquanto acariciava seus cabelos. – Você se apegou àquelas lembranças como alguém que, estando fatigado e sedento no deserto, mantém junto ao corpo um pesado cantil vazio.

O corpo frágil de Helena sacudia-se a cada soluço. Tinha consciência de que Sílvia estava certa, mas, a falta física da filha fora substituída por seus pertences e agora... Agora não tenho mais nada – pensava. – Levaram tudo, tudo de dentro de mim!

— Você não tinha esse direito, não tinha Sílvia! Não tinha! – repetia ela em pranto convulsivo.

— Helena, me ouça, eu lhe peço! Heitor não suporta mais todo esse sofrimento que você está impondo a ele, suas vidas estão sendo destruídas, pouco ainda resta de tudo aquilo que foram um dia! Me diga – disse ela erguendo delicadamente com as mãos o rosto sofrido da amiga —, me diga, você tem noção do quanto seu marido tem sofrido? Perdeu a filha e está perdendo você ao mesmo tempo! Não é justo que continuem assim!

— Pouco me importa o sofrimento dele! – respondeu ela soltando-se das mãos de Sílvia. – Eu, sim, eu, sim, sei o que é sofrer por minha filha! Heitor tem seu trabalho, suas coisas, nem mesmo sei se o que diz é verdade! Rosemary era meu único bem, nada a substituirá nesta vida, nada! Lutei durante dez anos para conseguir trazer ao mundo a filha com que tanto sonhava e... quando a tive, Deus tirou de mim a possibilidade de novos filhos, entende? Arrancaram de meu ventre o útero e a esperança! Como posso aceitar que Ele tenha levado de junto de mim a única pessoa que realmente amei nesta vida? – gritou histericamente. – Não, você não pode me entender, Sílvia. Sua casa está abarrotada de filhos, sua vida cheia de alegrias, como pode achar que sabe do que eu estou falando, me diga?

Sílvia baixou os olhos tristemente. Respirou profundamente e tomando coragem disse:

— Sabe, Helena... Nunca falamos sobre isso mas – disse fazendo uma pausa como que a buscar forças em seu coração – também eu não posso gerar filhos como as demais mulheres.

Helena abriu os olhos desmesuradamente.

— O que está me dizendo? Que não pode ter filhos como eu? – perguntou ela com incredulidade.

— Não. Não como você, pois você gerou em seu ventre Rosemary eu... eu nunca tive a felicidade de poder acariciar um bebê saído de dentro de mim!

Helena estava estarrecida com as palavras de Sílvia.

— Meus quatro filhos, tesouros de minha alma, são adotivos – disse ela com ternura na voz.

— Você está louca! Só pode estar! Quem em sã consciência adotaria quatro crianças? – disse, desdenhando das palavras da amiga.

— Antenor e eu – respondeu simplesmente.

Um enorme silêncio se fez entre elas até que Sílvia o quebrou dizendo:

— Sei o que está sentindo, minha amiga, sei o que é a dor da perda de um filho, pois que, por três vezes, alimentei em meu coração a chegada de um filhinho que não conseguiu vingar para a vida, mas, sei também quanta alegria pode nos trazer o sorriso de um bebê cuja mãe o relegou ao abandono – concluiu Sílvia com um meigo sorriso nos lábios. – Sei o quanto a perda de Rosemary a afetou e o quanto sua vida se tornou vazia, quem sabe se você e Heitor também adotassem uma criança? Você é tão jovem ainda, poderiam recomeçar suas vidas...

Helena, visivelmente transtornada, virou-se com violência dando as costas à amiga. Limpando as lágrimas com o dorso das mãos, disse:

— Lamento muito que tenha buscado na adoção a sua realização pessoal, Sílvia! – disse friamente. – Quanto a mim, esqueça isso! Jamais conseguiria sequer tocar em um bebê que não fosse saído de meu ventre! Saiba que sempre repudiei a idéia de adoção! – disse exaltada. – Amar, amei somente minha filha, filha que sei de onde saiu e de quem herdou suas tendências! Admiro a sua coragem – disse virando-se novamente em direção de Sílvia, que a ouvia boquiaberta com tamanho disparate –, colocar dentro de sua casa crianças das quais nada sabe o passado pode ser muito perigoso, já pensou nisso? – disse erguendo as sobrancelhas como a lhe avisar dos riscos que estava correndo.

A pequenez de sua alma não conseguia assimilar a grandiosidade do gesto da amiga ao contar-lhe tão grande segredo.

Sílvia sentiu uma enorme pena daquela mulher à sua frente. Com os olhos marejados pelas lágrimas, apanhou sua bolsa e silenciosamente saiu, deixando Helena entregue as suas conjecturas.

Sentada em seu carro, Sílvia permaneceu ainda alguns minutos parada em frente à casa de Helena, tentando organizar seus pensamentos antes que se dirigisse para sua casa. Aquela conversa havia sido muito difícil para ela. Quisera ajudar a amiga, no entanto, não fora compreendida e agora, mais do que nunca, percebia o quão difícil deveria ser a permanência de Heitor ao lado dela. Havia um quê de maldade em todas as suas atitudes, não era apenas a dor da perda da filha, havia mais, muito mais escondido naquele coração tão duro.

Assim que ouviu o som do motor do carro de Sílvia se distanciando, Helena apanhou o telefone e ligou para Heitor em seu trabalho desferindo-lhe uma série de impropérios. Realizada com a proeza que acabara de executar, subiu em direção ao antigo quarto da filha e, impetuosamente, começou a destruir tudo a sua frente. Com as mãos crispadas pela loucura que se apossou dela, agarrou as cortinas e com violência as arrancou dos trilhos fazendo com que despencassem amontoadas no chão, pisoteando-as freneticamente

— Se não é como eu quero, não vai ser de modo algum! – disse entre dentes enquanto destruía tudo ao seu alcance.

O enorme barulho de coisas sendo jogadas brutalmente contra as paredes, parecia não perturbar Lucrécia que, a um canto, a observava com um estranho sorriso malévolo nos lábios.

Alheia ao que se passava no lado espiritual, Helena continuava despejando sua ira nos objetos como se eles tivessem sido cúmplices de Sílvia e Heitor.

— Enfim a encontrei! – murmurou Lucrécia satisfeita. – Durante quase um século eu a procurei, um século! Mas, agora é a minha vez, maldita! Quem espera, sempre alcança, não é este o ditado? – perguntou ao companheiro a seu lado.

— É, é. Eu não disse! É ela, não é? – perguntou um homenzinho de fisionomia deformada, esfregando as mãos umas nas outras. – Eu tinha certeza de que era ela. Eu disse que era ela...

— Cale-se! Quero desfrutar deste momento! – disse ela, erguendo a mão em direção à boca do monstrengo que se calou imediatamente como que temendo a força da mulher.

Lucrécia observava Helena como um animal feroz admira a presa fácil. Andava em círculos ao seu redor, analisando-a detalhadamente.

— Então é assim que se mostra agora? – disse para si dando enorme gargalhada. – Não adiantou, Cecília, não adiantou esconder-se de mim, eu finalmente a encontrei, cobra peçonhenta! – disse cuspindo no chão. – Agora você vai pagar dobrado cada lágrima, cada punhalada que desferiu em meu coração... Ah, se vai! – afirmou desferindo forte bofetada no rosto de Helena.

Imediatamente Helena estacou seus movimentos, levando rapidamente as mãos ao rosto. Um ardor lhe queimava as faces sem que, aparentemente, houvesse motivos para isso. Espantada com a dor enigmática, Helena mirou-se no espelho e, para seu espanto, havia misteriosas marcas de dedos em suas faces. Amedrontada com o que ocorrera, abriu a porta e correu em direção às escadas, descendo-as apressadamente até a sala. Ofegante, encostou-se na cristaleira a fim de restabelecer novamente o equilíbrio.

— O que foi isso, meu Deus? – disse ela olhando-se novamente no espelho do móvel.

Passou as mãos pelo rosto e sentiu as faces doloridas ainda.

— Não, não é possível... – pensou, observando as marcas ainda visíveis. – Devo ter me ferido com alguma coisa sem sentir. É isso, só pode ser isso! – concluiu um tanto indecisa.

Do alto da escada, Lucrécia e o monstrengo riam alucinadamente do pavor que haviam provocado na pobre mulher.

— Espere, maldita! Eu nem comecei ainda a minha vingança! – bradou de dedo em riste. – Você vai desejar a morte, mas, se morrer, eu estarei aqui a sua espera! – gargalhou ela estridentemente, enquanto o monstrengo dava pulinhos de satisfação.

— Vamos! – disse ao homenzinho. – Temos planos a traçar com os demais! Já não tenho mais pressa. Agora sei onde encontrá-la, sua máscara acaba de cair! – falou empurrando com um ponta-pé, escada a baixo, um enorme vaso que se espatifou no final dos degraus.

Helena soltou um grito de pavor correndo desnorteada para a cozinha à procura de socorro. Percebendo-se só, acocorou-se no chão e ali permaneceu por muito tempo com o rosto encoberto pelas mãos, sem coragem para levantar-se e enfrentar aquela realidade. Aos poucos, vagarosamente, retirou as mãos do rosto e percebeu que tudo estava em paz ao seu redor, mas, ainda muito impressionada com o que se sucedera, Helena, não ousou subir ao andar superior até que Heitor chegasse para o almoço. Vez por outra espiava da soleira da porta da cozinha em direção ao topo da escada sem, contudo, angariar coragem para subir.

Sabia que alguém ou alguma coisa havia empurrado o vaso, todavia, no íntimo, não queria admitir a possibilidade de coisas sobrenaturais estarem acontecendo com ela, e procurava mentalmente distrair-se, enquanto contava os minutos para que Heitor finalmente chegasse.

Quando o relógio marcava onze horas e quarenta e cinco minutos, ouviu o barulho das chaves do esposo girando na fechadura e, respirando aliviada, sentiu finalmente seu coração se aquietar dentro do peito.

Percebendo a expressão de satisfação da esposa ao vê-lo, Heitor ficou confuso. Esperava uma recepção crivada de agressões e perguntas referentes ao que acontecera com o quarto da filha. Intrigado, limitou-se apenas a olhá-la, incrédulo.

Procurando disfarçar seu contentamento em vê-lo, Helena repentinamente cerrou as sobrancelhas, endurecendo a fisionomia.

— Helena – disse ele após alguns segundos silencioso a sua frente – era preciso fazer isso! Sei que não concordaria, portanto... bem... aproveitei o tempo em que esteve na casa de repouso e... e o resto você já sabe!

Retomando sua agressividade peculiar, Helena avançou alguns passos em sua direção, na tentativa de desferir-lhe uma bofetada, mas, Heitor segurou fortemente sua mão, mantendo-a presa no ar.

— Não! – interrompeu ele energicamente. – Não ouse mais me agredir! – gritou ele. – Chega, entendeu, chega! Você está doente, muito doente!

Depois, jogando o braço da esposa para o lado, continuou:

— Vou procurar tratamento para você e nem pense dizer que não, caso contrário, juro – gritou – juro que sairei desta casa para sempre! – disse dirigindo-se ao telefone.

Helena, indefesa e amedrontada ante a reação do esposo, calou-se, mas a vontade que tinha era a de desferir-lhe inúmeros golpes nas costas.

— Vou ligar para Antenor e marcar com eles nossa ida à Casa Espírita esta semana – disse, virando-se e olhando friamente nos olhos da esposa. – Para seu próprio bem, Helena, espero sinceramente que não me decepcione como nas outras tentativas!

A distância, Lucrécia ouvia atentamente a conversa de Heitor com Helena e, sabedora das dificuldades que enfrentaria caso Helena se predispusesse a freqüentar o Centro Espírita, resolveu impedi-los desse intento. Chamando Armando, um de seus pupilos das zonas inferiores disse:

— Ponha-se de plantão permanente nesta casa! Impeça-os de se deslocarem até o Centro Espírita! – ordenou autoritária.

— Mas... mas, como farei isso? – perguntou ele preocupado em não desagradar Lucrécia.

— Ora, imbecil, arrume pretextos, compromissos de última hora, dores de cabeça... visitas inesperadas... qualquer coisa que faça com que ele se esqueça de levá-la, entendeuuu? – gritou ao pé do ouvido do pobre diabo. – Procure sua equipe e comecem imediatamente esse trabalho! Descontrolado como ele está – referia-se a Heitor – será muito fácil impedi-lo de seu intento! Farei com que desista dessa idéia rapidinho, rapidinho! – falou para si. – Não, sua víbora – disse entre dentes – você não vai receber nenhuma ajuda se depender de mim, nenhuma ajuda mesmo!

XVII

A GRAVIDEZ DE MAURA

Maura voltara a exercer sua profissão no hospital da Santa Casa de Misericórdia da cidade litorânea onde agora residia com o pai. Usaram as economias que haviam feito ao longo dos anos para comprar uma casa bastante confortável e cuja vista era impressionantemente bela. Seu pai montara uma oficina de automóveis na parte dos fundos e estava feliz com a mudança. Ficava em uma afastada vila de pescadores. Com o restante, haviam financiado um automóvel e com ele Maura deslocava-se para o trabalho diariamente.

Acolhida com imensa alegria por doutor Eleutério, agora diretor geral daquela instituição, não encontrara dificuldades para retomar sua vida e sua antiga profissão.

Atarefada com a agitação daqueles estreitos corredores abarrotados de pacientes, Maura quase não tinha tempo para suas próprias dores e, somente à noite, de volta ao lar, podia dar larga margem às recordações da época em que, por breves momentos, havia sido realmente feliz.

Seu ventre já estava proeminente. Em poucos meses daria à

luz o filho que carregava consigo, fruto daquele amor proibido que ousara, um dia, sentir em seu coração.

Naquela manhã, agitada como sempre nas enfermarias, Maura sentia fortes dores nas costas e, por alguns momentos, quedou-se, encostada na soleira da janela para descansar.

— Está pensativa hoje, minha filha? - perguntou irmã Clarência meigamente.

Virando-se sobressaltada, Maura sorriu ao ver a figura risonha da irmã.

— Não, irmã Clarência! Estou apenas me sentindo um tanto cansada esta manhã - e, alisando o ventre, falou rindo: - Acho que tem alguém muito apressadinho aqui dentro!

— Não se esforce muito - disse ela repreendendo a jovem: - Não é bom para o bebê e muito menos para você, querida! Por que não aceita o conselho de doutor Eleutério e termina seu tempo na secretaria? Lá é mais sossegado... e ademais, a irmã Etelvina está precisando muito de alguém que entenda daquele "bicho estranho" como ela mesma diz, referindo-se ao computador que adquirimos - falou rindo gostosamente.

— Prometo que vou pensar! O problema é que não consigo me afastar desses meninos! - abraçou a irmã, apontando para os leitos repletos de homens em idade bastante avançada. - Eu me apaixonei por todos eles! - falou sorrindo para todos.

— Nem pense em tirar daqui nossa fadinha, irmã Clarência! - falou um senhor aparentando uns oitenta anos mais ou menos. - Ela é a nossa "anja sem asas!" - riu o homem acompanhado dos demais enfermos. - Sem ela estamos perdidos nas mãos do Murilo! Deus que nos livre!

— Meninos! - repreendeu ela carinhosamente. - O enfermeiro Murilo é ótimo profissional também, trata a todos com o mesmo carinho com que eu os trato, isso não é justo!

— Nós sabemos, mas, preferimos você e pronto! - disse um senhor bastante franzino, de olhos muito vivos e ligeiros. - Nem pense em nos deixar! Quem é que vai ter paciência e tempo para ler aqueles livros tão lindos para nós?

— Então a senhorita continua lendo para eles, não é? - disse irmã Clarência torcendo os lábios como a repreendê-la. – Deixe o padre Olavo saber disso, mocinha!

Depois, falando baixinho próximo ao ouvido de Maura, completou:

— Não deixe que ele perceba e... nem que fique sabendo que eu também os leio, está bem? – riu ela gostosamente enquanto deixavam a enfermaria.

Não fosse a saudade de Heitor e a amargura que carregava em seu coração, Maura poderia se considerar realizada. Em breve seu filho viria ao mundo e traria felicidade não só a ela como a seu pai que já fazia planos para o neto. Maura, por vezes, sonhava ter a seu lado naquele momento tão sublime que se aproximava, o pai de seu filho, mas, este era um sonho impossível.

Nunca mais tivera ou procurara ter notícias de Heitor. Jurara a si mesma não mais interferir na vida e na felicidade de Helena. Na madrugada em que deixara Heitor adormecido em frente à lareira, havia se disposto a renunciar à sua felicidade em prol de Helena e Heitor. Sabia que devia isso a ela.

XVIII

A revelação do passado

Rosemary estava sentada em um banco do jardim quando seus avós, mais uma vez, chegaram para visitá-la naquela tarde.

O céu, de um anil profundo, irradiava paz e tranqüilidade a todos os jovens que ali estavam. Como sempre, seus pensamentos voavam soltos, percorrendo os espaços vazios de seu coração ainda muito amargurado com a brusca separação de seus entes amados.

Havia tido uns sonhos estranhos e isso a estava perturbando muito. Aflita, narrou-lhes seu sofrimento e a terrível sensação de sufocamento que sentia depois.

— Não consigo entender, vovô! Às vezes percebo a voz de mamãe a me chamar de muito longe. Poderia ser ela mesma a me chamar, vovó? - perguntou emocionada e ansiosa pela resposta.

— Sim, querida, temo que sim! - disse a avó tristemente.

— Mas, por que ela faria isso, digo, se sabe que não poderei mais estar ao lado deles, por que insiste em me chamar então? - perguntou olhando fixamente nos olhos do avô.

Seu Raul retribuiu com bondade no olhar a interrogação da neta.

— Sabe, querida, muitas coisas aconteceram desde que você deixou seu corpo na Terra e veio ter conosco na espiritualidade. Você esteve muito perturbada após sua desencarnação, o que dificultou sua recuperação espiritual.

— Então... então esses sonhos... essa sensação de sufocamento e...

— Sim. São as recordações daqueles momentos vividos por você que agora voltam ao seu consciente, compreende? Eles apenas estavam guardados lá no fundo de sua mente, mas, não poderiam ficar escondidos por toda a sua vida espiritual, mesmo porque, lhe servirão de alerta para que não recaia no mesmo erro.

— Quer dizer então que, de alguma forma eu fui culpada por sentir o que senti? – perguntou ela incrédula.

Dona Rose fez sinal que sim com a cabeça.

— Escute, minha querida! – disse o avô, colocando os braços em torno dos ombros da neta, carinhosamente. – Quando você desencarnou, sua vida estava no auge de sua plenitude. Havia feito planos para o futuro e a vida espiritual, naquela ocasião, não era meta a ser atingida, não é mesmo? – riu e continuou: – Pois bem, desde pequenina, Helena dedicou-se integralmente a você e a sua saúde, não deixando espaços para mais nada, nada mesmo! Nunca soubemos de nada que você tivesse desejado ter que não tivesse conseguido no minuto seguinte, recorda-se?

Rosemary sabia que o avô estava falando a verdade. Seu quarto de menina e depois de moça, era abarrotado de quinquilharias sem nenhuma utilidade prática. Vivera cercada de mimos e suas teimosias e manhas eram tidas como "uma forte personalidade em desenvolvimento" – relembrava.

— Sua avó e eu, tínhamos receio de que o exagero se tornasse prejudicial no futuro, no entanto, Helena jamais nos deu ouvidos. Envolvida que sempre esteve com seus problemas de saúde, nenhuma atenção dispensou ao seu Espírito, deixando que as futilidades da vida material a arrebatassem por completo, dispensando nossos conselhos e também os de seu pai, concorda comigo, querida?

— Não posso discordar, vovô, mas, nunca desejei mal a ninguém ou... fiz o mal a alguém propositadamente.

— Não se trata disso, minha filha, o problema é que quando

você se viu liberta da matéria, não estava preparada para a vida espiritual, compreende? – disse a avó que observava atentamente as reações da neta. – Negou a morte a princípio e depois... depois lutou contra ela aliando-se aos apelos de sua mãe que desejava mantê-la junto dela custasse o que custasse!

— Meu Deus! – gritou ela atônita com o que ouvira da avó. – Quer dizer que aqueles pesadelos que têm me assombrado são a minha realidade?

— Infelizmente sim! – respondeu o avô. – São a sua realidade, Rosemary, e é por esse motivo que você ainda se encontra aqui neste hospital, compreende?

Um longo silêncio se fez até que Rosemary tornasse a falar, desta vez com os olhos marejados pelas lágrimas.

— E minha mãe? O que é feito dela? – perguntou com a voz embargada.

— Sua mãe, minha filha, se encontra muito doente espiritualmente – disse a avó. – Temos tentado ajudá-la, mas, não aceita nosso auxílio, negando-se ferozmente a deixá-la seguir seu caminho.

— Então eu acabei por adoecer minha pobre mãe...

— Não! – disse seu Raul, interrompendo-a prontamente. – Não se sinta culpada por isso, de modo algum! Helena procurou o próprio desequilíbrio para seu espírito e para seu corpo físico! Revoltou-se contra as Leis Divinas tão logo você começou a apresentar os primeiros sintomas da doença que a vitimou! Nunca aceitou os desígnios de Deus e passou a lutar não apenas pela sua cura, minha filha, mas, principalmente contra a vontade d'Ele. Ao longo dos anos nossa pobre filha foi se transformando em uma pessoa amarga, vazia, passando apenas a valorizar as coisas materiais, aquilo que podia tocar e sentir entre seus dedos como se a posse desses bens lhe trouxessem a verdadeira felicidade que nunca conseguiu encontrar em seu coração – fez uma breve pausa. – Sua mãe amava você, Rosemary, amava não somente como os pais amam os filhos, mas, como alguém que detém em suas mãos o poder de decidir o destino do ser amado. Sua mãe tornou-se obstinada por um forte sentimento de posse do qual você mesma foi testemunha várias vezes quando estava a seu lado. E, quando percebeu que a morte havia afastado seu corpo físico do dela, estabeleceu uma sintonia mental com você.

Rosemary ouvia as palavras do avô e sua mente, aos poucos, começava a formar, qual um quebra-cabeça, os quadros reais que até então só havia visualizado em seus pesadelos.

Uma forte crise de apnéia iniciou-se repentinamente. Imediatamente os avós fizeram sinal para que um dos enfermeiros lhes socorresse.

— Calma, minha irmã! - orientou Alfredo solícito. Respire pausadamente... compassadamente... assim, isso mesmo! Recoste no banco e deixe que seu espírito se recomponha serenamente.

Aos poucos a crise diminuiu e Rosemary pôde sentir o ar entrando novamente em seus pulmões. Os pensamentos da jovem se confundiam entre o aqui e o acolá, misturando sentimentos e angústias. Percebendo o iminente descontrole de Rosemary, Alfredo pediu aos avós que o ajudassem a reconduzi-la ao quarto a fim de ministrar-lhe um medicamento que a acalmasse.

De volta ao leito e medicada, Rosemary ainda chocada com tudo o que vira e ouvira, permanecia segurando fortemente as mãos da avó como uma criança assustada que pede proteção.

— Tudo está bem agora, minha querida - disse dona Rose. - Não precisa mais sentir medo, confie em nós!

Depois, afagando os longos cabelos da neta, disse:

— Lembra-se daquela conversa que tivemos dias atrás sobre o poder dos pensamentos? - perguntou ela carinhosamente.

Rosemary fez que sim com a cabeça.

— Pois bem! Sua defesa é e sempre será, manter seus pensamentos elevados, isto é, deixar para trás as amarguras, as lágrimas, a revolta e permitir que apenas as boas lembranças façam parte de sua vida doravante, compreendeu? Quanto menos tempo você se dedicar a sentir pena de si mesma, mais forte se sentirá e mais rapidamente se libertará desses pesadelos que ainda a atormentam. Sua mãe também está sendo auxiliada por nossos amigos espirituais, não pense que a abandonamos à sorte, mas, cada coisa a seu tempo! Somente quando Deus entrar naquele coração teimoso é que realmente poderemos agir, compreende? Agora é a sua vez, minha querida! Você precisa se libertar de seus apelos o mais rapidamente possível!

E sentando-se na borda do leito da neta depositou um longo beijo em suas mãos como a dizer:

— Estamos aqui, minha querida! – depois, olhando fixamente em seus olhos, tornou com energia: – Vamos, Rosemary, reaja! Você não está proibida de sentir saudades aqui! – e riu. – Só não pode se dar ao luxo de fazer disso o seu dia-a-dia! Eu e seu avô precisamos muito de sua ajuda lá em casa!

Rosemary arriscou um sorriso.

— Agora procure dormir um pouco e, por favor, reaja, minha filha! Somente você poderá encontrar a cura para seus tormentos, mais ninguém poderá fazer isso por mais que desejemos – disse despedindo-se da neta. – Amanhã à tarde nos voltaremos e espero encontrá-la bem mais disposta, está bem?

— Vou fazer o possível, prometo! – disse ela erguendo a mão em forma de juramento.

Em poucos segundos a medicação começou a agir e Rosemary adormeceu profundamente, desfazendo a fisionomia de preocupação.

Doutor Francisco e seus assistentes observavam as reações da jovem, do andar superior.

— Nossa irmã, embora os avós ainda não tenham percebido, progrediu muito nos últimos dias, – disse satisfeito enquanto examinava o visor à sua frente.

— Sim! – confirmou Nelson. – Mesmo com a volta da mãe à casa, parece não ter captado seu chamado novamente o que é maravilhoso!

— Nosso irmão Mateus tem conversado muito com ela e pelo que pudemos notar a revolta inicial que carregava dentro de si está finalmente se dissipando em seu coração. Se Deus quiser dentro de mais alguns dias poderemos dar uma boa notícia aos avós.

— Ela receberá alta? – perguntou Eulália, uma das médicas também responsável por aquele setor.

— Digamos que uma alta temporária. Rosemary poderá deixar o hospital, mas, necessitará de acompanhamento constante de nossa parte até que se liberte totalmente da interferência da mãe

que, certamente não acabará tão facilmente.
— Então o senhor acredita que ela ainda receberá essa influência? – perguntou Nelson curioso.
— Com toda a certeza! Helena entrou em um processo obsessivo gravíssimo do qual necessitará de muita ajuda para se desvencilhar – disse fazendo uma longa pausa. – Nossa irmã carrega em seu espírito uma grande dívida de vida passada que começa agora a ser cobrada sem piedade.

Chamando os assistentes para próximo de grande tela colocada na parede, doutor Francisco, tocando de leve em um pequeno aparelho postado em uma mesinha, disse:
— Observem o que lhes digo.

A tela iluminou-se. Digitando os dados pessoais de Helena em um teclado, doutor Francisco trouxe, do passado distante, as imagens de que necessitava para as devidas explicações ao grupo.

A figura de uma jovem esguia e muito bela surgiu na tela.
— Essa é nossa irmã Helena em pretérita encarnação – disse apontando para a tela. – Seu nome era então Cecília. Cecília era filha única de abonado senhor de terras as quais eram cultivadas por camponeses que lá residiam.

Mais um toque, e surgem, então, as figuras de duas outras jovens de igual beleza e jovialidade
— A mais jovem é Antonietta, hoje nossa irmã Rosemary, e a mais velha, Tibéria, que encarnou como Maura – disse seriamente. – Maura e Antonietta foram então irmãs e muito se amavam. Eram, na ocasião, filhas de Lucrécia, uma humilde camponesa que trabalhava nas terras do pai de Cecília em busca do sustento de sua família, visto que ficara viúva com as filhas ainda em tenra idade. Amorosa e dedicada, Lucrécia não poupou esforços em proporcionar às filhas o necessário para a sobrevivência de ambas, trabalhando de sol a sol até que suas forças não mais lhe permitissem o labor. Acalentava no coração a esperança de que as filhas não tivessem o mesmo destino que teve e, por esse motivo, nunca permitiu que laborassem na terra como ela.

Outro toque no teclado e surge a figura de um jovem cujos cabelos, cor de fogo, chamou a atenção do grupo.
— Este é Maurice, primo e prometido de Cecília, hoje nosso

irmão Heitor.

Percebendo a fisionomia de curiosidade dos assistentes, doutor Francisco continuou sem mais delongas:

— O pai de Maurice havia assumido compromisso de matrimônio entre seu filho e a jovem Cecília e, desde a infância, haviam planejado seus futuros juntos, como era o costume daquela época. Embora Maurice não nutrisse por Cecília nenhum afeto mais acalorado, encorajando-o a casar-se com ela e formarem a tão sonhada aliança selada entre seu pai e o pai da jovem, ele não questionara, até então, tal união, no entanto, quis o destino que suas vidas tomassem novos rumos, rumos esses que mudariam por completo o desfecho de sua existência. Maurice carregava em sua alma, ainda devedora, sério compromisso espiritual para com Cecília visto que, em anterior encarnação, havia feito com que a jovem se desvirtuasse do caminho do bem e enveredasse pelos labirintos tortuosos da promiscuidade e do crime, movida pelo ciúme e pela rejeição a que seu amor fora submetido. Maurice, após a desencarnação, ciente de suas responsabilidades para com a retomada evolutiva da jovem, predispôs-se a voltar a seu lado e, na medida do possível, ajudarem-se, mutuamente, caminhando lado a lado nas trilhas terrenas.

Nelson e Eulália não tiravam os olhos da tela que, a cada segundo, mais e mais os prendia àquela trama.

— Mas, o esquecimento temporário dos ajustes e compromissos assumidos na espiritualidade e o calor de uma paixão avassaladora que cega e perturba os corações mais frágeis fizeram com que o jovem, mais uma vez, acabasse por relegar a jovem Cecília ao abandono. Maurice, certa tarde, conheceu Tibéria quando ela se encaminhava até os campos a fim de levar a refeição para a mãe e, desde esse dia, seus corações se entrelaçaram definitivamente. Maurice apaixonou-se perdidamente pelo modo simples e puro com que Tibéria lhe dirigia o olhar e pela meiguice contida em seu coração. Tibéria e Antonietta haviam sido criadas por Lucrécia tementes a Deus e carregavam bons princípios morais em seus Espíritos ao contrário de Cecília, que buscava apenas a futilidade material como meio de sua realização pessoal.

Alheia ao compromisso assumido por Maurice com a bela

Cecília, Tibéria entregou-se a esse sentimento com todas as forças de sua alma. Durante quase um ano, Tibéria e Maurice viveram aquele intenso amor, dividindo seus sonhos e seus anseios, no entanto Maurice nada dissera a Tibéria a respeito de Cecília. Pretendia desfazer o compromisso que assumira, tão logo seu pai retornasse da longa viagem que empreendera pelo interior da Europa, pois o amor que sentia por Tibéria preenchia-lhe totalmente a alma. Queria desposá-la, viver a seu lado para todo o sempre e apenas a ausência do pai o impedia de fazer o pedido à mãe da jovem, de quem escondia sua verdadeira origem e posses, com medo de perdê-la, caso se inteirasse da grande disparidade social que existia entre eles. Em sua alma, movido por tênue recordação do compromisso assumido ao encarnar, Maurice digladiava-se moralmente. Apesar de sentir o verdadeiro amor pulsar dentro do peito clamando por Tibéria, alguma coisa lhe dizia que era Cecília a quem devia desposar. Sem compreender ao certo, tais sentimentos ambíguos, Maurice continuava a se encontrar com Tibéria e sua irmã Antonietta e, na presença dela, todos os seus receios desapareciam por completo.

Antonietta, adolescente ainda, era companhia constante de Tibéria e Maurice nos passeios a cavalo pelos arredores da propriedade do pai de Cecília e divertiam-se nas quentes tardes daquele verão, refrescando-se nas cachoeiras que, por lá, eram abundantes e convidativas.

Não tardou muito para chegar aos ouvidos de Cecília que seu prometido estava de amores com uma camponesa – disse doutor Francisco com tristeza no olhar.

Imediatamente apareceu na tela o rosto constrito de Cecília. Sua fisionomia era de revolta e seus lábios tremiam nervosamente ante o que acabara de ouvir.

— Tem certeza do que me dizes? – gritou ela, entre dentes, à mulher a seu lado. – Não me faça de tola ou receberá o castigo que merece!

— Sim, minha senhora! Eu mesma os vi banhando-se na cachoeira por várias vezes! – respondeu a mulher esperando recompensa imediata. – Não me viram, pode ficar sossegada!

— Quem assim falava – completou ele – era Sofia, empregada

da casa e confidente da jovem.

Eulália, curiosa, perguntou ao instrutor:

— E Sofia, ela também faz parte do novo círculo reencarnatório de Helena?

— Sim, sim! Ela é hoje nossa abnegada irmã Sílvia! Mais adiante compreenderão a extensão de toda essa trama – disse continuando. – Perversa e maquiavélica, pois trazia na alma resquícios muito fortes de uma personalidade voltada apenas para o prazer imediato de seus desejos, Cecília não se conteve em seu ciúme doentio pelo primo e pretendente. Receosa de que Maurice desfizesse o compromisso assumido com seu pai, visto que jamais havia notado nenhum sentimento mais profundo de sua parte por ela, a jovem arquitetou um plano terrível em sua mente.

Dias mais tarde, após constatar com seus próprios olhos a veracidade de tudo, quando, escondidas, Sofia e ela, entre os galhos das árvores, presenciaram a alegria e o riso inocente de Antonietta, Tibéria e o jovem Maurice, resolveu vingar-se a todo custo. Enfurecida, e incentivada ainda mais por Sofia, de volta à casa, Cecília mandou que a empregada lhe trouxesse o capataz até sua presença o mais rápido possível.

Um homem grande e muito alto estancou à sua frente minutos mais tarde. Seu olhar era taciturno e sua fisionomia, endurecida quando olhou para Cecília, muito embora, trouxesse em seu frio coração uma quase incontrolável paixão pela patroa à sua frente.

Cecília olhou fixamente nos olhos do homem antes de ditar-lhe as ordens, fazendo com que ele estremecesse de paixão. Observou-o, impávida, qual astuta ave de rapina, por longo tempo, pois queria ter absoluta certeza de que ele seria capaz de executar o trabalho que desejava. Constatando naqueles olhos a mesma frieza dos seus e, ciente de que seus desejos seriam executados sem pestanejar, sorriu satisfeita.

— Existe uma camponesa que está me causando sérios problemas pessoais. Seu nome é Antonietta! Quero que dê fim a ela! Não me importam os meios – disse, em tom autoritário, olhando para as fortes mãos do homem —, quero que acabe com ela imediatamente, e sem deixar rastros, entendeu? – bateu fortemente com os punhos na mesa à sua frente. – Não falhe, senão... – advertiu ameaçadora.

O homem, que conhecia a fama da patroa e o enorme poder que ela exercia sobre o pai, colocou lentamente o chapéu na cabeça e, sem nada dizer, saiu da sala a fim de satisfazer mais um dos tantos caprichos de Cecília.

Naquela noite, após o jantar, Lucrécia e Antonietta estavam sentadas na pequena varanda da casa a conversar sobre os acontecimentos daquele dia.

— Brevemente poderemos partir daqui – disse Lucrécia à filha mais jovem. – Já temos quase que o suficiente para sobrevivermos na cidade – completou com alegria nos olhos. – Não quero que sofram no trabalho com a terra como eu.

Depois, lembrando-se do falecido pai das meninas, continuou emocionada:

— O pai de vocês tinha um sonho e, se Deus quiser, eu conseguirei realizá-lo! Partiremos dentro de mais alguns meses, acredite, minha filha! Arrumaremos um trabalho decente. Vocês duas poderão trabalhar em casas de família, como arrumadeiras, talvez! Terão, com certeza, uma vida mais amena, menos sacrificada! Isso é o que desejo realmente, minha filha, somente isso.

Antonietta, sorridente com a notícia, alertou a mãe:

— E Tibéria, mamãe? Será que nos acompanhará? – referia-se a Maurice. – Eles estão tão apaixonados!

Pensativa, a mulher respondeu:

— Não vejo com bons olhos esses encontros que Tibéria vem tendo com o jovem Maurice, não vejo mesmo! – disse preocupada. – Tem alguma coisa misteriosa em seu modo de agir! Parece bom e honesto, mas, alguma coisa me diz que Tibéria não será feliz ao lado dele! Sabemos tão pouco a seu respeito, nem mesmo sabemos onde mora, de onde vem!

— Bem, mamãe – disse Antonietta, acalmando o coração da mãe —, ele nos contou que mora na propriedade do senhor Alonso. Se bem que, pensando bem – falou um tanto intrigada – suas mãos não são calejadas como as de um trabalhador, isso é verdade!

— Percebe a minha preocupação agora, Antonietta? E se for algum fidalgo à procura de diversão apenas, já pensou na decepção de nossa Tibéria?

Antonietta ficou pensativa com relação às palavras da mãe. E se ela tivesse razão? E se Maurice estivesse apenas se divertindo com a irmã? Envoltas em seus pensamentos, não perceberam a aproximação sorrateira do capataz.

Um arrepio de frio percorreu o corpo de Lucrécia ao deparar-se com a figura sombria daquele homem parado à sua frente.

Um grito de espanto soltou-se de seus lábios, no momento em que ele, agarrando seus braços, desferiu-lhe um forte golpe na cabeça. Inconsciente, Lucrécia tombou ao chão.

Antonietta, apavorada, tentou correr em direção à porta, mas foi brutalmente agarrada pelas mãos fortes do homem que sorria, vendo-a debater-se em seus braços.

— Vou fazer o serviço a que fui mandado, mas, antes vamos nos divertir um pouco, meu bem! – grunhiu, feito um animal no cio.

Atirando Antonietta ao chão, esbofeteou-a até não mais ouvi-la gritar por socorro. Possuiu-a, então, com violência e desejo, fazendo com que grossas lágrimas de vergonha e humilhação rolassem de seus olhos.

Lucrécia, desacordada, não pôde socorrer a filha e arrancá-la daquelas mãos imundas e criminosas.

Ao fim de algum tempo, o homem, saciado, estrangulou Antonietta, como quem abate um indefeso cervo, deixando-a inerte, estendida no duro assoalho da casa.

Lucrécia, aos poucos, recobrou a consciência, a tempo ainda de vê-lo verificando a eficácia de seu trabalho.

— Minha filha! - gritou ela na escuridão da noite. – O que fizeram com você? – disse, cambaleando em direção à porta.

Um novo golpe em seu estômago e Lucrécia viu-se novamente ao chão.

— Pensei que tivesse acabado com você também! – resmungou o homem agarrando-a pelos cabelos. – Veja! – esfregou o rosto da mulher no corpo morto da filha. – Veja no que dá se meter com o noivo da patroa! Estão satisfeitas agora? – perguntou sarcástico.

Lucrécia mal conseguia visualizar o rosto da filha que estava coberto pelo sangue. Seus olhos, muito abertos, pareciam lhe pedir socorro inutilmente.

— Agora é sua vez! - retirou da cintura um reluzente facão. - Vou terminar o que vim fazer aqui! A bela dona Cecília não vai ter do que reclamar agora! - atravessou o corpo de Lucrécia com a lâmina de um lado ao outro. - Por ela vou ao inferno, se preciso for! - e limpou a lâmina do facão na calça.

Lucrécia tombou ao chão, soltando um gemido abafado. Percebendo que a morte era certa para a mulher, o capataz apanhou seu chapéu do chão e saiu, misturando-se ao negrume da noite.

Por longo tempo, Lucrécia agonizou ao lado do corpo de Antonietta. Em seus lamentos, ouvia as palavras do homem repetindo-se sem parar: "Dona Cecília não vai ter do que reclamar agora... dona Cecília não vai ter do que reclamar agora... não vai ter do que reclamar agora..."

— Foi ela, foi ela... - murmurava já quase sem vida - foi ela...

Alheia ao que acabara de acontecer com a mãe e a irmã, Tibéria retornava da casa de uma amiga, vagarosamente. O manto da noite tornava seu caminhar lento, pois quase não conseguia distinguir a estreita trilha por entre a mata densa.

A porta entreaberta e o enorme silêncio na casa, a deixaram intrigada. Apressou o passo e...

— Mãe! Antonietta! Meu Deus, o que houve? - gritou ela correndo desnorteada em direção às duas mulheres estendidas ao chão. - Por Deus! Mãe! Responda, por Deus, me responda! - pedia, soluçando desesperadamente.

Abrindo os olhos com extrema dificuldade, Lucrécia respondeu aos apelos agoniados da filha.

— Fo...i ela... foi Cecí...lia... - murmurou. - Fuja! Fuja! Fuja, mi... nha filha, fu...ja... dele! Fuja de Mau... ri...ce! Ele a enga...nou.. ele é noi...vo de Cecí...lia! Pro...meta! - pediu com os olhos arregalados pela agonia. - Pro...me...ta, Tibé...ria! Prome...ta, por mim!

Atônita, Tibéria não conseguia concatenar as idéias. Agarrada à mãe, Tibéria, soluçando, prometeu que fugiria para longe dali naquela mesma noite.

— Eu... vo...u vingar su...a ir...mã, juro por De...us, ju...ro!!! -

disse ainda com extremo ódio no olhar. – Vo...u vin...gar sua mor... te! – Um último suspiro se ouviu e Lucrécia foi se juntar a Antonietta no mundo dos Espíritos.

Por muito tempo ainda, Tibéria permaneceu agarrada ao corpo da mãe e da irmã, tentando entender o que se passara naquela casa.

Por que Cecília mandaria alguém fazer aquela barbaridade com sua família? Por quê?, se perguntava ela sem parar. E Maurice, qual a ligação que teria com Cecília?

Horas mais tarde, ainda sob o efeito do terrível choque que acabara de sofrer, Tibéria, carregando apenas uma pequena sacola, deixou a casa apressadamente, como havia prometido para a mãe em seus últimos momentos de vida. Caminhando sem destino certo, perambulou por dias a fio por estradas, lugarejos, povoados jamais antes percorridos por ela, para, finalmente, ver-se defronte ao enorme portão daquele convento. Acolhida por mãos caridosas das irmãs, Tibéria viu-se entre amigas sinceras e relatou, com imensa tristeza, seu pesar. De lá, nunca mais saiu, acabando por tornar-se uma irmã de caridade também. Guardado em seu coração, trancou no fundo da alma o grande amor que um dia sentiu por Maurice.

Nelson e Eulália tinham os olhos marejados pelas lágrimas de emoção ante o desenrolar daquela história que se lhes passava à frente, com tantos detalhes. Doutor Francisco, que se calara, apenas assistia aos quadros que se seguiam, com impressionante clareza.

— Maurice procurou insistentemente por Tibéria e Antonietta, sem, contudo, encontrá-las nos campos ao redor da propriedade de Cecília. Haviam desaparecido como que por encanto. Ninguém ouvira mais falar de Lucrécia e das filhas. Todos acreditavam que tivessem partido como era o desejo que a mãe tanto acalentava. Desiludido e sentindo-se traído em seu amor, Maurice viu-se, meses depois, novamente enredado por Cecília, que, aproveitando-se da fragilidade do rapaz, apressou as bodas. Casaram-se, muito embora o coração de Maurice sentisse por Cecília apenas uma afeição fraternal, pois jamais conseguira esquecer os meigos olhos de Tibéria. Tão logo as bodas se realizaram, Cecília voltou a demonstrar suas tendências malévolas. Irriquieta, agitada e nervosa, chamou Sofia para confidenciar.

— Estou grávida! - disse demonstrando asco. - Prepare alguma infusão para que eu beba!

— Mas, senhora, senhor Maurice ficará feliz com a novidade! - disse espantada a empregada. - Ele adora as crianças dos camponeses! Vive dizendo que deseja ter um punhado de crianças correndo pela propriedade! - concluiu, indignada com a atitude da patroa.

— Não pedi a sua opinião! - empurrou a moça para trás. - Não desejo estragar meu corpo com criança alguma! Vá! Prepare logo a infusão se não quiser ser castigada e... boca fechada, entendeu? Se souber que falou a esse respeito com alguém, pagará caro, não se esqueça! - gritou histericamente.

Durante muitos anos Sofia preparou a infusão para Cecília que se dizia, lamentavelmente estéril, para o esposo. Maurice, conformado com a impossibilidade de a esposa lhe deixar herdeiros, buscou no trabalho e na alegria dos moleques dos empregados a sua realização. De espírito boníssimo, ajudava a todos, empregados ou não, nunca fazendo distinção da classe social a que pertenciam e, todos os anos, no mês de setembro, enviava ao convento, grandes quantias em dinheiro, para que as irmãs fizessem a caridade que julgassem necessária.

Tibéria, agora madre Lúcia, recebia o envelope com a farta doação, sem nada dizer. Sabia se tratar de donativos enviados por seu amado, mas, jamais ousou identificar-se. Sua vida agora estava voltada às crianças daquele pequeno orfanato e seus dias eram apenas voltados ao amor a elas e a Deus. Somente em seu coração mantinha acesa a chama daquele sentimento que tanta dor havia lhe causado. Nunca soubera ao certo o que acontecera e por que Maurice lhe ocultara a verdade a respeito de Cecília, mas, de alguma forma, no fundo de sua alma, sentia que o amor, que ele um dia havia lhe jurado, havia sido verdadeiro.

Muitos anos mais tarde, chamado às pressas, Maurice foi ter com Tomás em seu leito de morte. Tomás, o capataz que a mando de Cecília assassinara Antonietta e Lucrécia, confessou seus crimes, amedrontado com a proximidade da vida eterna e, julgando erroneamente que desta forma seria poupado das labaredas do inferno, nada lhe escondeu, contando com detalhes a sordidez de seu ato. Atordoado com a confissão daquele homem, Maurice custou a acreditar na veracidade de tudo.

— Não! Cecília não seria capaz de tanto! - gritou ele andando de um lado para o outro naquele pequeno quarto. - Não seria, não seria! - repetia ele, levando as mãos desesperadamente à cabeça.

— Preciso do seu perdão, senhor... preciso do seu perdão, por caridade! - implorava o homem entre a vida e a morte.

— Não! Jamais, infame, assassino! Morra com meu ódio cravado em seu coração! - bradou ele, deixando alucinadamente a casa.

Não conseguia admitir tamanha crueldade por parte da esposa. Era horroroso demais para ser verdade! Vagou desnorteado pelos campos durante horas, na tentativa de colocar seus pensamentos em ordem. E, sentado em frente à cachoeira onde tantas vezes se encontrara com Tibéria, deixou que as lágrimas lhe lavassem a alma aturdida.

— O que terá sido feito de você, Tibéria! - gritou ele aos céus. - Meu Deus, me ajude, por caridade! Isso não pode ser verdade, não pode! - implorou atirando-se ao chão, qual animal ferido.

Nesse instante, doutor Francisco interrompeu por breves momentos as imagens na tela, dizendo:

— O sofrimento pelo qual nosso irmão passou desde esse dia foi intenso. Voltando para a casa naquela noite, procurou por Cecília e lhe desferiu toda a sua ira. Nunca mais a procurou como esposa desde esse dia, passando a conviver a seu lado como um mero desconhecido até o fim de seus dias. Pouco se cruzavam e, quando isto acontecia, desferia-lhe o fel da indiferença.

Cecília, anos mais tarde, devido ao grande número de abortos que provocara, veio a falecer em lamentável sofrimento físico e mental, mas, mesmo perante a dor e a indiferença do esposo, jamais nutriu em seu coração qualquer tipo de arrependimento pelos atos cometidos. Levada pelos instrutores espirituais para um hospital destinado aos desequilibrados mentais que deixam a Terra, jurados de vingança por suas vítimas, durante muito tempo, esteve sob intenso tratamento espiritual até que, finalmente, estivesse pronta para nova encarnação e para o resgate de suas dívidas.

Maurice, já quase no final de sua existência terrena, acabou por descobrir finalmente o paradeiro de Tibéria, indo ao seu encontro – disse doutor Francisco ligando novamente a tela.

Um enorme convento, erguido sob fortes blocos de pedra apareceu magnífico diante deles. Em uma sala, humildemente decorada com quadros de santos e santas, irmã Lúcia, bastante envelhecida, lia alguns papéis que estavam espalhados sobre a mesa quando, de repente, alguém a chamou:

— Madre Lúcia, madre Lúcia! – disse um pequenino de olhos amendoados. – Tem um senhor aí fora que deseja lhe falar.

— Pois, mande-o entrar então, Belquior! – disse ela sorrindo, apoiando-se em sua bengala, com dificuldade. – Não façamos o bom senhor esperar mais!

Quando a porta se abriu, Tibéria sentiu suas pernas fraquejarem ainda mais. Era Maurice quem estava finalmente à sua frente. Apoiando-se com firmeza na enorme cadeira de carvalho a seu lado, Tibéria não sabia o que fazer ou dizer. Seu coração, enfraquecido pela idade e pelas vicissitudes da vida, tentava controlar-se dentro do peito, inutilmente.

— Tibéria, Tibéria! – disse ele emocionado e com a voz embargada. – Meu Deus, como procurei por você! Como sofri quando não mais a encontrei!

Controlando a emoção que lhe ia na alma, irmã Lúcia falou com enorme dificuldade:

— Não sou mais a Tibéria que o senhor um dia conheceu, senhor Maurice. Sou madre Lúcia e meu passado foi enterrado juntamente com minha família.

— Não! Não me culpe por nada! Por Deus, sou inocente! – pediu ele com os olhos cheios de lágrimas. – Sou inocente, acredite em mim! Nada sabia até poucos anos atrás!

— Não o culpo, senhor, não o culpo, nunca o culpei... – disse ela tentando conter as lágrimas que cismavam em brotar de seus olhos cansados de sofrer por um amor que só lhe trouxera dores.

Um repentino mal-estar acometeu Maurice devido à intensa emoção daquele reencontro tão esperado, e, por segundos, perdeu os sentidos. Seu coração, havia muito, encontrava-se enfraquecido e a longa viagem não lhe fizera bem.

Irmã Lúcia gritou, pedindo por ajuda. Levado ao quarto de hóspedes do convento, Maurice recebeu imediatos cuidados das irmãs. O coração batia com dificuldade e a respiração estava ofegante; as mãos, outrora fortes e decididas, pareciam frágeis, carentes e estendidas na direção de Tibéria, pediam, imploravam que ela as tomasse entre as dela.

Irmã Lúcia, instintivamente atendeu ao seu pedido e, com extremo carinho, afagou as mãos que um dia, haviam lhe jurado eterno amor. Lentamente levou-as aos seus lábios trêmulos e depositou nelas um suave beijo. Maurice sentiu todo seu corpo se aquecer e duas lágrimas rolaram de seus olhos, misturando-se às rugas de sua face envelhecida.

— Eu sempre a amei, Tibéria, sempre! – disse com dificuldade.

Enxugando os olhos, irmã Lúcia aquiesceu com a cabeça.

— Meu coração sempre soube... e sempre o amou, Maurice, sempre! – murmurou.

— Volte comigo, Tibéria, por caridade – pediu ele emocionado. – Faça dos dias que me restam...

— Não posso, Maurice, não podemos e não devemos mais voltar ao passado. Minha vida agora é aqui... aqui ao lado destes pequeninos desamparados pela sorte. Fiz uma promessa quando aqui cheguei, desnorteada e completamente só... – disse, olhando as fortes paredes de pedra daquele quarto, relembrando a dor que sentira no coração quando ali chegara muitos anos atrás – prometi a mim mesma e a Deus que dedicaria o restante de meus dias a receber estes pequeninos em nossa casa e em meu coração. Aprendi, ao longo dos anos, que não existe na Terra felicidade mais plena do que a de poder doar-se àqueles que necessitam de nós – e completou com serenidade: – Aqui é meu lugar agora...

Maurice calou-se, apenas ouvindo a melodiosa voz de Tibéria que parecia penetrar-lhe a alma, acalmando-o por completo.

— Não! – pensou ele: – Como pude esperar que uma alma como a de Tibéria, abdicasse de tudo e partisse comigo... Tibéria não mais pertence ao mundo dos pecadores humanos, tornou-se um anjo de Deus! – conjeturava embevecido com a bondade que sentia jorrar do coração de sua eterna amada.

— Prometa então – disse ele, repentinamente interrompendo-a – que na vida eterna estaremos juntos, que caminharemos no paraíso lado a lado, pois só assim poderei descansar em paz!

Irmã Lúcia sorriu docemente como a dizer: – Não é preciso que me peças isso, meu amor!

Naquela mesma noite, após grave crise de apnéia, Maurice desencarnou. Seu frágil coração não resistiu às emoções vividas e, nos braços de sua amada, exalou seu último suspiro. Algum tempo depois, irmã Lúcia entregava também seu corpo à Terra abençoada e, à sua espera estava Maurice como haviam prometido.

Eulália, emocionadíssima, enxugava seus olhos com a ponta de seu avental muito alvo.

— Bem, como puderam notar, nossa irmã Helena, ou Cecília, causou premeditadamente sérios danos em encarnação passada e precisava resgatar suas dívidas para com a jovem Antonietta que teve o curso de sua existência interrompido na flor da idade, pois que, Cecília pensava ser Antonietta a escolhida de Maurice e não Tibéria. Quanto a Lucrécia, bem... – disse fazendo uma pausa – o ódio que passou a nutrir por Cecília fez com que o perdão não chegasse ao seu coração ainda. Esquivou-se da ajuda espiritual, unindo-se às legiões inferiores onde permanece até os dias de hoje em busca de vingança. Tornou-se uma espécie de líder e angariou para si muitos seguidores que obedecem cegamente às suas ordens.

— Meu Deus! Que trama complicada! – disse Nelson abismado.

— Pois é! Enquanto Rosemary, outrora Antonietta estava encarnada, cumprindo o tempo que ainda lhe faltava na Terra, houve várias tentativas por parte dos protetores encarregados da reabilitação de Helena, no sentido de que seus sentimentos materialistas e extremamente possessivos ainda, se amenizassem, permitindo desta forma que a vingança de Lucrécia não se concretizasse. Mas, como vocês mesmo puderam notar, nossa irmã não aceita ajuda alguma e agora foi, finalmente, descoberta por sua inimiga.

— O que acontecerá agora, doutor Francisco? – perguntou

Eulália apreensiva.

— Não poderemos infelizmente prever o quanto Lucrécia poderá obsidiar Helena – respondeu suspirando profundamente. – Tentamos alertá-la dos perigos a que estava se expondo, mas, o Espírito endurecido de nossa irmã não deu ouvidos aos nossos conselhos. Sabemos apenas que ela mesma abriu sua guarda, permitindo a interferência das forças do mal. Os caminhos que nos levam ao Pai e à evolução individual podem deixar parecer, às vezes, que o Pai tenha abandonado seus filhos, no entanto, as lições mais difíceis são as que formam os alunos mais capacitados! Atentem para o caso de Sofia. Auxiliou Cecília, impensadamente, a cometer inúmeros abortos, julgando-se impune às Leis Divinas, hoje, sofre na carne o desejo de ser mãe, sem, contudo, atingi-lo como gostaria. Acolheu, por escolha sua, os bebês que, outrora, ajudou a exterminar, como filhos de seu coração. Reabilitou-se, com louvor, aqui na espiritualidade, enquanto aguardava nova reencarnação e hoje, é nossa abnegada colaboradora nas lides terrenas. Nossa irmã Helena estará agora entregue à própria sorte! Rezemos para que consiga, ainda nesta encarnação, resgatar esse enorme débito que tem para com Lucrécia – disse, desligando definitivamente a enorme tela.

Visivelmente preocupados, Eulália e Nelson despediram-se do instrutor. Sabiam que Helena haveria de enfrentar momentos difíceis e que precisariam, portanto, redobrar os cuidados com Rosemary.

— Como nossos atos podem modificar vidas, decisões, encarnações! – disse Eulália a Nelson. – Se pudéssemos prever a complicada trama reencarnatória que é traçada antes de nosso nascimento, acho que pensaríamos duas vezes antes de agir, não concorda, Nelson?

— Com toda a certeza, Eulália! Com toda a certeza! Mas, o esquecimento do passado é também necessário! – disse pensativo. – Já imaginou se soubéssemos antecipadamente o que fomos e o que fizemos aos outros? Não quero nem pensar a tremenda confusão que faríamos! – riu e continuou: – Deus sabe o que faz e principalmente, porque faz!

Depois, olhando para o relógio, disse esfregando a barriga:

O Verdadeiro Amor Liberta 163

— Vamos, que meu estômago está reclamando! Jante comigo e continuaremos esta conversa, está bem? Preciso colocá-la a par do caso do jovem Henrique também – disse, com entusiasmo na voz, enquanto se dirigiam até o refeitório do hospital. – Parece que finalmente teremos permissão do Alto para levá-lo até Uberaba. Sua mãezinha ficará muito feliz ao receber uma mensagem dele e ele, bem... ele não vê a hora de reencontrá-la também!

— Que maravilha! Não esperava que Henrique pudesse se comunicar tão cedo assim! Não faz nem um ano de sua desencarnação, não é mesmo? – perguntou, satisfeita com os progressos do jovem.

— Henrique é abençoado, Eulália! Sua família nasceu em berço espírita e aceitou sua partida com tristeza, mas, com muita resignação, o que é mais importante. As orações e votos de prosperidade espiritual chegam diariamente até ele, fortalecendo-o cada dia mais! Agora colherão os frutos de sua fé – e abriu a enorme porta do refeitório com os ombros.

— Hummmmm! Que cheirinho delicioso! Estava mesmo precisando recompor minhas energias! – disse Eulália rindo.

— Então, vamos lá, minha amiga! – respondeu ele, puxando-a pelas mãos. – Saco vazio não pára em pé, não é mesmo?

— Sabe, Nelson, ainda não consegui entender a presença de Maura, a antiga Tibéria, na vida de Helena... – disse, curiosa, a jovem enquanto se servia da refeição. – Rosemary reencarnou como filha de Helena com o objetivo de fazer com que ela tivesse despertado em seu coração o sentimento da maternidade e depois... o de perda, não é?

— Pelo que pude notar, sim! – disse ele. – Helena sofreu na carne e no Espírito, em escala bem menor, praticamente o mesmo que Lucrécia havia sofrido através de suas mãos. Veja, a cada internamento de Rosemary, Helena sofria o terrível temor da perda e a cada recuperação da filha, mais e mais o amor em seu coração se desenvolvia, fazendo com que os laços de ódio que sentira por ela no passado, erroneamente, se dissipassem por completo, compreendeu?

— Sim, mas e Maura? Qual a sua participação nisso tudo? – inquiriu ela, enquanto observava Nelson levar à boca uma boa garfada da refeição.

— Realmente não sei. Mas, pelo que vimos hoje, acredito que Maura, sendo um Espírito mais esclarecido, talvez tenha se juntado a Cecília e a Antonietta, na presente encarnação, a fim de ajudá-las, quem sabe? Amanhã perguntaremos ao doutor Francisco. Também eu fiquei muito curioso agora! – respondeu ele.

XIX

O TEMOR DE HELENA

Trancada em seu quarto, Helena aguardava a chegada de Heitor, retorcendo as mãos, nervosamente andando de um lado para o outro no imenso quarto do casal. Um estalido mais forte da chuva que caía lá fora a fez estremecer. Afastou-se da vidraça e virou-se, tapando os ouvidos.

— Heitor, onde você se meteu? – pensou. – Vou ligar em seu escritório e pedir que venha o mais rápido possível! – disse em voz alta.

Discou várias vezes para o número do esposo e todas as vezes teclou errado, tamanho era seu nervosismo.

— Está chamando – disse aliviada, mas, ninguém atendeu. Bateu violentamente o telefone e acocorou-se no chão, procurando proteção não sabia ao certo do quê ou de quem.

— Heitor! - chamou ela, ouvindo passos na escada. – É você quem está aí?

Sem ouvir resposta alguma, Helena, arrepiada da cabeça aos pés, tornou a perguntar:

— Responda, Heitor, é você? – insistiu ela, gaguejando.

Um vulto de mulher desenhou-se à sua frente, antes que perdesse por completo os sentidos.

— Helena, Helena! Acorde, o que houve, responda! – pedia Heitor, esfregando álcool em seus pulsos.

Helena abriu vagarosamente os olhos e viu a figura do esposo arcada sobre seu corpo. Ajudada por Heitor, Helena agarrou-se, trêmula, ao corpo do esposo, levantando-se, sem nada falar.

— O que houve com você, Helena? – perguntou ele sem nada entender. – Encontrei você caída ao chão, totalmente inconsciente!

Sem saber ao certo o que dizer, ela apenas balbuciava:

— Eu vi uma mulher... uma mulher me olhando... me olhando na escuridão!

— Não tem ninguém aqui – disse ele, acalmando-a. – Na certa você viu sua própria imagem refletida no espelho e...

— Não compreende? Ela estava aí – apontou para a porta – ainda agora!

Heitor conduziu a esposa até o leito e, após acomodá-la entre os cobertores, disse:

— Você está muito agitada, talvez, só por esta noite deva tomar aqueles comprimidos. Vou apanhar um copo com água no banheiro.

— Não! – gritou ela apavorada. – Não me deixe aqui sozinha, por favor – pediu baixinho – fique comigo!

— Só irei até o banheiro, Helena – disse, afastando-se. – Em um segundo já estarei de volta com a água.

Helena ingeriu os comprimidos e, em poucos minutos, já se encontrava em sono profundo, imaginando-se livre de seus temores. No entanto, tão logo seu Espírito se libertou do corpo material, Lucrécia já a aguardava, colada a ele.

— Bem-vinda, Cecília! – disse ela, gargalhando muito. – Teve medo de mim? – e apontou o dedo em riste na sua direção. – Seus tormentos, minha cara, mal começaram, infame! Minha hora chegou, finalmente! Vou enlouquecê-la, entendeu? Ficará só, só, só, sua loucura será o motivo de minha glória! Todos terão medo e asco de você! – falou, avançando em sua direção.

— O que querem de mim? – implorou Helena, tentando

desvencilhar-se de mãos que, surgindo do nada, a seguravam fortemente.

— O que quero? Como ousa perguntar o que quero, miserável, acaso não se recorda de mim? - gritou Lucrécia, com extremo ódio em seu olhar. - Acaso já esqueceu os crimes que praticou no passado? Não se lembra mais de como mandou executar minha filha Antonietta e a mim, cobra peçonhenta! - e esbofeteou-a novamente.

Com a velocidade de um raio, o passado de trevas surgiu, claro e límpido nas lembranças de Helena, fazendo-a estremecer.

— Não! Não! - gritou Helena, saindo em desabalada correria. - Você está morta, morta! Não pode me atingir, não pode! - repetia, esquivando-se por entre os espessos arbustos do local onde se encontravam.

— Corra, Cecília, corra muito, porque desta noite em diante, você não terá mais sossego! - bradava Lucrécia em total delírio. - Vou persegui-la até os confins do inferno, se preciso for. Desta vez você não escapará impune!

Durante toda aquela interminável noite, Helena foi perseguida por Lucrécia e seus companheiros que, entre risos e gritos alucinados, viam-na descer e subir enormes ribanceiras, ferindo-se e gritando apavorada por socorro.

Quando estava para amanhecer, Lucrécia chamou seus amigos e, satisfeita, disse:

— Por hoje, basta! Amanhã retornaremos. Quero vê-la insana! Quero que sofra, quero que se humilhe, pedindo o perdão que não darei! Quero que sinta pavor e dor, muita dor! Quero que a loucura seja sua única companheira, só então estarei vingada!

Helena abriu os olhos. Uma parca claridade penetrava por entre as frestas da janela e a chuva torrencial da noite anterior havia cessado, dando lugar a apenas uma chuva fina e insistente.

Heitor, adormecido a seu lado, remexeu-se na cama. Helena levantou-se, foi até o banheiro e, quando se mirou no espelho, assustou-se com sua aparência. Grandes e profundas olheiras roxas circundavam seus olhos.

— Meu Deus! Que noite! - pensou ela enquanto passava as

mãos pelos cabelos. – Tenho a impressão de que andei quilômetros e mais quilômetros. Me sinto mais cansada do que quando me deitei! Minhas pernas estão doloridas e arranhadas! Como isso aconteceu? – indagou-se assustada.

Passou ligeira as mãos pelo rosto e sentiu que suas faces estavam doloridas como no episódio do dia anterior. Um calafrio percorreu seu corpo. Afastou-se rapidamente do espelho e voltou ligeira para debaixo das cobertas, achegando-se mais perto de Heitor.

Uma sensação de insegurança se apossou de seu Espírito, fazendo com que sentisse receio de permanecer na casa quando Heitor fosse para o trabalho.

— O que vou fazer agora?! – pensou. – Como vou ficar aqui nesta casa, enquanto Heitor estiver fora? Preciso pensar... pensar... pensar – repetia ela mentalmente. – Já sei! Vou fingir que não me sinto bem, assim ele ficará comigo até que eu arrume uma companhia decente!

Dito e feito. Heitor não foi ao escritório naquela manhã, mas, percebendo que a esposa havia simulado o mal-estar, logo após o almoço, que ele mesmo preparou, deixou a casa rumo ao trabalho, mesmo sob veementes protestos de Helena.

— Vou pedir a Sílvia que venha lhe fazer companhia durante a tarde, se ela puder, é claro! – gritou ele da porta, ao sair. – Vou providenciar uma nova empregada também. Esta casa está um lixo! – resmungou.

XX

O DESABAFO DE HEITOR

De seu escritório, Heitor ligou para a casa de Sílvia e, depois de perguntar sobre todos os membros da casa, disse:
— Sílvia, sei que você é uma mulher muito atarefada e tudo mais, mas – respirou profundamente, antes de continuar – estou novamente com problemas.
— É Helena, não é? – perguntou ela desanimada.
— Sim. Esta noite, acho que devido ao temporal, ela resolveu dizer que havia mais alguém dentro da casa além de nós, afirmando que viu uma mulher parada dentro de nosso quarto, acredita? Precisa ver só o baile que me deu até conseguir dormir. Agora está com medo de ficar só em casa. Será...

Sílvia, interrompendo o amigo, disse:
— Já sei. Você precisa de alguém para lhe fazer companhia, não é? Talvez eu mesma possa dar uma passadinha por lá, logo mais à tarde, mas, não poderei ficar por muito tempo. Hoje é dia de trabalho e preciso preparar algumas coisas antes da noite.
— Aliás – disse ele – sobre isso também precisamos conversar. Praticamente obriguei Helena a participar daquelas reuniões, aquela

a que ela foi antes de adoecer, lembra? Não sei, mas acho que ela esta piorando cada vez mais.

— Claro! Quem sabe agora que julga ter visto alguma coisa, fique mais fácil convencê-la, não é? Vou ver o que posso fazer, está bem?

Desligou o telefone e ficou, se entretendo no trabalho. Montanhas de papéis haviam se acumulado sobre sua mesa. Nos últimos tempos, não conseguia mais mantê-la vazia e, processos e mais processos aguardavam, pacientemente, seu parecer.

— Isso não pode continuar assim – resmungou ele. – Helena está me destruindo! Ah! Que vontade tenho de abandonar tudo e sair por aí, sem destino!

— Você também está precisando de férias? – perguntou Antenor, entrando na sala.

— Não se trata de férias, que bom se fosse só isso, Antenor! Tenho vontade é de largar Helena, compreende?

— Bem, aí já é mais complicado, principalmente no estado em que ela se encontra. Seria o mesmo que virar as costas para um moribundo, se me permite a intromissão! – falou Antenor puxando uma cadeira e sentando-se na frente do amigo.

— Eu sei! E é por isso que não a deixei ainda, pode acreditar no que estou dizendo.

Depois, tentando afastar os pensamentos, apanhou alguns papéis e, entregando-os ao amigo e colega, disse:

— Precisamos conversar sobre este processo...

Interrompendo Heitor, Antenor afastou os papéis de sua frente e continuou:

— Ei, ei! Nós estávamos falando de você, não era? Vamos lá, meu caro, abra seu coração! Talvez eu possa ajudá-lo de alguma forma, afinal, amigos são para essas horas!

Olhando com atenção para Antenor, Heitor percebeu que o interesse dele ia muito além da simples curiosidade e, finalmente, resolveu confessar a ele, seu amor por Maura e tudo o que havia acontecido entre eles alguns meses atrás.

Antenor ouviu atentamente a narrativa do amigo e, somente quando Heitor deu por concluída sua complicada história, falou:

— Lamento que tenha sido esse o desfecho desse amor, meu amigo. Maura é realmente uma boa moça e com certeza o faria muito feliz, mas, por outro lado, existe Helena e os problemas que a envolvem. Maura teve consciência disso ao abandoná-lo, você sabe não é?

— Sim. Me iludi, acreditando que poderíamos contornar a situação. Hoje vejo o quão impossível seria continuarmos sob o mesmo teto, amando-nos cada dia mais e tendo Helena reclusa no andar superior – desabafou cansado. – Mas, não consigo esquecê-la, não mesmo! Vejo-a em meus sonhos, procuro-a pelas ruas, volto constantemente à casa onde morava e, nada! A casa está fechada, os vizinhos nada sabem ou nada querem dizer! Não consigo encontrar nenhuma pista de onde Maura possa estar, o que faço, meu amigo? – perguntou ele angustiado. – Às vezes penso que vou enlouquecer, se não conseguir encontrá-la mais!

Antenor sentiu a amargura transbordando do coração do amigo e penalizou-se dele, afinal, Heitor tinha direito à felicidade também.

Enquanto isso, Helena tentava distrair-se assistindo a um filme na televisão. Sentada em confortável poltrona da sala de estar, ela procurava não pensar no que havia acontecido no dia anterior. Uma xícara de café repousava na bandeja a seu lado. Lucrécia, habilidosa em provocar efeitos físicos, coisa que aprendera com maestria nas regiões inferiores onde se refugiara desde sua desencarnação, entornou a xícara vagarosamente na bandeja, sem que ela percebesse de pronto.

Segundos mais tarde, quando buscou pelo líquido contido na xícara, Helena espantou-se.

— Ora essa! Derrubei o café na bandeja e nem percebi. Devo ter cochilado, só pode ser! – disse irritada com a sujeira.

Levantou-se, foi até a cozinha, trocou a pequena toalha e reabasteceu a xícara, desta vez com bastante cuidado. Voltou para a sala e tornou a sentar-se. Depositou novamente a bandeja na mesinha e levantou o volume do televisor.

Lucrécia a observava com um olhar de ansiedade e satisfação ao mesmo tempo. Assim que Helena levou as mãos para apanhar o café, arrepiou-se dos pés à cabeça. Recuou, encostando-se à parede, apavorada, sem saber, realmente por quê.

— Não é preciso muita coisa, minha cara Cecília, uma simples xícara é capaz de assustá-la e se as coisas continuarem assim, logo, logo você estará num hospício, onde é seu lugar! Você é presa fácil, sua tola...

Repentinamente a campainha soou. Esbaforida, ela correu em direção à porta, abrindo-a.

— Helena! – disse Sílvia, assustada com a aparência da amiga. – O que houve com você?

— Sílvia, não sei o que estão fazendo comigo! – disse, puxando-a pelo braço.

— Acalme-se, Helena! Vou lhe preparar um chá calmante e logo você vai se sentir melhor, espere aqui, está bem?

— Não! Eu vou com você! – disse ela correndo para a cozinha, qual criança assustada. – Aqui eu não fico mais sozinha!

Sílvia procurou concentrar-se, a fim de verificar se havia alguma entidade inferior na casa, mas, não percebeu nenhuma presença espiritual ali naquele momento. Lucrécia, astuta como sempre, afastara-se rapidamente quando percebeu a chegada da médium, deixando o ambiente livre de qualquer coisa que pudesse denunciá-la.

— Estranho... – pensou ela. – Não há nada aqui.

Por mais algumas horas, Sílvia fez companhia para Helena que insistia em contar e recontar o que havia acontecido.

— Sabe, Helena, às vezes a nossa mente cria coisas, devido ao medo. Talvez isso tudo tenha acontecido apenas na sua imaginação, compreende? Você está debilitada ainda, quem sabe?

— Não é verdade, Sílvia, eu sei o que pressenti nesta sala! Se você não quer dar ouvidos a mim, tudo bem! O que mais eu poderia esperar de você mesma! – disse irritadíssima com a passividade da companheira. – Afinal de contas, alguém que é capaz de induzir um pai a destruir as lembranças de sua filha, não pode ser...

— Chega, Helena, chega! – exaltou-se Sílvia. – Esse assunto novamente, não! Deixe essa pobre menina em paz! Tenha piedade de sua alma!

Levantou-se e dirigiu-se à porta de saída muito nervosa.
— Preciso ir! – disse lacônica. – Se precisar de alguma coisa, ligue!

Sílvia saiu batendo a porta atrás de si com força.

— Ahhhhh! Essa mulher acaba com a paciência de qualquer um! – desabafou ainda parada na soleira da porta. – Heitor que me perdoe, mas, vai ser muito difícil arrumar alguém que tenha paciência para agüentá-la!

Helena transtornada com a atitude de Sílvia gesticulava a esmo esbravejando:

— Piedade de sua alma! Quem pensa que é, para me falar assim!

E, recordando-se do que Sílvia, dissera meses atrás sobre o sonho que tivera com a filha, conjeturou:

— Não, não posso me indispor demasiadamente com Sílvia, apesar de detestá-la! Ela é a chave para que eu possa falar com Rosemary! Preciso ter paciência, muita paciência. Quem sabe se me fizer de tola, se fizer com que pensem que desejo realmente ir àquelas benditas reuniões? É... talvez eu consiga falar com minha filha mais rapidamente. Vou ligar para ela mais tarde e pedir desculpas! Isso a deixará bastante confusa, tenho certeza! Não tocarei no nome de Rosemary, aliás, não tocarei em seu nome para mais ninguém. Farei com que pensem que concordo com eles e então... – completou, mordendo os lábios – então conseguirei o que desejo.

— Não, você não conseguirá nada, Cecília! Suas artimanhas não funcionarão mais, eu não deixarei! Você será internada, entendeu, internada até que a morte a traga definitivamente para mim! – gargalhou Lucrécia do alto da escada.

XXI

Palestra oportuna

A Casa Espírita estava lotada como sempre quando o carro com o casal estacionou em frente à porta. Lá dentro o burburinho das pessoas anunciava que a reunião ainda não começara. Minutos depois, já em completo silêncio, o dirigente dos trabalhos, anunciou o palestrante da noite:

— Este, meus caros irmãos, é o renomado médico Roberto Salviano Junqueira, abnegado colaborador desta nossa casa, já há muitos anos, e será hoje, mais uma vez, nosso instrutor por algumas horas.

Roberto levantou-se e, sorridente, cumprimentou a todos os presentes, desejando que o Pai Maior os cobrisse com Sua Luz e Sua Paz.

— Caríssimos irmãos, estamos aqui reunidos esta noite para falarmos um pouco a respeito da interferência do plano espiritual em nossa vida material...

Enquanto Roberto discorria sobre esse assunto de suma importância para todos, o pensamento de Sílvia, por mais que tentasse concentrar-se nas palavras do amigo, não conseguia esquivar-se de recordar o episódio daquela tarde, na casa de Helena.

A imagem da amiga, transtornada à sua frente, não lhe saía do pensamento. Seria verdade o que Helena lhe dissera sobre a xícara de café? E se realmente aquilo tudo tivesse acontecido? Eu devia ter tido mais paciência com ela..., conjeturava, lamentando-se da atitude que tomara. – Mas não havia nenhum indício de alguma entidade estranha naquela casa. É, mas esse tipo de coisa, quando ocorre é sempre provocado por espíritos muito ladinos. Pensando bem, poderiam ter percebido minha presença e fugido! Fiz muito mal em não levar a sério as palavras de Helena, muito mal mesmo! – cismava, sem perceber o andar das horas.

— ...Como salientamos ainda há pouco – continuava Roberto – a interferência dos Espíritos em nossas vidas é bastante significativa, chegando muitas vezes a dirigir literalmente nossos pensamentos e atitudes sem que nos apercebamos disso! E... Quando essa interferência provém de Espíritos elevados torna-se salutar companheira, orientando-nos, alertando-nos sutilmente quanto aos caminhos perigosos pelos quais estamos enveredando, fazendo com que, usando de nosso livre-arbítrio e de sua influência benéfica, saibamos analisar a melhor atitude a tomar, mas, se ao contrário, nossos companheiros são ainda mais ignorantes do que nós e, se comprazem com a nossa derrocada pessoal ou são poderosos inimigos de nosso passado de débitos, passam então a aliciar nossos pensamentos e atitudes, conduzindo-nos ainda mais para o imenso abismo dos erros e quiçá, da obsessão!

Sílvia endireitou-se na cadeira e balançou a cabeça, tentando afastar os pensamentos que a haviam deixado tão alheia à palestra.

— ...É preciso, portanto, meus irmãos, que mantenhamos sempre em vigília nossos pensamentos e nossas atitudes, ocupando-nos com boas leituras, conversas edificantes e muito trabalho, para que não abramos, escancaradamente, a porta da ociosidade e do desleixo mental e a deixemos livre para a passagem desses nossos irmãozinhos ainda tão necessitados de evolução. Que a paz do Divino Mestre esteja sempre em nossos corações – disse ele, terminando a palestra.

Sílvia levantou-se e foi ter com as senhoras do passe na saleta ao lado, enquanto o dirigente encerrava aquela reunião com uma belíssima e comovente prece onde, mais uma vez, alertava a necessidade da oração e da vigilância dos pensamentos.

— Gostaria de ficar apenas na ajuda com a fila – sussurrou no ouvido de Judite. – Não estou conseguindo me concentrar direito hoje. Acho melhor não auxiliar na sala de passes, está bem?

— Temos médiuns suficientes hoje – disse a simpática senhora sorrindo. – Não se preocupe, querida!

Sílvia tinha a impressão de que alguma coisa acontecera a Helena e se sentia extremamente culpada por isso. Então, quando de volta a casa, ligou para Helena, embora o adiantado da hora.

— Alô! – disse Heitor do outro lado da linha.

— Sou eu, Sílvia! Desculpe a hora, mas estou preocupada com Helena. Ela está bem? – perguntou apreensiva com a resposta.

— Creio que sim! – respondeu ele. – Quando cheguei, há cerca de duas horas, ela já havia se recolhido e parecia dormir tranqüilamente!

— Ainda bem! – exclamou, aliviando-se. – Não tivemos uma boa tarde hoje. Aconteceram algumas coisas e, bem, não dei a devida atenção a ela. Amanhã conversaremos, está bem? Eu ligo para você no trabalho. Boa noite, Heitor!

Heitor desligou o telefone e subiu para conferir se Helena estava realmente bem, conforme havia afirmado para Sílvia.

Abriu vagarosamente a porta do quarto, aproximou-se e percebeu que a esposa dormia muito agitada. Achou por bem não acordá-la visto que, com certeza, deveria estar sonhando. Fechou a porta novamente e, sem saber, deixou Helena entregue aos mais terríveis tormentos.

— Piedade! Piedade! – gritava ela sem que sua voz pudesse ser ouvida pelo esposo ou quem quer que fosse naquele abismo sem fim, ao qual fora atirada por Lucrécia.

Lucrécia, do alto do abismo, gargalhava alucinadamente. O pequeno monstrengo pulava a seu lado, dando cambalhotas de incontrolada alegria diabólica.

— Está vendo, Cecília, pensou que fugiria indefinidamente da ira de uma mãe atraiçoada, maldita! Sofra agora as conseqüências de seus desatinos! – gritava, fazendo com que sua voz se repetisse ecoando e ecoando dentro daquele escuro abismo. – Vamos! – disse Lucrécia virando-se para o companheiro. – Ela cairá até o dia amanhecer e, então, então mal conseguirá permanecer em pé! – concluiu com um sorriso sarcástico. – Essa megera terá de mim o castigo merecido!

XXII

Seu Raul

Na manhã seguinte, assim que o relógio anunciou sete horas, Heitor pulou da cama e, em pouco tempo, já estava de saída, portanto, quando Helena finalmente acordou, livrando-se enfim, do terrível assédio de Lucrécia, não mais encontrou o esposo a seu lado.

Afastando as cobertas, tentou levantar-se, mas sua cabeça doeu como se tivesse levado uma forte pancada. Levando as mãos instintivamente ao topo da cabeça, apertou-a na esperança de aliviar aquele desconforto, em vão.

— Aiiii! - resmungou tateando com os pés os chinelos que havia colocado ao lado da cama na noite anterior. - Que dor de cabeça terrível! - assim que se viu de pé, percebeu que não só sentia dores de cabeça, como também todo o seu corpo doía intensamente a cada movimento.

— O que está acontecendo? - perguntou-se, fungando o nariz. - Não estou resfriada, não lembro de ter feito nada para que me sentisse tão mal assim! Vou comer alguma coisa e voltar para a cama! Devo estar no começo de uma tremenda gripe, só pode ser!

– pensou enquanto descia as escadas. – Tomara que aquela idiota da Sílvia tenha conseguido uma empregada para mim! – e, depois, lembrando-se do ocorrido no dia anterior, correu em direção à cozinha e, mais do que depressa, apanhou um copo e, servindo-se apressadamente, observava com o canto dos olhos se tudo estava em ordem. Sorveu quase que de um só gole o líquido, apanhou alguns biscoitos e subiu qual um relâmpago para seu quarto, trancando-se nele.

— Pronto! Agora estou segura! – disse em voz alta.

— Pobre filha! – murmurou tristemente seu Raul que observava há algum tempo a filha. – Você não tem consciência do perigo que está correndo, trancando não apenas a porta de seu quarto, mas, principalmente, a de seu coração aos nossos conselhos...

Tocando carinhosamente as mãos do amigo, Enéias, um dos instrutores espirituais que o acompanhava esta manhã, disse:

— Sua filha está em perigo infelizmente, meu bom amigo, e já não podemos ajudá-la mais. Seu Espírito se fechou a qualquer influência nossa, entregando-se ao domínio de nossa pobre irmã Lucrécia. Por ora, só nos resta orar em seu benefício, pois, doravante, estará entregue à cobrança de suas dívidas que, sabemos, são muitas. Deus há de, no tempo certo, resgatar nossa irmãzinha Helena de sua algoz. Tenho esperança de que isso aconteça o mais rápido possível.

Seu Raul depositou um longo e carinhoso beijo em sua fronte e, pedindo ao Pai que lhe desse forças para enfrentar o que estava por vir, retirou-se do quarto muito abatido.

— Sei o quanto tem o coração em frangalhos, meu irmão, mas, não deve permitir que a tristeza lhe abata de tal forma – falou Enéias, colocando delicadamente suas mãos sobre os ombros de Raul. – Não lhe fará bem e em nada ajudará sua querida filha nesta hora. Todos, indistintamente, tivemos ou haveremos de ter o dia de nosso acerto de contas com o passado. É chegada a hora de sua filha e somente ela poderia ter retardado esse encontro o que, de certa forma, lhe beneficiaria em muito, pois que, assim procedendo, estaria mais bem capacitada espiritualmente para suportar, sem esmorecer, os desmandos de Lucrécia.

Percebendo a fisionomia de espanto de Raul, Enéias continuou:

— Não se espante, meu amigo, o que lhe digo é a mais pura realidade! Quanto mais tempo, neste caso em especial, pudéssemos retardar o encontro de Helena e Lucrécia, mais facilmente haveria o perdão e o reajuste seria menos doloroso para ambas. Por várias vezes Lucrécia esteve a ponto de encontrar Helena e, com a permissão do Pai, esse encontro foi retardado em benefício de ambas. No entanto, Helena, baixando demasiadamente seu teor vibratório, expôs-se, colocando-se à mostra tal qual é e, desta forma, Lucrécia finalmente a encontrou.

— Esse encontro era inevitável, não é mesmo? – perguntou Raul tristemente.

— Sim! Mais dia menos dia, ele haveria de acontecer ou então as Leis Divinas não seriam justas, concorda? Poderia, como já disse, acontecer em condições mais propícias, no entanto...

Haviam atingido agora os portões da cidade espiritual em que habitavam e, ao comando do instrutor, eles se abriram, permitindo que o veículo que os conduzia entrasse sem mais delongas.

XXIII

A Alta

Rosemary, mais fortificada graças aos intensivos cuidados dos enfermeiros, tomava seu desjejum, sentada em frente à janela de seu quarto, observando alguns jovens que caminhavam pelas alamedas do jardim. Não sentira mais a influência incisiva da mãe que, absorta com os ataques de Lucrécia, deixara de dedicar-se exclusivamente às lembranças da filha.

Dona Rose chegou, trazendo uma valise nas mãos.

— Tenho uma surpresa para você, minha querida! Vamos para casa!

Alguns dias se passaram desde então.

A alegria voltara ao coração dos avós. Desmanchavam-se em cuidados com a neta recém-chegada. Rosemary, já mais ambientada à nova casa, ajudava os avós com os afazeres diários e, nas horas em que a saudade dos entes queridos lhe batia mais fortemente no coração, orientada pela avó, procurava distrair sua mente, lendo alguns livros que ela trouxera da biblioteca da cidade. Eram lindos romances que narravam histórias emocionantes e verídicas de tramas reencarnatórias coroadas de êxito em sua trajetória material.

A jovem entregava-se às leituras, devorando livros e mais livros que não só lhe acrescentavam conhecimento mais profundo da vida espiritual, como também a mantinham praticamente isolada dos agora esparsos e enfraquecidos apelos de Helena.

Após o jantar, quase sempre, dona Rose, seu Raul e mais alguns vizinhos, saíam, em pequenos grupos, para passear e apreciar a beleza da noite, caminhando pelas alamedas sempre floridas da pequena vila que se encontravam na praça circular. No centro, um pouco mais elevado que os bancos que a circundavam, havia uma espécie de coreto e, algumas vezes na semana, um grupo de amigos espirituais de outras colônias próximas dali, vinham encantar ainda mais as noites, entoando belíssimos cantos de louvor a Deus. Nesses momentos, Rosemary sentia sua alma quase que levitar, tamanho era o enlevo com que os ouvia. Naquela noite, o grupo que ali havia se apresentado, descera do tablado e se misturara aos demais amigos, em colóquio edificante.

Rosemary se distanciara dos avós e caminhava solitária. Em dado momento, alguém lhe tocou de leve o braço, fazendo com que se virasse rapidamente.

— Desculpe se a assustei – disse um rapaz de olhos muito claros e fisionomia sorridente —, não foi essa a minha intenção!

— Não... Não me assustou – disse ela sem jeito. – Eu é que estava muito distante.

— Distante quanto? – perguntou ele, apontando para as estrelas que reluziam fortemente no céu. – Lá, lá, ali ou acolá?

Rosemary riu gostosamente do modo engraçado com que ele a abordara.

— Meu nome é Lucas, Lucas do Coro, isto é – disse rindo —, canto com o coral que acabou de se apresentar.

— O meu é Rosemary. Meus parabéns, Lucas – respondeu ela com sinceridade —, foi uma apresentação magnífica a que fizeram. Minha alma pareceu flutuar no espaço, tamanha foi a paz que senti ao ouvi-los.

Mais sério e menos efusivo, o rapaz agradeceu:

— É esse o nosso maior objetivo, Rosemary, elevar a alma das pessoas o mais alto possível e fazê-las encontrar a paz que existe

em Deus e dentro delas mesmas. Fico feliz em ter contribuído humildemente com minha voz para que se sentisse assim!
— De onde mesmo vocês são? – perguntou ela.
— Da Colônia Espiritual Alfa Centauro, que fica algumas horas distante daqui. É um lugar maravilhoso você já esteve lá? – perguntou ele, indicando um banco para se sentarem.
— Não! Sou recém-chegada aqui, mal conheço nossa própria Colônia! – disse rindo. – Pouco tenho saído e quando o faço é sempre na companhia de meus avós com quem estou morando agora.
— Ah! Entendo! Veio da Terra há pouco tempo, então? – interessou-se ele.
— Para ser franca, não! Pelo que sei... – disse olhando para o infinito – vim de lá há quase três anos!
Lucas se calou por alguns instantes, esperando que Rosemary continuasse.
— Estive hospitalizada por muito tempo – disse baixando os olhos em direção ao solo. – Não admitia a morte e, por algum tempo, estive presa à minha mãe.
— Não se sinta mal por isso, Rosemary – disse ele carinhosamente. – É muito mais comum do que se possa pensar essa situação de dualidade. Também eu passei por esses tormentos quando fui chamado para o plano espiritual, sabia?
— Jura! Você também? – perguntou ela curiosa.
— Não conseguia me libertar e permaneci por longo tempo como que vivendo em simbiose, ligado a certa pessoa. Sofria as minhas dores e as dela até que, finalmente, após um ano de sofrimento atroz, acabei por compreender o mal que causava a mim e a ela em especial.
— E nunca mais a procurou? Nunca mais a viu? Não sente saudades ou coisa assim? – perguntou ela.
— Não! Deixei que seguisse seu caminho e parti em busca do meu. E aqui estou agora! São e salvo! Quanto à saudade... Sim, sinto, mas agora ela já não dói mais como antes. Sei que ela está bem, feliz e é isso o que importa quando amamos realmente alguém, não é?
— É, acredito que sim, mas... – disse titubeando nas palavras. – Eu também deixei meu noivo e não sei se conseguirei me sentir

como você um dia. Não consigo imaginá-lo ao lado de outra, compreende?

— Com o tempo você aprenderá a entender melhor essa relação de amor que existe entre os seres humanos e perceberá que nosso coração é "elástico" – disse rindo. – Podemos amar uma mesma pessoa de várias formas ao mesmo tempo e podemos receber dela o amor também de várias formas ao longo de nossa vida, seja material ou espiritual! Aquele que hoje amamos como noivo ou noiva, esposo ou esposa, amanhã poderemos amar como um caro amigo, um querido pai, um afetuoso irmão e assim por diante! Isso é a elasticidade de nosso coração expandindo-se sem horizontes ou convenções que o prendam, compreendeu?

— É difícil para mim, ainda, pensar em Roberto como um irmão. Íamos nos casar quando...

— Quando seu tempo se esgotou, não é mesmo? – completou ele, fitando-a nos olhos. – Comigo também se deu da mesma maneira, Rosemary. Sei o que está sentindo agora, no entanto, posso lhe assegurar que o tempo é remédio salutar a todos os males e que um grande amor jamais se extingue com a morte do corpo físico. Ele apenas se transforma dentro da "elasticidade" que possui nosso coração. Se o amor que seu noivo nutria por você era sincero e verdadeiro, ele transcenderá a morte e se perpetuará pela eternidade afora, crescendo e intensificando-se cada vez mais a cada reencarnação.

— Mas e se ele se casar, sei lá? – disse ela aflita.

— Amará a esposa da mesma forma que a amou, é provável, mas, seu lugar jamais será ocupado. Você é única assim como eu fui único na vida de minha noiva! O amor que eles nos dedicaram é somente nosso, compreende? O espaço que preenchemos em seus corações é nosso e jamais será dividido porque foi conquistado por nós, não é mesmo? Haverá outros e mais outros e assim por diante por toda a eternidade, mas, nosso lugarzinho, esse, sempre estará lá, à nossa espera para que se complete o círculo da fraternidade verdadeira, apregoada por Cristo, nosso irmão. O verdadeiro amor, Rosemary não é baseado na carne, no sexo, no desejo de posse, é alguma coisa que não se pode explicar, apenas sentir! É a expressão maior da alegria, da felicidade que se completa na felicidade do outro, percebe a complexidade do que digo? – perguntou ele meigamente.

— Sim... Acho que sim! Você quer me dizer que, se Roberto estiver feliz ao lado de outra mulher, deverei estar feliz também? É isso?

— É mais ou menos isso. Se você realmente o amar, não deverá estar feliz, mas sentir-se-á feliz, sem que precise fazer nenhum esforço para que isso aconteça, compreendeu?

Rosemary calou-se, sentindo um aperto no coração. Estaria Lucas dizendo a verdade sobre o que era o verdadeiro amor? Será que um dia ela conseguiria se sentir assim como ele?, – conjeturou.

Lucas percebeu o semblante da jovem e, para não perturbá-la ainda mais, disse:

— Vamos nos juntar ao grupo, Rosemary? Logo precisaremos partir e gostaria, antes disso, de apresentá-la aos meus amigos da colônia.

— Vamos! – levantando-se, olhou fixamente nos olhos do novo amigo que tanto a encantara com suas palavras. – Você não gostaria de conhecer meus avós? Moramos próximo daqui e sei que se sentiriam imensamente contentes com sua presença em nossa casa.

Lucas olhou-a carinhosamente antes de responder. Seus olhos muito vivos e sua tez clara faziam com que se parecesse com as figuras estampadas nos camafeus de outrora. Rosemary era muito bela e a delicadeza de seu convite o comoveu.

— Com toda a certeza, Rosemary! Na semana que vem, voltaremos a esta Colônia e, então, farei questão de conhecer seus queridos avós, está bem? Nos encontraremos aqui, logo após os cânticos, combinado?

XXIV

Maura na Maternidade e Helena na Casa de Repouso

Heitor havia se encontrado com Sílvia, alguns dias atrás e ficara, desde então, bastante impressionado e deveras preocupado com a saúde mental da esposa depois de ouvir, com detalhes, tudo o que ela lhe dissera a respeito de Helena. Sílvia acreditava que a amiga pudesse estar sendo perseguida por alguma entidade zombeteira ou coisa assim, mas, mesmo ela, experiente nesses assuntos, parecia não estar completamente segura disso, motivo pelo qual Heitor tinha quase que certeza de tratar-se de um desequilíbrio puramente físico.

Os ataques de Lucrécia cresciam em intensidade e volume sempre que Helena se via a sós. Deixavam-na entregue a terríveis medos e, a cada dia que passava, mais e mais se tornava dependente dele e da nova empregada que, a muito custo Sílvia conseguira contratar. Seu nome era Honorina, uma mulher forte, robusta e de aparência bastante enérgica. Andar firme, pesado e mãos ágeis, acostumadas ao trabalho duro. De pouca conversa, estava quase sempre calada, mas, seus olhos, ligeiros e perscrutadores, a tudo observavam, não deixando nenhum detalhe escapar-lhe ao crivo.

Helena, como era de se esperar, não simpatizou com a mulher, mas, como não havia outro remédio, acabou por engoli-la, sem mais reclamações, afinal, não queria permanecer só naquela casa que havia se transformado em um local de tortura diária para ela. Nunca mais voltara ao antigo quarto de Rosemary e, amedrontada como estava, também não mais fora em visita ao cemitério, deixando, desta forma, o caminho livre para que a filha se recuperasse rapidamente.

— Muito bem! – disse seu Raul pensativo ao visitá-la naquele dia. – Seu desequilíbrio, embora muito esteja prejudicando-lhe a evolução, acabou por auxiliar diretamente a filha... Ah! Os caminhos tortuosos que a alma humana percorre! – concluiu, abraçando-a sem que ela percebesse o intenso amor que o pai lhe dedicava.

Como todos os dias, seu Raul, orou fervorosamente pelo restabelecimento da filha.

Enquanto isso, Maura dava sinais de que sua hora se aproximava.

Deitada em um dos quartos da Santa Casa de Misericórdia, Maura aguardava a visita do médico e amigo. Seu pensamento, como era de se esperar, estava voltado para a pessoa de Heitor e em seus lábios havia um sorriso sereno que demonstrava a paz interior que irradiava de seu coração.

— Se aquiete, meu pequenino! – disse ela baixinho, enquanto acariciava com ternura o ventre. – Logo, logo você estará nos braços da mamãe e do vovô.

Seu Antônio sorriu satisfeito.

— É. Que seja um menino forte, robusto e que tenha pendores para a mecânica, é o que espero! Quero ensiná-lo desde pequenino a dar valor ao trabalho, como o fez meu pai! – disse, enchendo-se de orgulho.

— Gostará, sim, papai, tenho certeza de que ele será somente motivo de alegria em nossas vidas! Sinto que este Espiritozinho que vem em busca de nossa companhia é muito especial, muito mesmo! – disse emocionada.

Nesse instante, irmã Clarência entrou no quarto, esbanjando

um sorriso muito simpático.
— Então, como estamos hoje? – perguntou ela, dirigindo-se a Maura e ao bebê.
— Estamos um tanto apressados! – respondeu Maura, rindo. – Parece que desta noite não passará! Veja! – disse ela apontando para a barriga que se mexeu ao toque da irmã. – Parece que se cansou de ficar trancado aí dentro!
— Doutor Eleutério pediu uma ecografia para confirmar se tudo está bem e, se não houver problemas, marcará a cesariana para amanhã pela manhã!
— Amanhã! – resmungou seu Antônio. – Pensei que hoje mesmo veríamos seu rostinho!
— Se acalme, vovô! – exclamou irmã Clarência. – Terá muito tempo para "babar" em cima de seu netinho! – concluiu ela, abraçando carinhosamente o homem. – Pelo que vejo esse bebê está sendo muito esperado, não é mesmo?
— Não imagina o quanto! – respondeu ele sorridente. – Esse moleque vai ser uma bênção em nossa casa!
— Isso mesmo! – disse ela. – É exatamente assim que todos os bebês deveriam vir ao mundo: muito esperados e muito amados!
A luminosidade da tarde começava a esmaecer, dando lugar às luzes da cidade que acendiam, aqui e ali, como a compor, vagarosamente, uma sinfonia de luzes e cores. Maura, agora recostada nos travesseiros, adormeceu, embalada pelas caras lembranças dos dias felizes que vivera ao lado de seu amado e, mentalmente, havia orado pedindo a Deus que a amparasse nos momentos que viriam e que, de alguma forma, ajudasse também Heitor a sentir a felicidade que sentia.
Heitor acabara de guardar o carro na garagem e se preparava para entrar em casa quando, repentinamente sentiu uma espécie de bem-estar, coisa que há muito não sentia. A sensação que percorreu seu corpo foi semelhante a um relaxamento, uma paz, uma felicidade vinda não sabia de onde.
Imediatamente, a figura de Maura se desenhou à sua frente com tamanha nitidez, que, ele, tocado pela emoção, levou a mão em sua direção na tentativa de tocá-la. Um segundo depois, a imagem

se desfez ante seus olhos estupefatos.

— O que foi isso? – se perguntou, esfregando os olhos com as mãos. – Estarei ficando louco?

Apanhou as chaves do bolso e entrou em casa, ainda confuso com o que acabara de acontecer.

Honorina havia preparado o jantar e o aguardava na copa já com o avental na mão.

— O senhor quer que eu o sirva ou faz isso sozinho! – perguntou ela com a cara franzida esperando que a segunda hipótese fosse a resposta do patrão.

Como Heitor, ainda tonto, não respondesse de pronto, ela se adiantou apressada:

— Ainda bem, menos mal! Pensei que teria que fazer seu prato, como um bebezinho qualquer! – largando o avental, já dobrado, em cima do balcão, despediu-se: – Então, até amanhã!

— Caramba! – pensou Heitor, ao ouvi-la bater a porta da sala. – Que pressa! E que modos polidos essa mulher tem! – disse em voz alta.

— Extremamente polida – falou Helena que acabara de adentrar a copa para o jantar. – Sabe o que ela me disse ainda agora?

— Não! O que ela disse – perguntou ele, rindo.

— "Se não descer agora para jantar, dona, vai comer comida fria e se não gostar... esquente no fogão!" Pode uma coisa dessas? – falou com ar de espanto e indignação. – Só poderia ser alguém recomendado por Sílvia mesmo! Precisa só ver a maneira grosseira com que tem me tratado! Só a suporto porque não... porque não gosto de ficar só nesta casa. Ela é, é... muito grande, é isso! Garanto que Sílvia mandou essa mulher aqui para se vingar de mim! Tem aquele arzinho de boa, certinha, mas, mas, no fundo, sei que sente inveja de mim! – concluiu referindo-se ao fato de que Sílvia não gerara seus próprios filhos. – Qualquer dia mando essa brutamontes embora, vai ver só!

— É, mas é melhor agüentar, Helena, porque não está fácil arrumar alguém para trabalhar aqui, você sabe bem por quê, não é mesmo? – disse servindo-se de um bom pedaço de bife.

Irritada com a colocação maldosa, mas verdadeira, do esposo, ela arrastou com força a cadeira e se sentou sem nada dizer, embora sua vontade fosse de pular em seu pescoço. Controlando sua ira serviu-se do purê, do bife e, quando colocou a colher na travessa de arroz, deu um pulo, fazendo com que sua cadeira tombasse ao chão, enquanto soltava um grito de pavor.

— Aaaaiiiii!

— O que foi? O que aconteceu? – gritou Heitor, nervoso.

— Eu tive uma horrível sensação de que havia alguém perto de mim, alguém que me odeia.

— Sente-se, Helena, sente-se e coma, pelo amor de Deus! – falou procurando acalmar a esposa. – Você precisa parar de tomar essas pílulas. Não vê que está tendo alucinações! – respirou profundamente a fim de acalmar-se.

Helena havia sentido, sim, alguém perto dela, emitindo fluidos carregados de ódio. Mas, como poderia fazer com que ele acreditasse nela, se não havia ninguém mais na sala? Levando as mãos ao rosto, deixou que as lágrimas rolassem por seu rosto, ainda lívido de terror.

— Não estou enlouquecendo. Não estou, acredite em mim, acredite em mim – repetia desesperada.

Percebendo o enorme desequilíbrio que envolvera a esposa, Heitor, mesmo sufocado por tantos problemas, buscou forças para consolá-la.

— Me desculpe, não quis dizer isso, Helena, mas entenda... – falou com meiguice na voz – é que você vem agindo de forma estranha, confusa, dizendo ver e ouvir coisas que mais ninguém vê ou ouve! Está sendo difícil para mim também. Já não sei mais o que pensar ou como ajudá-la. Talvez fosse melhor procurarmos um especialista...

— Não! – interrompeu ela, esbravejando como sempre. – Não vou me expor a nenhum tipo de tratamento para loucos, se é o que está sugerindo! Basta! Não vou permitir que me analisem e me julguem uma louca, pois sei muito bem que o que você quer é se ver livre de mim! Ah! Heitor! Esse gostinho eu não vou lhe dar, não vou mesmo! Se pensa que sou tola... engana-se!

— Helena! Sobre o que você está falando? – inquiriu ele, arregalando os olhos de espanto. – Até parece que está insinuando que eu...

— É isso mesmo! Quem me garante que você não está colocando alguma droga em minha alimentação para que eu tenha essas visões? Quem? – e afastou-se dele qual criança amedrontada.

Dizendo isso, saiu em desabalada correria escada acima, trancando-se no quarto.

Heitor meneou a cabeça, desolado com a situação em que Helena se encontrava. Agora tinha certeza: Helena havia enlouquecido!

Lucrécia observava satisfeita a um canto da sala e tinha no olhar o brilho intenso da vitória.

— Vou vencer, aliás, já venci! – pensava ela. – Você está em minhas mãos, Cecília, em minhas mãos. Suas faculdades mentais já estão muito afetadas, muito mesmo. Agora é só uma questão de tempo e... tempo eu tenho de sobra! – concluiu, gargalhando estridentemente.

Heitor permaneceu sentado em frente à mesa de refeições e, por longo tempo, deixou que as lágrimas banhassem seu rosto, sem receio de ser descoberto em seus mais íntimos temores.

Nesse instante, uma tênue luz, vinda do Alto, desceu sobre sua cabeça pendida sobre a mesa e a voz meiga de sua mãe, dona Maria, ressoou baixinho em seus ouvidos espirituais: – Procure ajuda espiritual, meu filho. Não desanime. Nós estamos orando por você. Vá. Não deixe que o desânimo mine sua alma, meu filho. Nossa pobre Helena precisa de socorro imediato. Imediato...

Heitor não percebia os sussurros distantes da dona Maria, mas, as palavras de alento ditas por ela, penetravam em sua mente, reanimando-o, revitalizando seu espírito ante o amoroso incentivo da mãe. Aos poucos sua mente foi se desanuviando e ele, levantando-se, dirigiu-se até o telefone.

— Sílvia, sou eu! Preciso de ajuda! – disse apenas.

— Estamos indo! – respondeu ela, sem mais perguntas.

Lucrécia, ouvindo isso, imediatamente deixou a casa, indo ter com seus companheiros.

Minutos depois, Sílvia e Antenor tocavam a campainha da casa. Colocados a par do ocorrido, decidiram subir até o quarto de Helena. A porta estava trancada, e a muito custo Helena resolveu abri-la.

— Queremos apenas conversar - declarou Heitor, com prudência.
— Conversar, a estas horas? - indagou ela, afastando-se deles amedrontada.
— Não tenha medo, Helena! - disse Sílvia tocando de leve sua mão. - Só queremos ajudá-la, somente isso!
Olhando com o canto dos olhos, Helena parecia a verdadeira expressão do desequilíbrio mental. Cabelos desgrenhados, olhos desmesuradamente abertos e boca entreaberta, completamente inexpressiva. Sua palidez era impressionante e a magreza de seu corpo denotava a falta de alimentação, já há muitos dias.
— Você tem se alimentado, Helena? - Antenor olhou-a espantado.
— Claro que não! Pensa que sou alguma imbecil? - disse com um sorriso estranho. - Sabia que quando sou obrigada a comer na frente dele ou daquela mulher que você mandou para cá - disse apontando o dedo na direção de Heitor e de Sílvia - provoco o vômito em seguida! Esses dois... - disse sussurrando para Antenor - esses dois querem acabar comigo, sabia? Destruíram o quarto de Rosemary e agora querem me destruir também! Cuidado... Cuidado com ela!
Os três entreolharam-se abismados.
— Não disse? - falou Heitor baixinho. - Helena enlouqueceu!
— Precisamos procurar ajuda imediatamente! - murmurou Antenor. - Ela não pode continuar aqui, não pode mesmo, veja o estado em que se encontra! - disse apontando para Helena. - Vai acabar morrendo, se não se alimentar!
— Psiu! - fez Sílvia. - Não podemos deixar que ela perceba nossa intenção! Vamos descer e resolver o que faremos. Lá embaixo conversamos! - e puxou os dois para fora do quarto.
Sentado na biblioteca, o pequeno grupo analisava as opções de tratamento possíveis para o caso de Helena.
— É obsessão, tenho certeza disso agora! - contou Sílvia desanimada. - Mas, tem um porém... o físico também está doente, já não é somente o Espírito. O corpo também adoeceu!
— Seja lá o que for, não posso mais cuidar dela sozinho! - falou Heitor.

— Disso temos certeza! – afirmou Antenor andando de um lado para o outro nervosamente. – Me assustei ao vê-la tão abatida assim... Já fazia uns dois meses que não a via e, pelo amor de Deus, como ela está magra!

Um silêncio se fez entre eles. Cada qual, a seu modo, imaginava um meio eficaz para ajudá-la, mas nenhuma solução parecia melhor para o momento que não fosse uma internação na Casa de Repouso, urgentemente.

Atentos ao que se passava na casa, irmão Francisco e seu Raul, observavam a agitação que acabara de tomar conta por completo do Espírito de Helena e, silenciosos, aguardavam o desfecho, agora inevitável, daquele triste quadro.

— É – disse doutor Francisco ao amigo a seu lado, olhando tristemente para Helena que andava de um lado para outro do quarto, sem perceber a presença de ambos – nossa irmã Helena cisma em manter seu pensamento fixo apenas na desencarnação de sua amada filha e na dor que essa separação lhe causou. É realmente uma pena. Uma pena, meu caro irmão, pois, quando os indivíduos assim agem, o desequilíbrio é praticamente inevitável! – concluiu fazendo uma pequena pausa. – A alma humana é dotada de inúmeros recursos para que, com esforço e boa vontade, possa se ajustar, se adaptar às situações oriundas de suas necessidades evolutivas, mas, quando se comprazem com a dor e com o sofrimento que eles mesmos impuseram a seus corações, fatalmente estarão fadados ao desequilíbrio!

Seu Raul, calado, relembrava a juventude de sua filha e, mesmo que seu coração tentasse, não poderia negar a veracidade das palavras do amigo. Helena, desde a infância e, muito mais incisivamente ainda diante de qualquer problema, por ínfimo que fosse e, como sempre, nunca aceitara nenhuma interferência, nem dele, nem da mãe:

— Não se culpe, meu amigo, não se culpe, você não falhou como pai! – disse tocando de leve seu ombro. – Todos nós recebemos de nosso Pai Maior as mesmas oportunidades para o fortalecimento de nossos Espíritos mas, algumas criaturas, como é o caso de nossa irmãzinha, negam-se terminantemente a aceitá-las sem que seja possível fazer mais nada a não ser aguardar pacientemente o seu amadurecimento espiritual que se fará, isso é certo, de uma maneira ou de outra!

Seu Raul deixou que duas lágrimas rolassem de seus olhos sem que conseguisse contê-las.

— Vamos agora, meu amigo, nossa presença já não é mais necessária! – disse doutor Francisco. – Irmã Sílvia já recebeu as instruções necessárias e sua filha será encaminhada para a Casa de Repouso onde será recebida por nossos companheiros espirituais que lá prestam caridoso serviço. Ela estará em boas mãos, não se preocupe! – concluiu antes de se retirarem novamente para a colônia.

Sílvia, calada, ouviu as orientações dos amigos espirituais que a acompanhavam há muitos anos.

Depois de muito orar e analisar cautelosamente as intuições recebidas ela disse:

— Sinto que devemos optar pelo internamento. Não vejo outra maneira mais amena para o caso de Helena. O que vocês acham? – perguntou melancólica.

Heitor olhou para Antenor e ambos concordaram com a cabeça.

— Então... Então vamos chamar Roberto. Ele nos orientará nos procedimentos corretos para isso – disse dirigindo-se ao telefone.

Enquanto Sílvia falava com o médico, Heitor achegou-se da janela e, com o olhar perdido no horizonte dos pensamentos, segurou, a muito custo, o pranto dentro do peito. Não, não era esse o desfecho que havia sonhado para ambos quando, um dia, junto ao altar, juraram estar juntos até que a morte os separasse! Seu coração parecia partir-se em mil pedaços e uma sensação de impotência tomou conta de seu ser. Falhara com Helena. Não fora capaz de ajudá-la quando da morte da filha e agora... agora ela estava louca, irremediavelmente louca!

Antenor e Sílvia acharam melhor deixá-lo só, até que Roberto chegasse com a ambulância, então, disfarçadamente, se retiraram da biblioteca, fechando a porta atrás de si.

Do hall de entrada, podiam ouvir Helena repetindo alucinadamente sem parar: "Preciso ter cuidado! Preciso ter muiiiiito cuidado.... muiiito cuidado!... eles querem acabar comigo! Rosemaryyyyy, minha filha, me socorra... – gritava ela – me leve com você!"

XXV

AS FÉRIAS

A casa estava silenciosa quando Honorina chegou para o trabalho na manhã seguinte.

— Ué? Parece que não tem ninguém em casa! - disse em voz alta.

Heitor, que estivera acordado durante toda a noite desde que deixara Helena na Casa de Repouso na noite anterior, surgiu na porta, assustando-a.

— Eu estou aqui! - disse ele. - Dona Helena está hospitalizada, ela está na Casa de Repouso. Não precisa preparar seu desjejum.

— Até que enfim alguém criou juízo nesta casa! - disse ela levantando as mãos para o céu. - Desculpe, patrão, mas sua mulher, se foi sã algum dia... ficou louca! - falou sem melindres. - Precisava ver as coisas estranhas que ela fez durante o tempo que estou aqui.

Intrigado com o que a mulher disse, Heitor perguntou mais.

— Bem... Em primeiro lugar, ela vomitava tudo o que comia, isso quando eu a forçava comer! Depois, rondava aquele quarto, aquele que era da sua filha, sabe qual não é? E, da porta, prometia se vingar! Quando me via, disfarçava. Às vezes, sem mais nem menos, soltava um grito apavorante e depois vinha correndo da sala, do quarto ou de outro lugar e ficava plantada ao meu lado, sem nada dizer, credo! Nunca vi nada igual! Nesses dois meses que estou aqui, acho que nunca vi sua mulher fazer absolutamente nada, nada de nadinha mesmo! Nem mesmo sair de casa, ela saiu! Já estava mesmo na hora de alguém perceber que ela não estava bem! Eu até pensei em lhe dizer isso, mas depois pensei: "Eles que são brancos que se entendam", afinal sou paga para trabalhar, não para dar palpites. E, depois, comigo ela não "tirava farinha", não, ah! Não mesmo!

    Depois, olhando fixamente para o patrão disse com ar de preocupação:

    — E o senhor já se olhou no espelho, seu Heitor? Tá com duas tremendas olheiras e já faz tempo! Se quer um conselho, aproveite e tire umas boas férias ou vai acabar como dona Helena, que Deus nos livre! Pode deixar que da casa eu tomo conta direitinho! - disse saindo em direção à cozinha.

    Heitor olhou-a afastar-se, sem nada dizer para aquela mulher que, na sua ignorância, havia sido mais sábia do que ele, pois percebera a insanidade de Helena muito antes que todos.

    Subiu, tomou um demorado banho e depois, como quem se despede de toda uma vida, observou cada detalhe daquele quarto onde, por tantos anos, buscara desesperadamente o amor e compreensão da esposa. Apanhou do armário uma pequena maleta, colocou algumas roupas dentro dela e saiu deixando a porta do quarto aberta.

    Passando pela sala, disse para a mulher que espanava os móveis vigorosamente:

    — Vou seguir seu conselho, dona Honorina! Estou saindo de férias! Cuide de tudo enquanto eu estiver fora! Aqui está o número de meu celular. Se precisar, é só ligar! Tem tudo de que precisa na despensa. Deixei seu pagamento adiantado em cima da cama – e, estendendo a mão em sua direção: - Obrigado pelo conselho, você está certa! Preciso de férias há muito tempo!

    Helena se encontrava profundamente sedada. Na noite anterior, tão logo Heitor, Sílvia e Antenor deixaram a Casa de Repouso, ela havia tido mais uma daquelas terríveis crises de alucinação, provocadas por Lucrécia e pelo monstrengo.

Roberto a observava silenciosamente em oração pois pressentia que, embora aparentasse relativa tranqüilidade, seu Espírito debatia-se tentando livrar-se do assédio de sua cruel obsessora.

Heitor bateu levemente na porta antes de abri-la. Aproximou-se vagarosamente de Roberto e perguntou baixinho, temendo acordá-la.

— Como está ela hoje?

— Aparentemente sua esposa está tranqüila, seu Heitor – disse meneando a cabeça —, mas creio que seu Espírito esteja sofrendo algum tipo de perseguição. Observe a movimentação de suas pálpebras! – e apontou para os olhos de Helena. – Estão em constante movimento, denotando uma agitação interior bastante expressiva!

— Hum hummm... – resmungou ele constatando o que o médico dissera. – Isso quer dizer que... que apesar de estar dormindo, ela está...

Interrompendo Heitor, Roberto continuou:

— Sim, sim! Isso quer dizer que, mesmo sob o efeito dos tranqüilizantes, seu Espírito não consegue encontrar a paz!

— Santo Deus! – disse Heitor, denotando desânimo.

— Teremos uma longa jornada pela frente! – disse Roberto. – Dona Helena se encontra muito enfraquecida mentalmente. O excessivo apego à Rosemary fez com que ela sofresse um tremendo golpe em suas faculdades mentais quando se viu separada dela tão repentinamente. Agora é preciso que tenhamos muita paciência, muito carinho e, sobretudo, muita fé em Deus para que consigamos tirá-la desse estado lamentável em que se encontra e, pelo que pudemos notar, esse estado de coisas parece vir de longa data.

Heitor calou-se por momentos e depois, tocando de leve no braço de Roberto, fez sinal para que ele o acompanhasse para longe do leito da esposa, temeroso de que ela pudesse ouvi-los.

Achegando-se da janela, os dois homens continuaram a falar, desta vez, mais baixo ainda.

— Sabe, Roberto, acho que você precisa saber de algumas coisas, coisas que talvez o ajudem no tratamento de Helena – disse olhando fixamente nos olhos do ex-noivo de sua filha.

Roberto, curioso, disse:

— Sim, sim, seu Heitor! Quanto mais soubermos a respeito do comportamento de dona Helena, mais subsídios teremos para auxiliá-la mais rapidamente, é claro, por favor, não me esconda nada! - disse encorajando Heitor a falar.

— Bem... Helena já apresentava alguns indícios de desequilíbrio, mesmo antes do falecimento de nossa filha, no entanto, somente agora é que realmente pude ter certeza disso, compreende?

— Sim, continue – disse ele.

— Helena era por demais possessiva com relação à Rosemary e não foram poucas as vezes em que precisei intervir para que nossa filha pudesse se sentir, digamos assim, com vida própria, pois a mãe se julgava dona de seus sentimentos, de seus gostos, dos motivos que deveriam fazê-la rir e... e até mesmo chorar! Possuía por ela um ciúme doentio, um ciúme que a cegava, fazendo com que Rosemary, por muito amar à mãe e, temerosa de suas cobranças infundadas, aceitasse suas ordens sem pensar em si mesma, pobre filha!

— Explique-se melhor, seu Heitor, diga-me exatamente como isso começou para que eu possa analisar a extensão de tudo - pediu ele gentilmente.

— Helena esperou muito pela maternidade. Durante muitos anos, percorremos inúmeras clínicas, consultórios, especialistas de todo o país e, quando finalmente a gravidez se tornou possível, Helena passou a viver somente em função disso. Parir um filho ou uma filha tornou-se a razão de viver de minha esposa e, como já era de se esperar, evitou com hostilidade, e até mesmo repulsa, qualquer contato físico comigo receosa de que isso pudesse prejudicar o bebê - disse Heitor.

— Sim, compreendo – respondeu Roberto observando com tristeza aquele homem que estava ali, a lhe abrir o coração.

— Por algum motivo, que nunca viemos a saber qual era, Rosemary não havia respondido com satisfação ao exame que fora feito assim que nasceu e, por isso, foi levada diretamente para a unidade de terapia intensiva por precaução. Naquela noite, na noite em que Helena, recobrada da anestesia, insistiu para que a enfermeira de plantão lhe trouxesse a filha, não pudemos mais esconder dela o fato de que Rosemary não estava bem e que precisaria ficar sob cuidados médicos – disse como que relembrando com pesar o ocorrido. – Você nem queira saber o que aconteceu a seguir! – e meneou a cabeça.

— Imagino, imagino! – concluiu Roberto.

— Helena, sem que houvesse tempo para impedir, arrancou de um solavanco a agulha do soro colocada em sua mão e sem sequer se preocupar com a dor que deveria estar sentindo, saiu em desabalada correria pelo corredor do hospital, gritando pelo nome de Rosemary como se ela pudesse realmente atendê-la! Foi uma situação desesperadora, incrível, inconcebível! Uma situação que fugiu totalmente ao nosso controle. Atraídas pelos seus gritos surgiram enfermeiras de todos os lados e, mesmo assim, ninguém conseguiu segurá-la a tempo. Helena entrou na unidade onde os bebês recém-nascidos estavam e precipitou-se em direção aos berços, procurando pela filha alucinadamente ante o espanto da pobre enfermeira que, tendo o rosto parcialmente encoberto pela máscara, deixou à mostra seus olhos desmesuradamente abertos e atônitos! – disse ele fazendo uma pausa.

— E então? – perguntou Roberto curiosíssimo.

— Felizmente ela conseguiu segurá-la e afastá-la dos berços antes que acabasse por ferir algum bebezinho... Tirou-a de lá mediante a promessa de que mais tarde, quando estivesse mais calma, poderia voltar e segurar sua filha nos braços.

Heitor olhou longamente a esposa deitada sobre o leito e sentiu pena daquela pobre mulher. Roberto, que se calara ante a narrativa dele, disse, constatando claramente a realidade bastante cruel:

— Pelo que acabou de me relatar, seu Heitor, dona Helena, nessa ocasião com certeza já apresentava algum distúrbio comportamental sério!

— Não foi apenas isso, Roberto – disse ele. – De volta ao quarto ela esbravejava impropérios contra Deus e prometia em alto e bom tom que, se a filha não resistisse, haveria de se matar para juntar-se a ela definitivamente! Foi um quadro realmente triste. Algumas mães que passeavam pelos corredores naquela hora, e até mesmo enfermeiras acostumadas ao sofrimento alheio, ficaram emocionadas ante o desespero de Helena – disse com lágrimas nos olhos. – Mais tarde, enquanto eu tirava um cochilo, sorrateiramente Helena novamente foi até o berçário e quando voltou de lá, trazia um enorme sorriso nos lábios. Havia visto a filha e ela estava respirando bem!

— É – disse Roberto com os olhos perdidos no horizonte —, se Rosemary não tivesse sobrevivido, talvez esse quadro que vemos hoje tivesse acontecido já naquela ocasião!

Um longo silêncio se fez entre os dois até que Heitor novamente tomou a palavra.

— Daquele dia em diante, sua vida se resumiu apenas aos cuidados com a filha, deixando de lado qualquer outro objetivo que não fosse em função dela. Depois, aos três anos de idade, descobrimos a hemofilia e o restante você já pode imaginar, não é mesmo? – disse gesticulando a esmo. – Nossa pobre filha perdeu então totalmente sua liberdade, tornando-se propriedade da mãe. Claro que era preciso ter cuidados, tratamentos, mas Helena ia além, muito mais além! Monitorava seus mínimos movimentos, fazendo com que sua vida se tornasse um martírio sem fim. Não sei – disse com tristeza —, às vezes penso que se tivéssemos permitido que Rosemary levasse uma vida mais independente, mais normal, talvez tivesse sido mais feliz, mesmo que...

— Sei o que quer dizer, seu Heitor, sei o que quer dizer... – interrompeu Roberto relembrando-se com saudade da noiva. – Fui noivo de sua filha e muitas foram as vezes em que ela, chorando, lamentava a forma como havia vivido ao lado da mãe, desde a infância. Infelizmente sei o quanto dona Helena dominava Rosemary – concluiu recordando-se do quanto fora difícil o consentimento dela para que a filha pudesse, finalmente, ter um namorado e tornar-se um pouco mais independente.

— Com isso tudo, fiquei "jogado para as traças", como se diz! – disse rindo melancolicamente. – Acostumei-me, é claro, o ser humano acostuma-se com tudo, por que eu não haveria de me acostumar, não é mesmo? Mas agora não existe mais motivo para isso – desabafou. – Sinto que talvez tenha falhado e muito com Helena, pois, nem mesmo consegui fazer com que ela participasse das reuniões na Casa Espírita a que tantas vezes planejamos levá-la. Fui um fracasso, como dizem, não é mesmo? – falou pesaroso. – Agora preciso de ar, Roberto, estou sufocando, preciso respirar, preciso sentir a vida dentro de mim novamente antes que morra sem perceber em meio a tudo isso!

O jovem médico ouviu pensativo as palavras daquele homem que tanto já havia sofrido e que, agora, abria seu coração sem mais temores.

— Estou partindo, partindo em busca de mim mesmo – falou olhando tristemente para a esposa, que, alheia a tudo o que se passava naquele quarto, dormia profundamente.

Roberto tocou de leve o ombro de Heitor encorajando-o a prosseguir em seu intento.

— Não abandonarei jamais Helena por quem, apesar de tudo, nutro grande afeto, quero que me compreenda – pediu ele – mas, preciso encontrar a minha paz interior ou acabarei por enlouquecer também! Sei que ela ficará bem aqui. Encontrará, enfim, tudo de que precisa para a sua cura – aproximou-se da cama e tomou sua mão, delicadamente, entre as dele. – Ela não precisa mais de mim, aliás, nunca precisou realmente! – concluiu tristemente.

Roberto nada disse, percebendo que talvez aquele fosse o momento mais difícil na vida daquele homem.

Momentos depois, após trocarem um forte e caloroso abraço em que as palavras não se faziam necessárias, despediram-se sem mais nada dizer.

A porta se fechou atrás de si e o pranto, por fim, rolou livremente sobre a face de Heitor, enquanto caminhava em direção à porta de saída da Casa de Repouso.

XXVI

O nascimento de Heitorzinho

Às sete horas da manhã, doutor Eleutério entrou, sorridente, no quarto de Maura.

— Está preparada, minha filha? Hoje é seu grande dia, moça! Onde está o vovô? – perguntou, procurando pelo amigo.

— Deve estar chegando por aí! Foi um custo fazê-lo voltar para casa ontem! – respondeu Maura, sentando-se com dificuldade no leito.

— Prepare-se que, em poucos minutos, suas colegas virão buscá-la, mocinha! – e afagou-lhe os cabelos com carinho de pai amoroso. – Estarei aguardando no centro cirúrgico, está bem? – disse ao sair.

Maura estava ansiosa. Quase não conseguira conciliar o sono, tamanha era a expectativa para que as horas corressem rapidamente e pudesse, enfim, acariciar docemente o filho entre os braços. No entanto, no momento em que desceu da cama e se encaminhava para o banheiro, uma repentina e antiga recordação lhe veio à mente fazendo-a estremecer a ponto de sentar-se novamente no leito para que não caísse ao chão.

Nesse instante, seu Antônio entrou no quarto e, percebendo a

palidez da filha, perguntou preocupado:
— O que houve, Maura? Não está se sentindo bem? Quer que eu chame alguém? – perguntou, já se dirigindo novamente para a porta.
— Não, papai! Não precisa chamar ninguém! Eu só... só... só me recordei por instantes daquele dia.
— Maura, Maura! Por que insiste em se torturar tanto assim! – e, abraçando-a ternamente, continuou: – O que está feito, feito está, minha filha! Não pode mais ser mudado, compreendeu, não pode mais ser mudado!
— Eu sei, papai, eu sei... – respondeu ela tristemente – mas, eu errei, errei muito, muito mesmo!
Seu Antônio podia avaliar o enorme peso que a filha carregava sobre os ombros há tanto tempo, mas, sabia também que a intenção da filha não fora premeditada.
— Maura, escute... – disse ele – esqueça isso, minha filha! Preocupe-se agora somente com seu filhinho. Você não quer que ele nasça em meio a lágrimas e culpas, quer?
— Não! – exclamou ela, tentando sorrir.
— Então, levante-se! Vá até lá e me traga meu neto! Isso é uma ordem, menina! — ajudou-a a vestir os chinelos. – Ah! Como sua mãe faz falta! Já imaginou a alegria dela hoje? – perguntou ele, tentando animá-la. – Coruja como sempre foi com você, deve estar xeretando pelo quarto! – disse, olhando ao redor.
— Papai! Isso são modos de se referir à mamãe? – repreendeu ela rindo.
— Enquanto eu existir aqui na Terra, vou continuar me referindo à sua mãe como sempre fiz quando ela estava viva! Não é porque ela desencarnou que deixou de ser a minha velha e querida xeretinha e pronto! Essa coisa de tratar os entes queridos que já se foram de "irmãos daqui, irmã dali" nunca fez o meu gênero! Isso eu faço lá em cima, se for obrigado, é claro! – e gargalhou gostosamente.
— Vamos! – irmã Clarência entrou, empurrando uma maca quarto a dentro. – Me ajudem a colocá-la aqui – falou para duas enfermeiras que a acompanhavam sorridentes. O senhor, seu Antonio, trate de não esfumaçar o quarto todo, enquanto espera seu

netinho, olhe lá, hein? – brincava com o homem que nem mesmo sabia o gosto que tem um charuto.

— Até mais, papai! – despediu-se Maura.

— Que Deus os proteja, minha filha! – disse dando-lhe um longo beijo na testa.

O barulho das rodas da maca foi aos poucos se perdendo no longo corredor da Santa Casa. Seu Antônio fechou a porta do quarto e silencioso permaneceu em oração pedindo ao Pai que protegesse sua querida filha e seu, já amado, netinho.

XXVII

O ACASO NÃO EXISTE

Heitor, distante apenas alguns quilômetro dali, não poderia jamais supor que, naquele exato momento em que buscava a estrada principal da rodovia das praias, seu filho estava vindo ao mundo.

— Fiz bem em aceitar o convite de Antenor para passar alguns dias em sua casa de veraneio! - pensava ele enquanto deslizava seu carro pela rodovia. - Foi bom ter passado por lá para me despedir. Eu estava mesmo precisando relaxar e colocar os pensamentos em ordem, depois, com calma, poderei pensar por onde começar a procurar por Maura. Sílvia tem razão, com a cabeça quente não se consegue nada, e nada melhor do que o ar marinho para acalmar o Espírito!

Horas depois, Heitor já avistava o mar no horizonte e, incrivelmente, se sentiu bem de repente.

Algumas casas de pescadores começaram a surgir ao longo da estrada, anunciando que sua chegada estava próxima. Quando o sol começava a se pôr no horizonte, Heitor, finalmente, estacionou seu carro em frente à casa de Sílvia e Antenor. Uma senhora muito

simpática veio ao seu encontro.
— Boa tarde! - disse ela sorridente. - O senhor é...
— Sim, sou Heitor Lins, amigo dos donos da casa! - disse, retirando a mala do carro.
— A gente estava esperando o senhor só à noite. Dona Sílvia ligou avisando que viria - e, olhando curiosa para a pequena mala que ele carregava nas mãos, perguntou:
— O senhor só trouxe essa malinha? Pelo jeito vai ficar pouco, não é?
— Só alguns dias, dona...?
— Valdete, Valdete Trindade! - respondeu ela com orgulho. - Trindade é do meu homem. Vem cá, João! - gritou chamando o marido. - A visita do seu Antenor já chegou! Vem buscar as coisas dele, homem!
Um homenzinho gordo e calvo apareceu esbanjando sorrisos na boca quase sem dentes.
— O senhor chegue! - disse ele depois de apertar fortemente a mão de Heitor. - A casa é sua! Nós tamo aqui pra servir o senhor no que precisá!
— Obrigado, obrigado - disse Heitor satisfeito com a recepção do casal. - Eu só preciso é descansar, mais nada, não se preocupem comigo!
— A casa tá limpinha e tem comida na geladeira. Dona Sílvia mandou eu comprar de tudo um pouco! Tem desde cerveja até camarão! Se o senhor precisar é só chamar a gente! Nós moramo aqui nos fundo da casa. Minha mulher deixou a janta pronta, se quiser, ela esquenta pro senhor.
— Não, não se preocupem. Eu mesmo me ajeito por aqui - e, estendendo a mão em despedida ao casal, continuou: - Qualquer coisa, não hesitarei em chamá-los, acreditem!
— Então até depois! - disseram ao sair.
A casa era grande, espaçosa e tinha o mesmo toque delicado da decoração que Sílvia fizera em sua casa na cidade. Quadros de marinha espalhados pelas paredes davam uma sensação de paz e leveza ao ambiente da sala de estar. O quarto principal era pintado num azul muito claro e suas amplas janelas davam para uma sacada

de frente para o mar.

Heitor respirou profundamente, deixando que a brisa marinha lhe invadisse os pulmões plenamente. O marulhar das ondas batendo insistentemente nas rochas parecia suave melodia aos seus ouvidos cansados de tantas palavras rudes.

As luzes da cidade ao longe pouco a pouco foram se acendendo. Heitor ficou a observar o mar e as estrelas a surgirem uma a uma no céu por longo tempo, sem que se apercebesse do avançado da hora. Inexplicavelmente trazia em sua alma uma certeza: haveria de encontrar Maura!

Somente quando a lua já ia alta é que se recolheu para o repouso. Tinha, no coração, uma estranha sensação de que havia encontrado ali, naquela cidade, a paz que tanto procurara. Sem entender o porquê, deitou-se sob os cobertores macios e deixou que o sono lhe chegasse mansamente como há muito tempo não fazia.

Alguns dias se passaram desde então. Heitor, cada vez mais disposto, participava de pequenas pescarias acompanhado de João, o homem de Valdete. Nessas horas, esquecido por momentos das dores que carregava dentro do peito, ria qual criança que acaba de descobrir um formidável divertimento.

— Ah, dona Valdete! Me sinto tão bem aqui que nem me lembro que não sou deste lugar! – disse ele, levando uma boa garfada de peixe à boca.

— Este lugar é abençoado, seu Heitor! Aqui ninguém tem pressa para nada! Deus que me livre da correria da gente da cidade grande! – respondeu ela fazendo o sinal da cruz. – Eu e meu João nunca pensamos em sair daqui, nunca mesmo!

— Pois é, mas, eu tenho algo por fazer e não é aqui! – disse referindo-se à procura de Maura. – Mais uns dois dias e terei que partir infelizmente!

— Que pena! Pensei que o senhor ia ficar mais tempo! – disse ela com tristeza. – Meu João gostou muito do senhor, disse que é homem simples e bom!

— Mas, prometo que volto assim que puder, agora, me dê mais uma porção desse peixe divino! – ria Heitor.

XXVIII

A INTEGRAÇÃO DE ROSEMARY NA ESPIRITUALIDADE

Enquanto o destino se encarregava de traçar novos caminhos para Heitor e Maura, Rosemary, na espiritualidade, procurava integrar-se à comunidade da qual agora fazia parte. Lucas havia se tornado assíduo freqüentador da casa de seus avós e, aos poucos, despertara na jovem o sentimento do perdão e da caridade para com os semelhantes. Rosemary passara a freqüentar as reuniões de estudo no final das tardes e fizera muitas amizades na vila.

Levada constantemente pela avó às seções de fluidoterapia no hospital, tivera a oportunidade de descobrir lá sua verdadeira missão na espiritualidade. Queria trabalhar no auxílio aos jovens recém-vindos da Terra e que, como ela, haviam sofrido a obsessão dos pais. Tivera a oportunidade de, numa dessas ocasiões, ter permissão do Alto para que lhe fosse revelada parte de seu passado através da regressão a vidas passadas e compreendera então a grandiosidade da justiça de Deus.

Rosemary não mais atendera aos apelos da mãe e, quando isso

a afetava de alguma forma, socorria-se na oração, fortalecendo seu Espírito. Sabia que o dia em que lhe seria permitido visitar a mãe se aproximava a passos largos e queria estar forte o suficiente para não só abraçá-la fortemente, como também poder ser vista por ela na sua melhor forma espiritual. Queria que a mãe guardasse em seu coração, mesmo que em seu desequilíbrio, a certeza de que ela estava bem e feliz. Rosemary havia amadurecido nos últimos meses e tornara-se segura de seus objetivos. Agora, ciente também de suas responsabilidades, via-se diante da bendita oportunidade do trabalho e queria abraçá-lo o mais rapidamente!

— Muito bem, minha querida! – disse o avô. – Essa é uma atitude muito sensata! O propósito de todos aqui nesta colônia não é outro senão o trabalho edificante e com sua colaboração nesse sentido, todos ficaremos imensamente felizes!

— Pois é vovô, eu compreendi que não há outra maneira para ajudar mamãe, se não for através da minha humilde colaboração também, não é assim então?

— Claro! Claro, minha querida! – disse a avó satisfeita. – Compreendendo as limitações do Espírito de sua mãe, você poderá auxiliá-la, auxiliando a outros. É uma espécie de troca, compreendeu? Você faz o bem a quem necessita da ajuda que você está preparada a dar aqui e ela recebe os efeitos da sua intenção, na Terra! É uma espécie de interseção. Não sei se me fiz compreender.

— Compreendi sim, vovó! Nosso esforço espiritual, além de nos elevar o Espírito, tornando-nos melhores a cada dia que passa, é transformado em ondas energéticas que, de alguma forma, podem auxiliar aqueles que amamos e que continuam ainda na Terra, não é assim que funciona? O bem que fazemos aqui, transforma-se em créditos para que outros também auxiliem aqueles que amamos e se encontram perdidos em meio aos erros – disse ela meigamente. – Lucas tem me ensinado muitas coisas a esse respeito, vovó, e parece que finalmente comecei a compreender que o amor tem realmente várias formas de se manifestar em nosso coração. Enquanto eu, aqui, faço a minha parte, outros, desconhecidos e caridosos amigos farão a deles junto à minha mãe e a tantas outras mães em igual condição! Não a culpo pelo mal que, sem saber me causou – disse ela com mansidão. – Ela o fez em nome de um amor que o verdadeiro amor desconhece. Deus é justo em suas Leis, vovó, orarei, como tenho orado, incessantemente por ela e por meu pai.

— Muito bem, Rosemary, muito bem! E quando você começará o trabalho junto aos jovens no hospital?

— Hoje mesmo, vovô! Já perdi muito tempo entre lamentações e lágrimas que há nada me levaram! Quero recuperar o tempo perdido o quanto antes! – disse eufórica. – Doutor Francisco designou o irmão Mateus para me acompanhar nas primeiras visitas até que eu me sinta mais segura, depois me juntarei ao grupo de apoio com mais confiança.

Os avós se entreolharam radiantes de alegria. Finalmente Rosemary estava curada. O assédio de Helena já não exercia influência sobre seu Espírito. A tortura e o sofrimento haviam acabado. O tempo e a infinita paciência com que haviam tratado a neta surtiram efeito. Agora ela passaria a ser mais uma abnegada colaboradora naquela colônia e seus corações estavam completamente agradecidos ao Pai Maior pela ventura obtida.

XXIX

Ligações anteriores

Helena se encontrava sentada em um dos bancos do jardim da Casa de Repouso. A seu lado, uma das enfermeiras lia uma página do Evangelho em voz alta.

Seus pensamentos, embora ouvissem as palavras lidas, não conseguiam assimilar sua magnitude. Calada, ela permanecia com o olhar perdido entre a realidade daquele lugar e as fantasias produzidas por seu cérebro.

— Helena, Helena! Sou eu, Sílvia!

— Você está aí? – perguntou ela, sem se virar.

— Trouxe algumas coisas para você! – disse ela abrindo uma sacola com sanduíches e frutas. – Veja que beleza esta maçã!

— Não quero nada! – respondeu impassível. – Por que não trouxe o preparado que pedi? – perguntou irritada.

— Preparado, que preparado, Helena? – perguntou Sílvia, sem nada entender.

— O chá abortivo, sua imbecil! Não é para isso que lhe pago, Sofia? – disse com um ar aristocrático.

Sílvia sentiu um estranho arrepio percorrer-lhe a espinha,

quando Helena a chamou de Sofia e, por um segundo, sentiu-se como se estivesse vestida com roupas de serviçal segurando uma fumegante xícara ao lado de uma Helena que não era a Helena que conhecia e que estava agora ali à sua frente. Imediatamente olhou-se assustada e percebeu tratar-se de uma rápida visão de alguma cena do passado reencarnatório de ambas.

Com a fisionomia impassível, Helena continuava a falar:

— Traga-me o chá imediatamente, Sofia! Preciso me livrar de mais este estorvo antes que ele descubra, sua lerda! Vamos, mexa-se! - gritou autoritária.

Sílvia, transtornada ante o quadro que vira e a atitude de Helena, afastou-se deixando a amiga entregue a seus delírios.

Recostada no encosto de seu carro, Sílvia revia na mente a visão que tivera e, mais calma, analisava o ocorrido.

— Será possível que eu tenha ajudado Helena a abortar crianças? - perguntava-se aflita. - Terei sido cúmplice de assassinatos em outra encarnação? - conjeturava de olhos cerrados. Então, numa fração de segundo, um enorme clarão se fez em sua mente e Sílvia viu-se novamente ao lado de Helena, então Cecília, oferecendo a ela o veículo sutil com o qual interromperam inúmeras vidas sem o menor escrúpulo.

— Nãoooo! - soluçava, debruçada sobre o volante, prorrompendo em lágrimas. - Pobre de minha alma, pobre de meu Espírito! Então foi esse o castigo que me impus nesta encarnação... carregar apenas no coração os filhos que ajudei a matar! - murmurou entre lágrimas.

Por longo tempo Sílvia permaneceu ali, buscando analisar os laços que a ligavam a Helena, percebendo, vagamente, a imensa responsabilidade que compartilhavam na realidade.

Quando a luz do dia começava a desaparecer, Sílvia ligou os motores de seu carro e dirigiu-se para casa ainda pensativa.

Helena, por sua vez, estava novamente entregue à perseguição de Lucrécia que, como todas as noites, a aguardava na espiritualidade.

Minutos após a enfermeira ministrar-lhe a medicação da noite, Helena adormeceu para em seguida abrir os olhos desmesuradamente apavorados com a fisionomia de Lucrécia debruçada sobre seu corpo.

Sua face encovada e o tremor que tinha nas mãos, indicavam que, ao contrário do que era de se esperar, Helena definhava dia a dia ante os olhos, incrédulos, dos enfermeiros daquela casa.

— É impressionante o aspecto da paciente do quarto 309! Vocês perceberam como ela parece piorar a cada dia que passa! – comentou uma das enfermeiras daquela ala.

— A equipe médica do doutor Roberto já nos orientou a respeito dessa paciente, Miriam. É um caso extremo de obsessão, desequilíbrio mental e, para agravar ainda mais, a paciente se nega a qualquer tipo de ajuda espiritual! – respondeu Regina, a responsável por aquele setor, anotando algumas palavras nos prontuários. – Já tentamos auxiliá-la de todas as formas possíveis e imaginárias! Verifique sua papeleta e constate o que estou lhe dizendo – e passou as anotações para a novata.

— É... neste caso não resta muito a fazer mesmo! – refletiu a enfermeira, folheando as anotações na papeleta de Helena. – Nem mesmo os passes diários ela aceita com cordialidade! Interessante essa conduta. Nunca acompanhei nenhum paciente que não se sentisse bem com os passes!

— Quando a dívida passada é muito grande e o devedor não quis se preparar suficientemente para enfrentar a cobrança, dá nisso! – disse encerrando o assunto.

Sim, Helena era devedora e Lucrécia estava cobrando-lhe, com altíssimos juros, aquela importante dívida!

O plano espiritual daquela renomada Casa de Repouso trabalhava, incessantemente, ao lado dos médicos do plano físico, na reabilitação daquelas almas em desequilíbrio, no entanto, uma boa parte dos pacientes que ali estavam e, nelas estava incluída Helena, não respondiam à medicação terrena e muito menos ao auxílio do plano espiritual pois que, haviam se trancado dentro de si mesmos, formando uma enorme barreira que impedia qualquer interferência benéfica em seu favor. Com isso, cada um deles, encontrava-se agora entregue aos acertos terríveis de seus passados de crimes. Pouco se poderia fazer nesses casos a não ser, aguardar que a Justiça Divina se completasse.

XXX

O CLAMOR DAS MÃES

Helena, naquela manhã, encontrava-se muito debilitada e, por esse motivo, as enfermeiras acharam por bem não levá-la para tomar sol nos jardins. Deitada na cama, sua figura franzina parecia um boneco sem vida. Seus olhos, embora abertos, nada percebiam ao seu redor e o sol, que batia levemente em seu corpo, não conseguia aquecê-la. Lá fora, o canto dos pássaros era alegre melodia que seus ouvidos não conseguiam perceber, pois que, em seu cérebro, um emaranhado de vozes se misturava ao choro estridente de bebês em desespero.

Lucrécia, parada a seu lado, observava sua vítima com desdém. Seu olhar era de ódio e, agora, quando por fim, conseguira ficar a par de tudo sobre a nova encarnação de Cecília, procurava por notícias de Antonietta, sua filha. Fora o monstrengo quem lhe dissera, na noite anterior que alguém lhe contara que Antonietta havia reencarnado como filha de Helena. Desnorteada e ainda mais transtornada por Helena ter-lhe roubado a filha e, provavelmente seu amor, Lucrécia queria agora saber notícias dela.

— Onde está ela, víbora? – perguntava Lucrécia insistentemente.

— Onde? Onde você a escondeu? – gritava em seus ouvidos. – Onde está Antonietta, Cecília? O que você fez com ela? – e, furiosa, lançava-se sobre o corpo de Helena.

Helena que nada ouvia, continuava ali, calada, apenas recebendo em seu corpo já quase sem reações, as terríveis sensações das agressões provocadas por Lucrécia.

— Seu nome é Rosemary! – disse o monstrengo com medo de ser repreendido.

— O quê? O que você disse, verme? – perguntou Lucrécia, virando-se.

— O nome de... de sua filha é... é Rosemary agora – respondeu ele, levando as mãos à cabeça para se proteger de algum golpe.

— Então é isso! – disse ela voltando-se para Helena. – Onde está Rosemary, onde está minha filha?

Como que recobrando a consciência, Helena remexeu-se na cama e, imediatamente, voltou seus pensamentos para Rosemary.

Colada em seu perispírito, Lucrécia assimilava as suas impressões e, por breves momentos, viu desenhar-se em seu cérebro a figura belíssima de Antonietta, agora Rosemary. Emocionada até as lágrimas, Lucrécia reviveu o intenso amor que um dia dedicara à filha e a saudade daqueles mesmos olhos, límpidos e puros, fez com que ela se deixasse levar pelas recordações daquele tempo bom, quando em seu coração, hoje repleto de ódio, só existia lugar para o amor às filhas.

Enquanto Helena, mentalmente, chamava pela filha, Lucrécia, da mesma forma, clamava por Antonietta. Um forte estremecimento fez com que Rosemary se visse, em quadro, postada ao lado de Helena e Lucrécia. A cena que a jovem presenciou foi impressionante. Helena, praticamente inerte, estava emaranhada ao Espírito de outra mulher, que, debruçada sobre seu corpo, chorava chamando pelo seu nome.

— Vem minha filha! – disse uma entidade muito luminosa que imediatamente apareceu a seu lado: – Vem comigo! – e conduziu-a à Casa de Repouso, no plano terrestre.

Espantada com tudo o que vira e com a maneira como repentinamente fora trazida até ali, Rosemary não conseguia pronunciar palavra alguma. Percebendo o estado de alma da jovem, Noêmia falou:

— Não se assuste, minha criança! - disse carinhosamente, conduzindo-a para fora do quarto.

— Era minha mãe, aquela mulher sobre a cama? - perguntou boquiaberta.

— Sim, minha filha, é sua mãe, mas - disse Noêmia com cautela - ambas foram seu veículo materno para a encarnação.

Sentando-se agora, em um dos bancos do jardim, Rosemary e Noêmia, por muito tempo estiveram a conversar e, com a permissão do Pai Maior, Noêmia revelou a Rosemary a complicada trama que cercara sua existência em ambas as encarnações.

— Meu Deus! - exclamou Rosemary depois de ouvir atentamente as palavras daquela mensageira de Deus.

— Sua mãe traz em seu Espírito sérios compromissos com relação a atos praticados no presente e no passado e, por sua vez, Lucrécia, sua mãe em épocas remotas, carrega ainda no coração a sede de vingança que a mantém afastada de qualquer ajuda que possamos lhe oferecer... Como vê, minha filha, somente quando o perdão penetrar na alma dessas duas mulheres e o verdadeiro amor brotar é que nos será permitido o auxílio eficaz! Por ora, nossa intervenção é apenas paliativa, pois que depende apenas delas a verdadeira cura de seus Espíritos!

Rosemary tinha os olhos rasos d'água e seu peito parecia carregar um enorme peso sobre ele. Noêmia a abraçou com ternura de mãe e disse:

— Nossas almas são criadas livres para amar com igual intensidade os nossos semelhantes e, dia haverá em que isso realmente acontecerá dentro de nossos corações, no entanto, minha filha, muitos seres humanos escravizam aqueles a quem dizem amar, tornando-os meros joguetes de seus sentimentos como se pertencêssemos a apenas um coração e tivéssemos capacidade de amar somente a este! - disse ela com mansuetude. - Suas duas mães, Rosemary, lutam, cada qual a seu modo, pelo seu amor, por um amor de que ambas desconhecem o significado real. Uma chora por que Deus a chamou para a espiritualidade e não se conforma com este fato e, a outra, chora porque, violentamente, a arrancaram de seus braços em nome também de um amor não correspondido.

Rosemary ouvia as palavras de Noêmia e ao mesmo tempo relembrava a conversa que tivera com Lucas assim que se conheceram. Ele também falara das várias formas de amar e, ela agora, começava realmente a entender o significado maior da reencarnação. "Amo minha mãe Helena do fundo de meu coração, no entanto, foi ela a causadora de tamanha crueldade em minha vida em encarnação passada", pensou.

— Por ora não é aconselhável que a vejam ainda, minha filha! Seu Espiritozinho precisa estar fortalecido e preparado para que, quando a hora chegar, esse encontro com aquelas a quem um dia chamou de mãe, traga benefício para ambas as partes, compreende? – disse Noêmia, afagando-lhe as mãos. – Vou acompanhá-la de volta à colônia, está bem? Ore muito por ambas, minha filha! Somente através do seu amor e da oração, elas conseguirão encontrar a paz que tanto almejam! – concluiu beijando sua fronte.

Quando Noêmia voltou ao quarto 309, constatou que Lucrécia se fora. Helena permanecia ainda absorta em seus delírios. Aplicou-lhe passes revigorantes e a deixou entregue a seus pensamentos.

XXXI

Reencontro

Três dias haviam se passado desde então. Heitor havia perambulado pelas ruas da pequena cidade, na tentativa de, quem sabe?, encontrar Maura, mas, nem sinal dela.

— Afinal, o que Maura iria fazer aqui? – pensara. – Se está se escondendo de mim, não se arriscaria ficando tão próxima assim!

Agora, arrumava sua pequena mala para a partida. Vez por outra olhava pela janela entreaberta do quarto e observava o ir e vir das ondas que se desmanchavam na areia quente. Não sentia vontade de abandonar aquele lugar. Alguma coisa o prendia ali, mas, o desejo cada vez maior de encontrar Maura o trazia de volta à realidade.

— Preciso ir! Não quero, mas preciso ir! – consolava-se.

Olhou no relógio e constatou que faltavam quinze minutos para as seis horas da tarde.

— Sairei dentro de poucos minutos, quero chegar à próxima cidade ainda hoje – pensou ele. – Talvez, quem sabe lá?...

Despediu-se de Valdete e de seu homem. Colocou a mala no carro, saindo em seguida. Mal andara alguns poucos quilômetros e o motor de seu carro começou a falhar, dando sinais de que pararia em seguida.

— E essa agora! – disse nervoso, olhando ao redor. – Onde vou conseguir um mecânico neste fim de mundo?

A noite começava a descer rapidamente e apenas algumas casas de pescadores se podiam ver ainda, pela redondeza. A cidade ficara para trás e não havia como voltar. Fechou o capô do carro e, decidido, dirigiu-se até um dos casebres.

— Boa noite, senhor! – disse ele ao homem que veio atendê-lo à porta. – O motor de meu carro pifou. Será que o senhor conhece alguma oficina por estas bandas? – perguntou, esperando uma negativa.

O homem coçou a cabeça pensativo e depois, dando um estalido com os dedos, disse:

— Ah!, lembrei! O senhor pega aqui a direita, depois vira na terceira quadra à esquerda, depois anda mais umas três quadras em linha reta. Tem uma oficina lá sim, é de um pessoal que veio da capital, mas, pelo que dizem, o homem entende de motor!

Aliviado com a notícia, Heitor agradeceu e, caminhando rapidamente pelas ruas cheias de areia, saiu na direção da oficina. Pouco tempo depois, estava parado em frente a um enorme portão de aço. Tocou a campainha e esperou que viessem atendê-lo. Tocou novamente e novamente, até que um vizinho, curioso, perguntou:

— O senhor está procurando seu Antônio?

— Se ele é o mecânico, sim! – respondeu, olhando para a placa onde se lia: Mecânica.

— Ele não está, foi ali na venda, mas acho que volta logo. Se quiser esperar?

— Espero sim, o motor de meu carro pifou e tenho que viajar ainda hoje! – disse olhando novamente no relógio.

A noite já havia descido por completo quando Heitor avistou a figura de um homem aproximando-se da casa.

— Graças a Deus! Deve ser ele! – pensou dirigindo-se a seu encontro.

A luz do luar iluminava parcamente a fisionomia do homem quando Heitor o abordou ansioso.

— O senhor é o mecânico? – disse semicerrando os olhos para enxergar melhor, e qual não foi o seu espanto quando percebeu de quem se tratava.

Atônito, Heitor deu alguns passos para trás instintivamente.

— Seu Antônio?! É o senhor?! Santo Deus, como pode?! – e abraçava fortemente o homem que, pasmo, ficara mudo. – Tenho procurado por vocês dia e noite, meses após meses. Louvado seja o bendito motor de meu carro! – gritou ele feito um menino.

Passado o susto, seu Antônio, já recomposto, pediu a Heitor que o acompanhasse portão adentro.

— Entre, temos muito que conversar, meu filho! – disse apenas.

Ainda incrédulo com o que acabara de acontecer, Heitor acompanhou o homem quase que flutuando nas nuvens.

Sentado no sofá da sala, enquanto aguardava, impaciente, o homem levar as compras para a cozinha, Heitor observava, com orgulho, o capricho com que Maura havia decorado aquele ambiente, simples, mas muito bonito. De repente, alguma coisa estranha, chamou sua atenção: um carrinho de bebê estava guardado entre uma enorme estante e a parede.

Num repente, levantou-se de um só salto e correu aflito em direção à cozinha. Apontando para a sala, sem conseguir articular as palavras corretamente, Heitor tentava perguntar:

— De que... quem é... é... aquele carrinho de... be... bebê? – conseguiu finalmente dizer.

Seu Antônio, olhando, indeciso quanto ao que deveria dizer para Heitor à sua frente, falou apenas:

— É de seu filho, meu filho.

As pernas de Heitor fraquejaram, fazendo com que ele, segurando-se em um móvel, procurasse uma cadeira para se sentar rapidamente.

— Nasceu faz uma semana hoje. Maura está com ele no hospital para que tome banho de luz. Estava todo amarelinho, coitadinho! – disse o avô penalizado com a cor do neto.

— Meu Deus! – disse apenas Heitor enquanto enxugava as lágrimas de alegria que rolavam abundantemente de seus olhos.

– Eu não sabia de nada, nada mesmo!

— Eu sei! – respondeu o homem seriamente. – Como também sei que se soubesse, já teria vindo buscá-la, não é mesmo? – afirmou ele.

— Amo sua filha, seu Antônio, amo Maura mais que a minha própria vida, acredite! – suplicava para que ele acreditasse em suas palavras.

Seu Antônio olhava fixamente em seus olhos como a se perguntar se ele seria capaz de fazer sua filha realmente feliz depois que soubesse de toda a verdade.

— Posso vê-la, isto é, posso ir até lá? Preciso ver meu filho e a mulher que amo, por Deus, seu Antônio não me negue essa felicidade! – pediu, tentando acalmar seu coração que parecia querer saltar de dentro do peito. – Minha vida perdeu a razão de ser, desde o dia em que Maura desapareceu sem deixar vestígios! Não posso perdê-la novamente...

Apanhando uma chave do bolso, seu Antônio estendeu-a a Heitor:

— Tome, é de meu carro! Está estacionado nos fundos, na garagem. Vá, vá ao encontro de seu destino, meu filho, e, que Deus ilumine seu coração é o que peço! – disse ele emocionado.

XXXII

Laços afetivos do passado

De volta à colônia, Rosemary ainda se encontrava bastante abalada com o quadro que presenciara e, agora, deitada no sofá da sala da casa de seus avós, contava com detalhes tudo o que vira e sentira. Sua cabeça, recostada no colo macio da avó, estava confusa.

— Não sei como agir, vovó... – disse ela. – Quando vi minha mãe naquele estado, estirada sobre uma cama, me senti culpada, entende?

— Mas não é culpa sua, minha querida, não é culpa sua! Ninguém pode se culpar pela reação que cada um tem diante das dores, a menos que as tenhamos provocado intencionalmente, o que não é e nunca será o seu caso!

— Veja, minha querida – disse o avô. – Eu mesmo estive por várias vezes em sua casa depois de sua desencarnação e, junto com outros amigos aqui da espiritualidade, tentamos exaustivamente trazê-la à razão! Em nenhuma dessas vezes fomos ouvidos por Helena que, percebendo a princípio nossos conselhos nitidamente em seu cérebro, os afastava deliberadamente, rebatendo-os veementemente com mais revolta ainda!

— Mamãe sempre foi muito autoritária e somente as suas verdades é que realmente contavam — concordou a jovem.

— Não deve se culpar, querida, isso não lhe fará bem e, se deseja realmente ajudá-la, como também nós, deve ter paciência, pois que agora nossas vozes já não são mais ouvidas por ela.

— Noêmia, a pessoa que me levou àquela Casa de Repouso, disse que brevemente poderei vê-la, isto é, vê-las! — falou fazendo uma pequena pausa. — Sabe, vovó, é interessante! No momento em que entrei naquele quarto e olhei a figura daquela mulher, debruçada sobre minha mãe, senti um enorme aperto em meu coração e, mais interessante ainda, senti também uma forte vontade de abraçá-la carinhosamente.

— São os laços afetivos do passado que não se perdem entre as encarnações, minha querida! O amor que ela lhe dedicou e o amor que você dedicou a ela jamais se diluirão entre o céu e a Terra! Encarnações e mais encarnações virão, mas, os laços que uniram os corações no verdadeiro amor, apenas se transformarão sem nunca se extinguir! Os laços familiares não são duradouros. Eles se acabam com as encarnações, apenas o amor é que nos mantém unidos — disse olhando ternamente para Rosemary.

Rosemary sentira por Lucrécia a mesma afeição que sentia por Helena e pudera perceber que, ambas, embora em lados opostos, a amavam da mesma forma.

— Aquiete seu coraçãozinho, querida! No momento oportuno você saberá dividir seu amor em igual quantidade, confie em nós! — disse a avó.

Sílvia não conseguia tirar do pensamento a visão que tivera. Sempre sentira um afeto especial por Helena, muito embora a rudeza de caráter da amiga. Desde o primeiro instante em que haviam sido apresentadas, sentira por ela um quê de compaixão, necessidade de ajuda, não sabia ao certo, mas havia uma forte ligação, sim, entre elas e, não era desta vida.

Agora, depois do que ocorrera, Sílvia tinha certeza de que estavam ligadas pelo passado de culpas. Deitada em sua cama, esses pensamentos iam e vinham na tentativa de entendê-los mais profundamente. Aos poucos, o sono foi dominando-a e, quando seu Espírito se viu liberto do corpo físico, deparou-se com seu mentor espiritual à sua espera.

Levada, sem que nada fosse preciso dizer, até uma das estações de socorro imediato, Sílvia foi colocada, confortavelmente sentada, em uma sala, onde, uma intensa luz violeta lhe cobriu por completo o corpo espiritual fazendo com que seu espírito tomasse consciência de partes de sua pretérita encarnação. Sob intensa emoção, ela pôde constatar a veracidade de sua terrível suspeita.

Sim, Helena e ela haviam cometido inúmeros assassinatos de Espiritozinhos sequiosos pela bendita oportunidade da reencarnação!

Ante seus olhos, marejados pelas lágrimas do arrependimento, que mais uma vez sentira, Sílvia viu passar quadros dantescos do sofrimento que ambas haviam imposto àqueles irmãos completamente indefesos sem que isso, de alguma forma, lhes perturbasse o sossego.Viu-se então, sendo recolhida das zonas inferiores, tempos depois de sua desencarnação, e sendo também encaminhada às casas de socorro imediato onde recebera auxílio para seu Espírito devedor e a promessa de que o Pai lhe daria, em tempo vindouro, nova oportunidade na carne para o resgate de seus crimes.

Com o Espírito em oração, mediante tanta bondade Divina, observou atentamente o compromisso que assumira, anos mais tarde, quando então já se encontrava preparada, de receber em seu lar como filhos do coração, aqueles a quem prejudicara, interrompendo seus projetos encarnatórios. Horas mais tarde, acompanhada de seu amoroso protetor, Sílvia voltava ao corpo físico, com a alma renovada em esperanças e objetivos.

Ao acordar, naquela luminosa manhã, sentiu que suas energias estavam revigoradas. Sem se recordar de mais nada, encaminhou-se para o quarto de seus filhos e, num ímpeto incontrolável, amorosamente depositou um longo e afetuoso beijo na face de cada um.

XXXIII

Lucrécia

Lucrécia, por sua vez, vasculhava cada canto das zonas inferiores em que se encontrava há tantos anos, à procura de alguém que lhe indicasse o paradeiro de sua filha Antonietta, julgando-a ainda sobre a face da Terra. Perdera a noção do tempo desde que desencarnara e se instalara naquele lugar e, embora percebesse que já estava ali há muito, não tinha noção da quantidade em anos. Outras vezes já saíra em busca da filha, mas, agora, era questão de honra encontrá-la! Para ela, o fato de descobrir Cecília reencarnada na figura de Helena, já fora um choque, mas, saber que também Antonietta havia retornado à Terra, a deixara completamente transtornada. Precisava descobrir o paradeiro da filha e, isso, não conseguiria através de Helena a quem obsidiara de tal forma que a havia transformado em uma espécie de zumbi, sem raciocínio lógico.

Naquela noite, reunidos em frente à casa de Lucrécia, situada naquela estranha cidade comandada por Espíritos que ainda se comprazem em cultivar o mal em seus corações, o pequeno grupo de amigos, como habitualmente fazia, ouvia da mulher seus feitos do dia e aguardavam dela novas ordens com estranha ansiedade no olhar. Pareciam ávidos por atendê-la plenamente em sua vingança como se, disso, dependesse a sobrevivência de cada um deles naquele lugar.

Na verdade, Lucrécia, por sua determinação e esperteza, em pouco tempo passara a ocupar cargo de relevante destaque naquela comunidade e, por esse motivo, seus poucos e, muito bem escolhidos amigos, passavam a usufruir de certas vantagens em relação aos demais. Lucrécia, postada à porta, olhava-os como se não os visse. Naquela noite sua alma estava por demais conturbada com os últimos acontecimentos.

— Maldita! Usurpou meu lugar sem nenhuma cerimônia! E para quê? Qual o seu objetivo, hein, me digam? Isso não vai ficar assim! Quando encontrar Antonietta, contarei tudo, tudo a ela. Quero ver só do lado de quem ela vai preferir ficar! – disse mordendo os lábios nervosamente. – Vocês são testemunhas do meu amor por ela, não são? – perguntou apontando o dedo na direção de cada um de seus companheiros que a acompanhavam há muito.

Um zum-zum-zum se fez ouvir concordando plenamente com a afirmação de Lucrécia.

— Pois então! Que direito tem ela de merecer o amor de minha filha, me digam? —falava, gesticulando sem parar.

Depois, olhando vagarosamente ao seu redor e abrindo os braços em direção à escuridão que os rodeava gritou, de pé, diante dos amigos:

Pendendo vigorosamente a cabeça para trás, olhou o negro céu acima de si e continuou, gritando:

— Ele, Ele o Todo Poderoso, o Criador de todas as coisas, não soube fazer justiça contra aqueles que causaram a desgraça em minha família porque carrega em seu coração o dom do perdão! – disse entre lágrimas. – Então eu, eu, eu solitária e infeliz mãe ultrajada no mais íntimo de meu ser, me obriguei, por amor à Antonietta e à Tibéria, a limpar o sangue que escorreu do corpo puro de minha pobre filha, enlameando para sempre minha alma, mergulhando-a eternamente neste sofrimento! Ah! Deus... Deus... Deus... Como tenho sofrido! Por favor, por tudo que é mais sagrado, me ajude,

Deus, Deus me ajude eu já não suporto mais tanta dor! – exclamou, deixando-se cair em pranto convulsivo no solo.

    Um silêncio de morte se fez a seguir quando, estupefatos e completamente confusos, ouviram dos lábios de sua líder, o pedido humilde e sofrido de socorro a Deus. Sorrateiramente, um a um, levantou-se silencioso e, como quem foge da própria consciência que lhes pede a redenção, afastou-se ligeiro, deixando-a só com sua dor. No coração, no entanto, cada um deles levava a certeza de que, por mais que Lucrécia pudesse ter se mostrado forte e insensível durante todos aqueles anos enraizada naquele local, o que ela mais havia desejado era a luz para sua alma.

    — É chegado o momento – disse irmão Messias que monitorava os movimentos noturnos nas zonas inferiores. – Nossa irmã Lucrécia está pronta para o resgate, finalmente! Vamos em seu auxílio, companheiros! – concluiu com alegria.

    Imediatamente acionaram os motores do pequeno veículo de resgate que se encontrava oculto, próximo às zonas inferiores.

    — Liguem os sensores noturnos e a carga energética de proteção! – disse Messias ao navegador. – Precisamos ter cuidado, os grupos de assalto costumam agir durante a noite! Precisaremos ser rápidos no resgate, companheiros, pois nossa irmã Lucrécia é líder de suma importância naquela região e, com toda a certeza, não permitirão que a retiremos sem atritos – concluiu preocupado.

    — Que o Pai nos proteja nesta missão! – disseram todos.

XXXIV

O RESGATE

Um solavanco intenso no veículo anunciava a entrada nas zonas inferiores mais densas. E, à medida que se aprofundavam naquele escuro abismo, mais e mais sacolejavam de lá para cá. Pequenos casebres, incrustados em rochas, foram aparecendo a princípio à frente deles, depois, à medida que desciam, mais e mais enormes construções iam surgindo, anunciando a proximidade dos arredores daquela cidade que vivia praticamente às escuras, pois que lá, a luz solar não conseguia se manifestar, mas que denotava ser imensa e constituída de forte organização.

Alguns vultos assustados escondiam-se ligeiros por detrás dos muros ante a passagem silenciosa do veículo de resgate. Em constante oração e vigília, os componentes daquela excursão observavam, calados, as figuras horrendas que surgiam, vez por outra, nas pequenas janelas laterais.

Minutos depois, um pequeno jato de luz localizou e iluminou o corpo de Lucrécia ainda estendido no chão.

— Sejamos rápidos! Nossa irmã encontra-se inconsciente, graças a Deus! - falou Messias, abrindo a porta do veículo e olhando, atentamente, para os lados à procura dos grupos de ataque responsáveis pela defesa das zonas inferiores.

— Coloquem-na na maca e saiamos daqui o mais breve possível, antes que nos localizem!

Imediatamente, quatro colaboradores desceram e, correndo em direção a Lucrécia, colocaram-na sobre a maca sem mais demoras.

— Venham, venham! – disse ele, apressando ainda mais os companheiros. – Eles já perceberam nossa presença!

Assim que a porta do veículo se fechou, uma rajada de raios fortíssimos sacudiu violentamente a condução.

— Reforcem as baterias de defesa! – gritou Messias ao encarregado da segurança daquele transporte. – Estamos sendo atacados fortemente! Preparem-se, se necessário faremos uso dos raios paralisantes! Estejam a postos!

Então, o que se viu em seguida foi uma tremenda batalha entre o bem e o mal. Estrondos pavorosos eram ouvidos na escuridão daquela noite sem fim e, raios, vindos de todos os cantos, atingiam a pequena nave, iluminando rostos disformes e fisionomias dilaceradas pela dor, que, desesperados, tentavam agarrar-se ao veículo, na tentativa de também escapar de lá, no entanto, a couraça energética, que o protegia, lançava-os, quais balas humanas para longe dele.

Por cerca de quinze minutos os irmãos do resgate sofreram ataques incessantes dos seres das zonas inferiores até, que por fim, uma tênue luz anunciou a proximidade da saída daquela região. Respirando aliviados e satisfeitos com o êxito da missão, oraram em fervoroso agradecimento a Deus.

Lucrécia, ainda inconsciente, foi encaminhada para o auxílio imediato.

XXXV

Intensas emoções

Heitor estacionou a caminhonete do pai de Maura em frente ao Hospital. Seu coração parecia querer saltar pela boca, quando adentrou a sala principal da Santa Casa de Misericórdia São João Batista.

Informando-se na recepção sobre o quarto onde Maura e o bebê se encontravam, subiu rapidamente as escadas ansioso pelo reencontro. Agora, parado em frente à porta, procurou se recompor emocionalmente antes de bater. As emoções pelas quais acabara de passar haviam mexido demais com seus nervos.

— Obrigado, meu Pai, obrigado! – disse ele mentalmente enquanto, trêmulo, batia levemente.

— Entre! – respondeu a voz suave de Maura lá de dentro.

Heitor vagarosamente empurrou a porta e não se conteve ante o quadro que presenciou.

Maura estava sentada em uma poltrona e tinha nos braços o fruto do imenso amor que os unira naquela noite inesquecível para ambos.

Ao erguer os olhos na direção da porta, Maura teve um

sobressalto.
— Heitor! Heitor! É você, é você, meu amor? - gritou ela emocionada.
— Sim, sim, Maura, eu vim buscar vocês, minha querida! - disse, ajoelhando-se carinhosamente a seu lado.
A ternura com que Heitor fitou o rosto sereno do filho, aconchegado nos braços de Maura, jamais poderia ser descrita pelos mortais. Maura, com os olhos rasos d'água, recebeu o beijo terno que tantas vezes imaginou novamente receber dos lábios de seu amado.
E, ali, ao lado do filho recém-vindo ao mundo, Heitor e Maura reiteraram os votos de imorredouro amor.
De volta à casa de seu Antônio, quando a noite já ia alta, Heitor conseguiu, após muito agradecer a Deus a alegria que mal cabia em seu coração, adormecer tranqüilo, ciente de que, agora, seria finalmente feliz.
Rosemary foi chamada à sala de doutor Francisco.
— Entre, minha irmã, entre! - disse bondosamente o médico. - Precisamos de seu auxílio!
Confusa, a jovem perguntou:
— Meu auxílio, doutor Francisco? Eu, eu sou tão inexperiente ainda! - disse receosa.
— Não, minha irmã, neste caso, somente o seu concurso será eficaz! - disse ele carinhosamente.
— Verdade?! - perguntou ela, endireitando-se na poltrona.
— Trouxemos alguém que lhe foi muito cara em encarnação pretérita até as zonas de auxílio imediato e, somente o seu desvelado amor poderá reabilitá-la em definitivo, minha filha!
Rosemary espantou-se com a notícia e imediatamente pensou se tratar de sua mãe Helena.
— Minha mãe desencarnou? - perguntou aflita. - Ela...
Percebendo os pensamentos da jovem, o médico adiantou-se:
— Não a mãe que hoje você reconhece como sua, minha irmã, mas, a mãe que outrora, por muito amá-la, perdeu-se em meio aos sentimentos de vingança! Ela é Lucrécia, a mulher da qual Noêmia lhe falou, recorda-se? - e colocou a destra em sua fronte.

Imediatamente, Rosemary transportou-se ao passado, em sua mente e, qual não foi sua surpresa quando, revivendo quadro de extrema ternura e afeto entre ambas, repentinamente, em seu coração, flamejou novamente o amor materno por aquela, até então, uma estranha em suas lembranças.

— Minha mãe, minha mãe! – disse ela docemente.

— Sim, também ela lhe dedicou amor infinito, minha filha e, agora é o momento de retribuir da mesma forma – disse ele.

— Onde, onde ela se encontra, irmão Francisco, quero vê-la, quero abraçá-la, por Deus, onde a encontrarei? – perguntou com ansiedade.

— Tenha paciência, minha filha, ainda hoje estará a seu lado, mas, antes é imprescindível que tome conhecimento de sua verdadeira situação, inteirando-se plenamente dos motivos que a prenderam por tantos anos nas zonas inferiores – respondeu, acalmando-a e, apontando para a porta, pediu à jovem que o acompanhasse.

— Irmã Eulália irá ajudá-la no processo de regressão a sua vida passada e mediante o total conhecimento dela, você poderá compreender a extensão de toda a sua trama reencarnatória. Estaremos lá, a seu lado, não tema, minha filha! – disse, bondosamente, dirigindo-se à sala de regressões.

Rosemary foi colocada em uma confortável poltrona reclinável e, segundos depois, uma intensa luz violeta invadiu todo o seu corpo, fazendo com que ela parecesse flutuar no espaço.

Nesse instante, ela passou a vivenciar, a distância, os fatos principais de sua vida pregressa, compreendendo, de pronto, os motivos que haviam levado Lucrécia a odiar Helena e a razão pela qual, viera nascer naquela família com breve missão terrena. Foi mostrado a ela também, o sofrimento atroz o qual, Lucrécia, nas zonas inferiores, impusera a si mesma em nome do amor a ela dedicado. Viu a figura alegre e jovial de Tibéria e compreendeu a enorme afinidade que sentia por Maura, quando encarnada. Sim, sua vida pregressa estava novamente ali, incrivelmente gravada em seu coração para todo o sempre! Com os olhos rasos d'água, a jovem, abraçada agora ao médico, pedia permissão para avistar-se com Lucrécia.

— Percebe a responsabilidade deste encontro, minha irmã? – perguntou ele. – De suas palavras e de seu amor por ambas as mulheres que lhe serviram de veículo para a matéria, é que deverá brotar o perdão no coração de Lucrécia! Sente-se preparada para este encontro, agora? – perguntou ele bondosamente.

— Sim, sim, eu sinto que poderei de alguma forma ajudá-la a encontrar a paz que tanto procura, pobre mãe! – disse melancolicamente. E, depois, porque precisava saber mais, perguntou:

— E quanto a mim? Por que não a acompanhei nas zonas inferiores, assim que desencarnei?

— Seu Espírito, minha filha, não carregava no coração o sentimento de vingança por sua agressora e, tão logo se encontrou do lado de cá, clamou pelo socorro Divino que se fez de imediato – e, colocando novamente a destra sobre sua fronte, disse: – Recorde-se, Rosemary, recorde-se!

Rosemary visualizou seu corpo estendido no chão sangrento de sua casa, e, minutos depois de sua desencarnação, viu-se sendo conduzida por entidades boníssimas até o socorro imediato onde recebeu o conforto para seu Espírito muito atribulado pela violência a que fora submetido.

— Compreendeu agora os motivos que a mantiveram separada de Lucrécia? – perguntou ele. – Ela, ao contrário do que sucedeu com você, recusou o auxílio dos irmãos do desenlace, preferindo manter-se unida ao corpo na vã tentativa de vingança que invadira seu coração de mãe – disse pensativo. – Muitas foram as tentativas para que ela abdicasse de seu intento, minha filha, Lucrécia não foi abandonada à sorte como possa parecer, contudo, preferiu aliar-se às forças do mal, tornando-se em pouco tempo, uma delas até poucas horas atrás.

Rosemary estava visivelmente emocionada com tudo o que ouvira e, em seu coração, tinha agora um só objetivo a cumprir: traria a mãe para a luz do esclarecimento e do perdão!

Lucrécia havia recobrado os sentidos e olhava assustada o quarto limpo e quente onde se encontrava. Grossos cobertores e roupas limpas cobriam seu corpo. Curiosa e incrédula, pensou estar

sonhando, mas suas conjeturas terminaram no momento em que a porta se abriu e um enfermeiro de olhar sereno lhe sorriu, dizendo:
— Seja bem-vinda, irmã Lucrécia! Nós a estávamos aguardando há muito!
Lucrécia tentou levantar-se do leito e fugir, mas uma forte dor de cabeça a impediu, fazendo com que recostasse novamente a cabeça nos travesseiros.
— Onde estou? – perguntou ela, cerrando os olhos ante a dor.
— Em uma de nossas Casas de Socorro Imediato, irmã!
— E, e como vim parar aqui? Não me lembro de nada! – e segurava, fortemente, a cabeça.
— Sente dores? – perguntou ele aproximando-se dela.
— Minha cabeça... parece que vai explodir a qualquer momento! – respondeu ela como que pedindo ajuda.
— A irmã esteve inconsciente por várias horas – esclareceu ele, examinando-a —, quando a recolhemos já se encontrava nesse estado, talvez... deixe-me ver... hummm... é, bateu com a cabeça em alguma coisa pontiaguda... provavelmente uma pedra! – concluiu ele.
Lucrécia levou as mãos à cabeça e percebeu um ferimento nela.
— Tem razão, bati mesmo!
Calada, ela observou a destreza do enfermeiro na preparação da medicação contra a dor e, depois, no curativo. Em seguida, ingeriu uma cápsula cor-de-rosa que, quase imediatamente, fez com que a dor cessasse.
— Sente-se melhor, irmã? – perguntou ele bondosamente.
— Sim, acho que sim mas, o que estou fazendo aqui afinal de contas? Preciso voltar, não posso ficar aqui! Tenho coisas a fazer, compreende? Agradeço a sua bondade, mas... preciso ir! – disse, tentando levantar-se.
— Não devo impedi-la, irmã, contudo, acredito que seria de bom alvitre ficar! – aconselhou, cautelosamente.
— Por que deveria? – perguntou ela, curiosa.
— Soubemos que procura por alguém, não é mesmo? – perguntou ele, despertando ainda mais a curiosidade de Lucrécia.

Empertigando-se na cama, Lucrécia arregalou os olhos e emudeceu.

— Procura por sua filha, Antonietta, não é mesmo? – continuou ele. – Pois, em poucas horas ela virá até aqui para encontrá-la, minha irmã! Mas... se ainda desejar voltar para as zonas inferiores, não poderemos impedi-la.

— Minha Antonietta virá até aqui?! – perguntou incrédula. – Como isso é possível? Ela permanece na carne ao lado daquela... daquela infeliz!

— Não, minha irmã, engano seu! Antonietta vive em uma de nossas colônias espirituais há já quatro anos e, pelo que sei, encontra-se bastante ativa, trabalhando junto aos nossos irmãos recém-chegados da Terra!

— Minha Antonietta, desencarnada como eu? – perguntou radiante a pobre mãe com lágrimas nos olhos.

— Sim e se desejar realmente encontrar-se com ela aconselho-a a ficar – disse retirando-se do quarto.

Lucrécia não cabia em si, tamanha era a felicidade que sentia. Seu coração, até então tomado pela vingança que empreendera contra Cecília, tornava-se pouco a pouco brando ante a bendita esperança de reencontrar Antonietta. Seus pensamentos, tão logo o enfermeiro se retirou do quarto, voltaram-se para o longínquo passado vivido em terras européias, onde as recordações felizes, ao lado das filhas, modificaram por completo sua fisionomia. Por longo, longo tempo permaneceu revivendo aqueles dias e, por fim, disse como que tentando aliviar a enorme tristeza que há tantos anos carregava em seu Espírito:

— Ah!, minhas filhas! – exclamou ela com lágrimas nos olhos: – Quanta saudade! Quanta saudade carrego em meu coração!

Cerrando os olhos, embalada pela doce lembrança das filhas, adormeceu serenamente como há muito, muito tempo não fazia.

XXXVI

A AGONIA DE HELENA

Enquanto isso, na Terra, Helena recebia tratamentos intensivos sem, contudo, apresentar sinais de melhora.

— O caso da paciente Helena Lins – dirigia-se o diretor clínico da Casa de Repouso aos colegas, na reunião daquele dia – é bastante preocupador. O esposo, muito preocupado, nos tem ligado freqüentemente, a fim de inteirar-se plenamente de seu estado de saúde, no entanto, poucas esperanças pudemos lhe incutir, a respeito da cura da esposa – concluiu, verificando alguns gráficos à sua frente.

— Sim – disse Roberto —, nesses casos extremos como o da paciente em discussão, o melhor é preparar realmente os familiares para que não alimentem esperanças infundadas.

— Tenho em mãos os exames de sangue e também o eletrocardiograma que pedimos ontem e, pelo que pude avaliar, seu coração se encontra bastante sobrecarregado. A paciente vem apresentando quadros de dispnéia ao menor esforço físico – disse um dos médicos, sentado logo ao lado de Roberto, passando os exames para o diretor clínico.

— Hum, hum... está com um importante aumento de sobrecarga - concordou com o colega.

Roberto apanhou os exames e verificou, juntamente com os colegas, a gravidade do caso.

— É uma pena. É uma pena... - disse, meneando a cabeça. - O desequilíbrio espiritual ao qual ela se entregou permitiu o livre acesso de seus obsessores ao corpo físico, danificando gravemente seu órgão principal. É realmente uma pena! Quanto a essa anemia... — passou os olhos pelo exame - bem... já era esperada visto que tem recusado todo e qualquer tipo de alimentação, inclusive a parenteral! Diz ver "coisas" na alimentação. Foi necessário prendê-la no leito para que as enfermeiras conseguissem instalar o soro e a medicação e, mesmo assim, deu um tremendo "baile" nas pobres coitadas!

— Essa paciente é aquela que não aceita a idéia da desencarnação da filha, não é mesmo? - perguntou doutor Flávio.

— Sim, é ela mesma - respondeu o diretor. - E, além do fato de não aceitar o desenlace da filha, recusa qualquer tipo de ajuda, o que de certa forma tem prejudicado nossa atuação mais incisiva, pois, sem a vontade de obter a cura, tudo se torna mais complicado!

— Vou pedir ao doutor Milton Moraes que faça uma melhor avaliação cardíaca amanhã pela manhã e, mediante seu diagnóstico, voltaremos a colocar este caso em discussão! - disse o diretor, dando o caso por encerrado no momento.

Helena sentia-se exausta! Havia tido novos e horríveis pesadelos, agora com pequenos monstrinhos, totalmente disformes e mutilados que corriam ao seu encontro e lhe chamavam de mãe. Uma forte pontada no peito a fez gritar:

— Aiiiiii!!!! Aiiiiiii!!! Aiiiiiii!!!

Tentando desesperadamente chamar a enfermeira, Helena ergueu os frágeis braços, na tentativa de alcançar a campainha.

Depois de grande esforço, conseguiu, por fim, pedir ajuda.

— Chamou, senhora? - perguntou a jovem sorridente.

— Claro! - respondeu ela, franzindo a testa. - Não vê que estou... estou sem ar? - disse curvando-se para a frente. - Não... consigo respirar... - falou levando as mãos ao pescoço.

Imediatamente a enfermeira apanhou o oxigênio e colocou em seu rosto.
— Sente-se melhor, agora? - disse minutos depois.
— Não... acho que não! - respondeu ela passando as mãos trêmulas sobre o peito. - Sinto dores, muitas dores no peito. Parece que tem um peso enorme sobre ele. Chame o médico. Chame, chame doutor Roberto... - disse com grande esforço.

E percebendo que a enfermeira continuava a ajustar o equipamento de oxigênio, gritou:
— Ande, sua palerma! Chame logo o médico... não vê que... estou morrendo!

Minutos depois, Roberto adentrava o quarto acompanhado da enfermeira. A fisionomia de Helena estava constrita. Sua palidez contrastava com as enormes olheiras ao redor dos olhos.

Ofegante e impaciente, ela assistiu ao minucioso exame que o jovem lhe fez, sem dirigir-lhe diretamente o olhar. Após constatar a gravidade de seu estado de saúde e a disritmia de seu coração, Roberto disse:
— Vamos transferi-la para a unidade de terapia intensiva, dona Helena. Vamos precisar monitorar esse coração! - disse ele anotando os procedimentos na papeleta. - Não precisa se assustar, é apenas rotina nesses casos, logo, logo voltará para o quarto.

Instalada na unidade de terapia intensiva, às pressas, Helena foi colocada sob monitoramento constante e suas crises de apnéia, muito embora os esforços dos médicos, se agravaram minuto a minuto obrigando a equipe médica a radicalizar em seu auxílio.
— Vamos proceder a uma traqueostomia - disse o médico ao enfermeiro a seu lado. - Precisamos oxigenar seus pulmões imediatamente! Prepare o material.

Sedada a fim de suportar as fortes dores, ela permaneceu num estado entre a espiritualidade e a matéria. Ouvia e percebia a movimentação dos enfermeiros a seu lado, indo e vindo no atendimento a ela e a outros pacientes mas, ao mesmo tempo, ouvia os apelos da erraticidade que lhe martelavam a mente conturbada sem cessar. Sentia-se presa, amarrada, incapaz de defender-se dos ataques espirituais. O barulho contínuo dos aparelhos colocados em seu corpo pareciam ensurdecedores ante seus ouvidos que pareciam ter ampliado sua audição mil vezes.

Helena sofria, sofria muito. Sofria solitariamente os desmandos do rumo que dera, propositadamente, a sua vida material. Muitas horas depois, não saberia precisar quantas, talvez dias, Helena percebeu uma tênue luz vindo em sua direção. Tentou abrir os olhos, mas, não conseguiu. Um vulto lentamente se aproximou dela e estendeu a mão em sua direção. Sua voz era suave e bondosa.

— Vem filha! Vem comigo!

Seu Espírito, cambaleando, levantou-se, deixando inerte sobre o leito, seu corpo material. O alarme dos aparelhos imediatamente disparou anunciando o término de sua conturbada existência terrena.

Heitor foi notificado da desencarnação de Helena na manhã seguinte pelo celular e, imediatamente, rumou de volta à capital, deixando Maura e o filho ainda no hospital.

— Por favor, seu Antônio – disse ele apressadamente —, explique a Maura o ocorrido. Voltarei tão logo seja possível. Telefonarei dando notícias – falou arrancando o carro recém-consertado.

O corpo de Helena aguardava a chegada dos familiares e dos amigos na capela mortuária do Campo Santo. Sílvia e sua família foram os primeiros a chegar, depois, alguns parentes e amigos mais distantes vieram prestar-lhe as últimas condolências.

Heitor estacionou seu carro à entrada do cemitério. Ainda incrédulo, adentrou a pequena sala coberta de coroas floridas e faixas onde se liam frases de consolo e pêsames. Parado aos pés do caixão, Heitor olhou demoradamente para rosto da esposa antes de se achegar mais perto dela.

Helena parecia dormir, finalmente, o sono eterno dos justos. Uma espécie de alívio percorreu seu Espírito e, sentiu-se mal com essa sensação.

— Não, não desejei que isso acontecesse – pensou ele imediatamente. – Deus sabe o que me vai na alma. Ele é testemunha do quanto desejei sua cura. Só Ele é testemunha de minhas dores e meus anseios! Que Deus a receba, Helena, carinhosamente em Seus braços e perdoe seus pecados, permitindo que, finalmente, você

possa se juntar à nossa amada Rosemary! – pediu mentalmente, emocionadíssimo.
— Heitor, Heitor... – sussurrou Sílvia a seu lado, tentando consolá-lo. – Ela está bem, descanse. Encontrará ajuda na vida espiritual, esteja certo, meu amigo.
Heitor abraçou-se a ela e ao amigo que se achegara a eles.
— Não pensei que tudo acabaria assim... assim tão de repente! – disse, sentando-se ao lado deles, após receber as condolências de todos os presentes. – Doutor Novaes havia me dito na semana passada que seu estado piorara, mas... não pensei que chegasse a esse ponto! Julguei que continuaria assim, desequilibrada, mas, só isso!
— Nós sabemos, nós sabemos – disse Antenor. – Helena não vinha respondendo mais ao tratamento psiquiátrico e, nos últimos tempos, as crises alucinatórias haviam se intensificado muito a ponto de estar sendo sedada quase que o tempo todo.
Heitor meneou a cabeça, desconsolado.
— O que ocorreu, Heitor, você já sabe. O desequilíbrio mental e os obsessores – disse baixinho para que mais ninguém ouvisse – minaram não só o Espírito dela como também, e principalmente, o seu corpo material. Seu coração, seu sangue, seus nervos, seu corpo todo ficou entregue à atuação permissiva do plano espiritual inferior. Nada mais poderia ser feito aqui. Afagou as mãos geladas do amigo. Lá – e apontou para o alto – lá, nossa Helena receberá o tratamento de que tanto necessita.
Às dezoito horas em ponto, após uma comovente oração, feita por um dos dirigentes da Casa Espírita onde Sílvia e Antenor prestavam serviços, pedindo ao Pai que tomasse em Seus braços o Espírito atribulado daquela filha, o caixão, levando o corpo de Helena, juntou-se, enfim ao da filha naquele Campo Santo. Grossas lágrimas rolaram dos olhos de Heitor quando a lápide se fechou, colocando lado a lado, mãe e filha.

XXXVII

Helena na espiritualidade

De volta à casa, Honorina o esperava, ciente de tudo o que ocorrera.
— Entre seu Heitor, entre! – disse ela sensivelmente condoída pela tristeza do patrão. – Tudo passa na vida. Isso também vai passar, o senhor vai ver!
— Obrigado, Honorina, obrigado. Esses últimos anos não foram nada fáceis, agora parece que estou vazio, sem vida, estranho. É melhor eu subir e tentar descansar um pouco... – disse ele pensativo. – Estou exausto! – desabafou. – Não se preocupe comigo, vou tentar dormir um pouco. Depois nós conversamos, está bem?
A mulher ficou olhando o patrão subir lentamente as escadas e teve a impressão de que ele carregava o peso do mundo em suas costas.
— Pobre homem! – murmurou ela, afastando-se com a vassoura nas mãos. – Não merecia isso, não merecia mesmo!
Heitor deitou-se na cama e deu larga margem às recordações. Cada canto, cada detalhe daquele quarto guardava uma história de sua vida ao lado da esposa. Histórias de sonhos, de intenso amor,

de projetos de vida, de alegrias, de desilusões, de desamor e de sofrimentos. Não amava mais Helena, não da forma como um homem ama uma mulher, mas sentia por ela afeição de irmão, talvez até mesmo de pai, conjeturava ele com os olhos perdidos no horizonte da alma. Não se recordava de ter lhe desejado o mal em nenhuma ocasião de sua vida, muito pelo contrário, lutara pelo seu equilíbrio, pela sua cura, mas, sentia-se fracassado, irremediavelmente fracassado. Por fim, vencido pelo cansaço, adormeceu, libertando temporariamente seu Espírito das amarras da carne.

Helena murmurava frases desconexas no quarto em que fora colocada na Casa de Socorro Imediato Espiritual. Fora conduzida até ali por amigos espirituais responsáveis pela assistência dos pacientes da Casa de Repouso André Luiz e, imediatamente, seu Raul e dona Rose foram comunicados da chegada da filha ao plano espiritual.

A conselho dos amigos daquela casa, nada disseram a Rosemary aguardando momento oportuno para o fazerem. Sem entender ainda o processo pelo qual acabara de passar, chamava pela filha como habitualmente fazia.

— Rosemary, Rosemary, onde está você, minha filha? – insistia em repetir. – Eu preciso de você...

— Pobre filha! – disse seu Raul abraçado à esposa. – Não tomou consciência ainda de sua nova situação... Ficará ainda nesse estado de sonolência por alguns dias, me informou o irmão Lemos.

— Mas está conosco, não é mesmo, é isso que realmente importa agora! Ela acabará por encontrar a paz que tanto procura, Raul – disse ela beijando a face da filha. – Helena receberá aqui o auxílio que na Terra não permitiu que lhe dessem. Agradeçamos ao Pai essa bênção, querido!

— E Rosemary, como receberá a notícia? – perguntou ele.

— Da forma como seu coraçãozinho permitir, Raul, mas, pelo que tenho notado em nossa neta, acredito que saberá como se conduzir, e não me admirarei se não for ela o veículo escolhido para a redenção dessa pobre alma tão desnorteada!

Seu Raul sorriu, aquiescendo com a cabeça. Dona Rose tinha razão. Rosemary estava amadurecida e não seria de se espantar se realmente fosse ela a mensageira do Pai para iniciar a escalada evolutiva da mãe rumo ao equilíbrio e ao restabelecimento da fé.

— Vamos, vamos agora, Rose! Deixemos Helena entregue aos benfeitores desta casa. Deus olhará por ela! – disse, afagando os cabelos em desalinho da filha. – Graças aos méritos que Rosemary angariou no trabalho junto aos jovens recém-vindos da Terra, sua mãe teve a bendita graça de ser recebida aqui tão logo fechou os olhos para a vida terrena. É, Rosemary já começou seu trabalho junto à mãe, mesmo sem saber! – continuou emocionado.

— Eu sei, eu sei... – murmurou dona Rose com os olhos marejados. – Nossa filha recebeu de Rosemary o tratamento que poderia e deveria ter dispensado a ela, quando de seu desenlace: muita oração em prol de seu restabelecimento e atitudes cristãs que fizeram com que ela, mesmo sem perceber, intercedesse pela mãe, em sua hora crucial!

— Deus é justo, minha querida, muito justo, nós é que, muitas vezes, não compreendemos a Sua justiça! – disse, fechando a porta do quarto.

XXXVIII

LÁGRIMAS E BEIJOS UNINDO NOVAMENTE ALMAS AFINS

Rosemary estava postada à porta do quarto de Lucrécia. A seu lado, irmão Mateus a acompanhava naquele encontro de almas há tanto tempo separadas. Seu coração batia descompassadamente e um leve tremor lhe percorria o corpo denotando a ansiedade em que se encontrava. Percebendo o iminente desequilíbrio da jovem, irmão Mateus disse:

— Acalme-se, irmã! É preciso que restabeleça seu equilíbrio, pois que este será um encontro há muito esperado por sua progenitora em encarnação pregressa. Nossa irmã Lucrécia carrega ainda na alma a última impressão de sua existência terrena e, para tanto, deverá, por ora, apresentar-se a ela tal qual ela a conheceu, compreende? – falou, com bondade, colocando a destra sobre a cabeça da jovem.

— Sim, irmão Mateus, eu sei – respondeu ela respirando profundamente. – Deverei ser vista como Antonietta, sua filha.

— Pois bem, então, concentre-se e aos poucos sua forma

espiritual tomará os moldes dessa sua encarnação.

Rosemary fechou os olhos e, lentamente, começou a reviver na mente os quadros vividos na Europa, ao lado da mãe e da irmã. Minutos depois, sua silhueta começou a se modificar dando lugar à jovem camponesa daqueles tempos. Longos cabelos dourados, repletos de cachos caíam-lhe sobre os ombros nus. Sua vestimenta, como que por misterioso encanto, transformou-se, dando lugar às vestes humildes da filha de Lucrécia. Rosemary olhou para suas mãos e constatou que a modificação se completara plenamente.

— Estou pronta! – disse decidida. – Sinto a mesma chama de amor filial iluminar meu coração, embora tenha plena consciência de que sou também Rosemary, filha de Helena.

— Entremos então, minha irmã, Deus saberá orientar suas palavras e seu amor! – disse ele conduzindo-a.

Lucrécia estava acordada, sentada em seu leito e tinha o rosto virado para a ampla janela à sua direita. Lá fora o pôr-do-sol se iniciara e o espetáculo que as luzes ofereciam a deixaram distraída, tanto que, nem mesmo percebeu a presença da filha e de seu acompanhante quando estes se aproximaram de sua cama vagarosamente. Rosemary sentia a alma pulsar fortemente e o desejo que tinha era o de atirar-se nos braços daquela mulher e recobrar, num só segundo, todo o amor que um dia recebera e retribuíra sem medidas.

Lucrécia virou-se repentinamente como que recebendo os fluidos intensos de amor que a filha lhe destinava. Levando as mãos ao peito, soltou um grito de alegria:

— Minha filha! Minha filha! Você está aqui, meu Deus! Você está aqui! – exclamava, em lágrimas.

— Sim, minha mãe, eu estou aqui! – disse Rosemary, atirando-se em seus braços qual pequenina criança em busca de proteção.

Afagando nervosamente os cabelos da filha, Lucrécia proferia palavras de afeto e carinho, tentando resgatar, num só segundo, toda a carência, toda a saudade, toda a infelicidade que sentira durante anos e anos a fio. Lágrimas e beijos se misturavam naquele abraço que unia novamente duas almas afins. Por longo tempo ambas permaneceram ali, caladas, apenas olhando-se de um modo tão terno que nenhuma palavra seria mais necessária.

Irmão Mateus, ciente que sua presença já não era mais necessária, afastou-se deixando as duas mulheres entregues ao encantamento daquele sublime momento.

— Eu procurei por você, minha filha, por todos os cantos deste mundo... – disse ela emocionadíssima. – Vaguei por anos a fio à sua procura e... e... fui encontrá-la aqui, aqui onde jamais supus estivesse?!

Rosemary sorriu melancolicamente para a mãe.

— Tentei vingá-la, vingar sua morte, minha querida! Saiba que não descansei enquanto não acabei com a vida daquela que a tirou de mim! Não abandonei você, Antonietta, não me cansei enquanto não feri, mortalmente, aquela víbora assassina! – disse, satisfeita, enchendo-se de orgulho.

Rosemary ouvia Lucrécia com os olhos rasos d'água. Sentia a força do amor daquela mulher e a profundidade do ódio que ainda carregava em seu coração por aquela que, através da reencarnação, aprendera a amar como mãe.

Em dado momento, não contendo mais as lágrimas ante a descrição minuciosa de Lucrécia quanto aos atos insanos que praticara contra Helena, Rosemary desandou em um pranto copioso, que fez com que Lucrécia interrompesse imediatamente sua terrível descrição.

— O que houve, minha filha? O que está sentindo? Eu disse alguma coisa que a desagradou? – perguntou Lucrécia prostrando-se a seus pés, ansiosa. – Me diga, Antonietta, o que houve?

Rosemary levantou-se enxugando as lágrimas e visivelmente abatida disse:

— Sim, minha mãe, sim! – disse ela entre lágrimas. – Essa mulher que, em nosso humilde lar da fazenda, nos tirou a vida sem piedade, movida pelo ciúme desmedido e infundado, também me ofereceu a oportunidade da reencarnação para que, juntas, reparássemos e apagássemos os resquícios do mal por ela cometido outrora! Ocultas, sob a vestimenta carnal e o abençoado esquecimento do passado, eu e Cecília, ré e vítima, aliamo-nos na tentativa do reajuste e do perdão, nascendo entre nós um verdadeiro sentimento de amor que

transcendeu a matéria até os dias de hoje.
  Lucrécia abriu, desmesuradamente, os olhos, pasma, ante as palavras da filha.
  — Essa mulher amou-me como filha! Doou seu corpo e entregou sua alma a mim em nome desse amor... Como, como posso odiá-la se lhe devo também a vida? – perguntou ela soluçando.
  — Mas... mas e a mim? – inquiriu ela cambaleando. – Não me tens mais amor filial!?
  Rosemary olhou-a com extrema ternura. Uma ternura tão intensa e verdadeira que, no coração de Lucrécia, não poderia restar mais dúvidas. Agarrando-se à filha, qual náufrago desesperado e, olhando-a fixamente nos olhos, Lucrécia inquiriu desesperada:
  — Como, como é possível, Antonietta, como é possível amar a sua assassina como ama a mim que busquei nas profundezas do inferno a justiça que Deus não fez?
  — Nossa alma não foi criada com o objetivo de cultivar o ódio. Somente o amor e o perdão devem ser guardados com carinho em nossas almas. Se hoje erramos, tornamos nosso caminho pedregoso e cheio de tormentos, amanhã receberemos do Pai novamente a oportunidade da reparação de nossos erros e retomaremos o caminho correto que nos conduz à evolução de nossas almas eternas! Deus é justo, sim, muito justo, minha mãe! E a prova maior de sua justiça foi permitir que Cecília, aquela que, impensadamente, destruiu minha vida, se tornasse minha mãe e carregasse pesado fardo de sofrimentos e lágrimas até minha desencarnação precoce. Seu sofrimento foi atroz e solitário e seus dias terrenos não souberam o que era a paz e a felicidade. Amargou calada, embora não conseguisse nunca compreender e aceitar o porquê de tudo, a cobrança certa e precisa das dívidas de seu passado de culpas.
  — Mas e... eu? – inquiriu ela gesticulando nervosamente ante as palavras sensatas da filha. – Que me diz da justiça Divina no meu caso? Onde estava Ele quando me vi arrancada de meu lar, de vocês, de minha vida, quando... quando, à sua procura, vaguei feito cega pela escuridão da noite sem fim, ameaçada por seres diabólicos?
  Rosemary fez uma longa pausa cerrando momentaneamente os olhos.

— Estava dentro de seu coração, minha mãe, estava lá o tempo todo à sua espera! – disse tristemente. – Se houvesse cultivado a fé que tantas vezes nos disse possuir tão fortemente em seu coração... nós... nós não teríamos sido afastadas por tanto tempo após a desencarnação. Nossos caminhos teriam sido de luz e felicidade.

Lucrécia afastou-se rapidamente da filha indo até a janela, na tentativa de que a filha não lhe percebesse o que julgava ser uma fraqueza de sua alma. Seu olhar, endurecido, tentava conter as lágrimas que cismavam em rolar de sua face quais pérolas que buscam a luz para expor seu maravilhoso e intenso brilho.

— Ele estava lá, mamãe, estava lá na noite escura, na dor que invadiu sua alma, na solidão da procura, nas lágrimas que derramou por mim. Estava lá e você o negou, negou mil vezes movida pela sede de fazer justiça com as próprias mãos! Foi você, minha querida mãezinha, que O abandonou...

Lucrécia curvou-se no peitoril da janela e, erguendo violentamente o corpo para trás, gritou aos confins do universo:

— Oh! ohhhhhhh Deus! Ohhhhhh Deus! Ohhhhh Deus, me perdoe, me perdoeeeeeee! Que fiz de minha vida? Que fiz de mim, meu Deus? Tornei-me uma assassina igual a ela!

Rosemary lançou-se apressada em direção à mãe, abraçando-a fortemente. Agarrada ao corpo da filha, Lucrécia dava larga margem às lágrimas retidas há tanto tempo em seu coração. Por sua mente passavam ligeiros, quais relâmpagos, os quadros de horror que vivera nas zonas inferiores e os acertos absurdos que fizera para que conseguisse sobreviver impune naquela local dirigido por entidades perversas. Quadros e mais quadros de sofrimentos e lágrimas deslizavam à sua frente como a cobrar-lhe providências imediatas de reparação. Soluçando nos braços ternos da filha, Lucrécia entendia o mal que causara não somente a ela como também a Cecília, agora sua vítima.

— Não tenho perdão, Antonietta, não tenho perdão! – gemeu ela contorcendo-se em agonia.

— Deus é justo, minha mãe e saberá providenciar um modo para que, juntas, possamos ressarcir os débitos que haja angariado para seu Espírito. Confie, confie desta vez em nosso Pai Maior. Eu a amo, mãezinha, e não a abandonarei nessa empreitada de luz e perdão!

Lucrécia ergueu a cabeça que havia depositado no colo da filha e fitou-a carinhosamente.

— Sim – pensou ela —, você é o anjo que me conduzirá de volta ao verdadeiro caminho, minha filha.

As luzes daquela pequena colônia haviam sido acesas já há muito tempo. Do lado de fora, em constante oração, Mateus aguardava Rosemary a fim de reconduzi-la à colônia.

Quando, enfim, a lua já ia alta, Rosemary despediu-se de Lucrécia, renovando os votos de que ambas haveriam de brevemente tornar a ver-se e de que Lucrécia haveria de tudo fazer para que, o mais breve possível, pudesse iniciar sua nova jornada de redenção, aceitando, com resignação, os desígnios de Deus.

Dos olhos da jovem, um brilho intenso irradiava. A felicidade daquele reencontro e as palavras que ouvira dos lábios da mãe haviam feito com que se sentisse leve, quase que a flutuar no espaço. Nada em toda a sua vida, material ou espiritual, poderia se comparar à sensação que ela sentira, quando percebera no coração de Lucrécia o verdadeiro arrependimento a brotar qual rosa belíssima a espraiar seu intenso perfume.

Abraçada ao amigo e instrutor, Rosemary voltou para o convívio dos avós que a aguardavam, ansiosos, por saber como havia sido o encontro com Lucrécia.

XXXIX

A INQUIETAÇÃO DE MAURA

Alguns dias se passaram desde a desencarnação de Helena. Heitor, envolvido com papéis e alguns procedimentos urgentes, não retornara à cidade onde Maura e seu filho o aguardavam, no entanto, todos os dias ligava dando e recebendo notícias de ambos.

Maura havia tomado conhecimento da morte de Helena pelo pai e ficara bastante transtornada com o que ouvira a respeito do modo como a pobre mulher havia deixado o corpo físico.

— Oh, meu pai! Cada vez mais me sinto responsável por essa tragédia na vida de Helena – dissera ela aflita. – Como pude ser tão irresponsável, como pude? – se condenava ela. – Eu, intencionalmente, mudei o destino de Heitor e Helena. Nunca poderei me perdoar, nunca! Que direito tinha eu de interferir nas Leis de Deus, me diga meu pai, me diga?

— Pelo amor de Deus, Maura, o que é isso? Você não pode se culpar por todas as dores que, porventura, ela tenha sofrido! – retrucou o pai impaciente. – Cada pessoa é responsável pelo rumo que dá à sua própria vida. Santo Deus! Não fosse a fragilidade de seu Espírito, do qual somente ela é responsável, ela teria enfrentado a doença da filha como qualquer mãe, dita normal, enfrentaria! Todos nós perdemos e ganhamos coisas e afeições diariamente, no entanto, você não vê reações como as que ela teve "dando sopa por aí", ora essas! Sim, concordo plenamente, como sempre concordei que você agiu impensadamente, mas daí a se julgar culpada por tudo, vai uma longa distância, minha filha! Poderia ter existido felicidade naquela família, poderia sim. Se não existiu foi porque ela nunca permitiu que isso acontecesse, você sabe muito bem disso! Quantos pais e mães espalhados pelo mundo não enfrentam os mesmos problemas ou... ou até piores e que sabem conduzir suas vidas com serenidade, aceitando o inevitável e convivendo com eles de forma que não expulsem de dentro de seus corações a fé em Deus e a alegria de viver? Quantos pais e mães vêem seus filhos presos a doenças ditas incuráveis e conseguem fazer dos dias que restam de seus filhos um hino de louvor a Deus e à felicidade de tê-los a seu lado, um dia a mais que seja? Ora, Maura, Helena transformou a vida daquela menina e a do esposo num eterno martírio! Nunca soube dar valor ao dia de hoje. Sempre viveu da perda iminente, mais nada! E, quando a perdeu, o que fez? – perguntou ele nervoso –, trancou-se a sete chaves, aprisionando até mesmo o Espírito da pobre menina! – disse ele bastante exaltado com a filha. – Não é porque morreu que virou santa, não! Somos aqui o que seremos lá! – e apontando para o céu completou: – Tenho pena do que a espera, minha filha, muita pena mesmo!

    Maura silenciou diante das palavras do pai. Em certos aspectos, ele tinha razão, mas, seu Espírito não conseguia se aquietar mesmo assim.

    — Não sei se Heitor me perdoará quando souber de toda a verdade. Sinto medo, papai, muito medo de tudo isso – disse ela aflita. – Só sei que tão logo ele retorne, vou esclarecer tudo, tudo, tudo o que fiz sem esconder nenhum detalhe!

    — Assim será melhor, Maura. Esse segredo já fez com que você sofresse demais, demais da conta. E se realmente ele a amar, saberá perdoá-la. Não sofra mais por antecipação, minha filha, logo Heitor estará de volta e terão todo o tempo do mundo para se entender em definitivo ou não! Agora chega dessa conversa, passe para cá esse garotão que eu quero segurá-lo!

XL

AMIGOS NA DOR E NA ALEGRIA

Naquela noite, Sílvia e Antenor foram até à casa de Heitor, aceitando um convite para jantar, pois ele precisava lhes falar.

Logo após a pequena ceia que Honorina preparara antes de sair, Heitor, aproveitando pequeno silêncio que se fizera, disse:

— Eu os chamei até aqui porque preciso lhes contar uma coisa – disse meio sem graça.

— Pois fale, meu amigo! – disse Antenor.

— Bem, como vocês sabem, eu viajei por uns tempos para colocar as idéias em ordem e, por incrível que possa parecer... encontrei Maura.

— O quê? Você a encontrou? – Antenor estava espantado.

— Sim, eu a encontrei. Foi uma dessas coincidências que só acontecem em filmes, nunca na vida real, mas... aconteceu!

Em poucas palavras Heitor relatou aos amigos tudo o que havia acontecido desde a sua partida na noite em que fora despedir-se deles.

Boquiabertos, Sílvia e Antenor ouviram sem interromper um

minuto sequer.

— E agora? – perguntou Sílvia curiosíssima. – O que você pretende fazer, digo, o que tem em mente depois de tudo o que nos contou?

— A única coisa que realmente sei é que não posso mais viver longe de Maura e de meu filho – disse com a voz embargada pela emoção que se assomou dele. – O amor que sinto e senti por Maura desde o primeiro instante que a vi, não tem explicação racional, Sílvia. É algo que transcende o corpo material. Vai, vai muito mais além do que tudo, do que tudo o que um dia eu poderia imaginar. Não, eu não saberia explicar por mais que tentasse, compreende? – perguntou pensativo.

— Isso é com certeza "coisa" de outras vidas, meu amigo e, quando almas assim se encontram, não há nada que consiga separá-las, isso é certo! – concluiu Antenor seriamente.

— Bem, foi por esse motivo que os chamei aqui. Preciso da ajuda de vocês. Ajuda quanto às coisas desta casa, móveis, roupas de Helena, esta casa em si – disse pausadamente como que a se despedir de tudo o que um dia lhe fora importante. – Pretendo vender a casa e não desejo levar nada que me lembre o passado, compreendem?

— Sim – respondeu Sílvia. – Faremos tudo o que estiver ao nosso alcance para ajudá-lo, Heitor. E... quando pretende partir?

— Amanhã mesmo! Vou providenciar o acerto de contas com a Honorina e parto em seguida. Deixarei as chaves em sua casa antes de seguir em busca de meu destino. A imobiliária tem uma cópia das chaves e, quando o negócio se concretizar, vocês me avisarão, está bem? Quanto aos móveis e as roupas, faço uma doação ao centro onde trabalham, você saberá como melhor distribuí-los, Sílvia. Para onde vou... apenas o coração me bastará! Preciso iniciar minha nova vida com Maura e o bebê o quanto antes! Já sofremos demais! Agora, agora é o tempo da bonança, amigos!

— Assim é que se fala, Heitor! – justificou Antenor batendo com a mão em cima do tampo da mesa – e, se me permitem, vamos fazer um brinde a sua nova vida! – pediu, levantando a taça de vinho que tinha entre as mãos.

— Vida nova a um velho amigo! – brindou Sílvia muito radiante com a alegria que vinha do coração de Heitor.

Na manhã seguinte, muito cedo, Heitor partiu, levando na bagagem, muita esperança e um álbum com as fotografias daquelas que, um dia, haviam composto sua família material.

XLI

Casa de Socorro Imediato

Helena abriu desmesuradamente os olhos e, percebeu, aliviada, que os fantasmas que tanto a afligiam não estavam mais ali. Sacudiu a cabeça e aguardou amedrontada que eles reaparecessem, como de costume, a qualquer momento. Minutos depois, ciente de que estava só e livre dos horríveis monstros que a perseguiam, levantou vagarosamente a cabeça dos travesseiros, observou o quarto ao seu redor não o reconhecendo como o anterior.

Sobre uma pequena mesa colocada à sua direita, havia um enorme ramalhete de flores silvestres que deixavam no ar um delicioso e suave perfume.

As cortinas, muito alvas, balançavam ao toque da brisa, deixando antever em seu bailado, um extenso jardim que se perdia de vista.

Sentia-se incrivelmente bem para seu espanto. Arriscou puxar profundamente o ar dos pulmões e percebeu satisfeita que não mais respirava com dificuldade. Levantou as mãos até a altura dos olhos e constatou que, embora ainda trêmulas, pareciam mais fortes e

seguras.
— Onde estou? – perguntou-se baixinho. – Este não é o hospital onde estava. O que terá acontecido para que me trouxessem para cá, sem que eu percebesse?! Só me recordo de ter sido levada para a UTI e... e mais nada?! – conjeturou, levantando-se.

Ao tocar seus pés no chão, percebeu que suas pernas também estavam mais fortes e arriscou alguns passos em direção à janela, sorrindo com a proeza.

— Muito bem, Helena! Você está melhorando finalmente! – disse de si para si. — Parabéns!

Nesse instante, a porta se abriu e uma enfermeira de olhos muito claros entrou, trazendo nas mãos uma bandeja com alguns medicamentos.

— Bom dia, irmã Helena! – disse ela satisfeita por encontrá-la acordada e de pé. – Que agradável surpresa vê-la tão bem disposta e acordada! Vejo que está mais fortalecida do que esperávamos!

— Onde estou? – perguntou ela sem se importar com a gentileza da jovem. – Como vim parar aqui? Não me lembro de ter sido trazida para cá!

— Está em nossa companhia há já... deixe-me ver... – disse, olhando na papeleta colocada aos pés da cama – treze dias precisamente! – respondeu sorridente.

— Treze dias e... e como só agora me dei conta disso? – perguntou espantada.

— Bem... – disse a jovem enquanto preparava a medicação – você estava bastante debilitada então nossos instrutores acharam por bem mantê-la sob efeito de sedativos para que, aos poucos, restabelecesse seu equilíbrio espiritual.

Leonice, a enfermeira, continuou seu trabalho sem mais nada dizer e, quando a medicação já havia sido ministrada, disse:

— Dentro de alguns minutos, irmão Celestino e o doutor Francisco virão vê-la e... quem sabe?, eles possam esclarecê-la, está bem? Se precisar de ajuda, toque a campainha, por favor – completou gentilmente.

Irmão Celestino, um homem aparentando beirar os sessenta anos de idade e de dulcíssimo olhar, era o encarregado daquela instituição de amparo aos recém-chegados da Terra. Estava ali há bastante tempo e, por sua bondade e habilidade no trato com os pacientes rebeldes, era admirado e respeitado por todos.

Desde a chegada de Helena, estivera em constante contato com seus familiares, exceto com Rosemary que ainda não sabia da desencarnação da mãe, orientando-os quanto aos procedimentos que deveriam ser tomados para que seu restabelecimento se desse de maneira serena.

Dona Rose e seu Raul, não cabiam em si de felicidade com a chegada da filha pois sabiam que, envolta na roupagem carnal, Helena não conseguiria mais receber o tratamento de que tanto necessitava. Agora, liberta finalmente das amarras físicas que a prendiam à insanidade mental, tudo seria mais fácil.

Rosemary percebera a alegria da avó e, por várias vezes, perguntara o motivo de tamanha satisfação sem, contudo, obter uma resposta que lhe satisfizesse completamente a curiosidade.

Envolta com seu trabalho no hospital da colônia que, cada vez mais, lhe ocupava tempo e o Espírito, deixara para lá a curiosidade inicial.

Lentamente a porta do quarto de Helena se abriu, dando passagem ao irmão Celestino, ao doutor Francisco e a dois outros médicos que os acompanhavam nas visitas daquela tarde.

Helena estava sentada no leito e tinha a cabeça recostada em alvos travesseiros. Assim que os viu entrar, disse com a mesma entonação nervosa de sempre:

— Até que enfim, alguém surge para me dar explicações!

Os médicos se entreolharam como que confirmando as expectativas já aguardadas.

— Boa tarde, minha irmã! – falou calmamente irmão Celestino. – Vejo que sua aparência se encontra bem melhor hoje!

— É... – disse ela – Não sinto mais tanta falta de ar e parece que o cansaço que sentia, desapareceu.

— Já esperávamos por isso, irmã Helena. Um longo e reparador sono é, muitas vezes, a solução em casos semelhantes ao seu.

Ajeitando-se melhor sobre o leito, Helena perguntou:

— Onde estou e quem é o médico responsável por meu

tratamento agora visto que, pelo que percebi, não estou mais na Casa de Repouso?
— Somos uma equipe, minha irmã. Meu nome é Celestino, este é o irmão Francisco — disse apontando em direção ao médico que a observava calado —, e estes são o irmão Cláudio e o irmão Humberto. E, quanto ao local onde se encontra, sim, a irmã foi trazida para cá há aproximadas duas semanas – disse respondendo à pergunta de Helena, enquanto examinava suas pupilas. – Esta é uma Casa de Socorro Imediato.
— Socorro Imediato? – inquiriu ela. – Não me lembro de ter sido transferida para cá, quem autorizou a minha remoção, assim sem mais nem menos?
E, fazendo uma pequena pausa, disse:
— Ah, já sei! Deve ter sido Roberto... com toda a certeza foi a pedido dele que me trouxeram para cá, não foi? – disse apontando o dedo em riste na direção do pequeno grupo que a ouvia atentamente. – Bem que percebi alguma coisa estranha naquele homem ultimamente. Ele ficava me olhando, observando, parecia me analisar e, quando eu me queixava dos pesadelos, sabem o que ele fazia? Nada! Nada mesmo! Um total incompetente, isso sim!
Percebendo o crescente desequilíbrio de Helena, irmão Celestino se adiantou interrompendo-a:
— Sim, minha irmã, foi a pedido dele que a trouxeram para cá, mas engana-se, não foi por sua incompetência e sim por seu boníssimo coração – explicou bondosamente. – Irmão Roberto tem sido um abnegado trabalhador na seara terrestre e, graças à sua intervenção e também à de alguém muito ligado à irmã, é que Deus permitiu seu imediato resgate – disse, olhando-a fixamente nos olhos.
Helena sentiu-se constrangida com aquele olhar que parecia penetrar-lhe profundamente a alma, desvendando seus mais íntimos mistérios. Desviando ligeira os olhos, perguntou menos agressiva.
— O que quis dizer com "resgate"?
Foi irmão Francisco quem desta vez respondeu à pergunta feita.
— Para que melhor entenda o que aconteceu, vou avivar-lhe a

memória através da indução, está bem? – perguntou aproximando-se e colocando suas mãos sobre sua cabeça.

Imediatamente Helena se viu novamente na UTI terrestre, sofrendo horríveis dores no peito. Inúmeros aparelhos haviam sido conectados ao seu corpo e alguns enfermeiros estavam debruçados sobre ela.

Um estremecimento percorreu sua espinha de cima a baixo quando, naquele momento, ouviu o médico terrestre constatar sua morte física e pedir que desligassem os aparelhos que a ligavam à vida.

Atônita, abriu os olhos à procura de respostas.

— Morta, morta eu? Que brincadeira é esta? – riu nervosamente. – Eu... eu estou viva, eu... eu estou aqui, não estou? – perguntou incrédula.

— Sim, está aqui no plano espiritual, minha irmã! – respondeu doutor Francisco fazendo sinal para que seus dois assistentes lhe ministrassem passes calmantes. – A irmã deixou seu corpo entregue à terra naquela tarde e agora se encontra em tratamento nesta Casa de Socorro Imediato onde foi recebida imediatamente após seu desligamento.

Calada, Helena não encontrava palavras para argumentar. Sua boca secara e a muito custo conseguiu articular alguma coisa.

— Não é possível... isso não é possível... eu não acredito. E Heitor?... – balbuciou por fim.

— Seu esposo tem-lhe dirigido pensamentos de paz, pedindo a Deus por você, sim! – disse irmão Celestino carinhosamente afagando suas mãos trêmulas.

Ao contrário do que se poderia esperar, Helena não derramou nenhuma lágrima, não fez menção de se revoltar, gritar, correr ou qualquer coisa do gênero, erguendo os olhos lentamente na direção de irmão Celestino simplesmente ordenou:

— Quero ver minha filha, agora!

Sobressaltados com a arrogância da mulher, os dois assistentes se espantaram, interrompendo por segundos a energização que faziam.

— Continuem, irmãos! – pediu doutor Francisco. – Nossa irmã

necessita acalmar-se.
— Quero que tragam Rosemary aqui, agora, entenderam? - tornou ela sem desviar os olhos dele.
— No devido tempo, minha irmã, no devido tempo, quando estiver mais fortificada e preparada, terá permissão de avistá-la, por ora...
— Por ora, por ora o quê? - esbravejou ela. - Então nem mesmo aqui, poderei rever minha filha? Que diabo é esse Deus maquiavélico que até na morte me nega a companhia de minha filha? Que foi feito dela afinal?

Munido de imensa paciência e sabedoria irmão Celestino disse bondosamente:
— Acalme-se, minha filha! Não blasfeme mais! Não lhe será negada a companhia de sua amada filha, no entanto, é preciso que tenha merecimento e permissão do Alto para que isso aconteça. Graças à interferência dela e de irmão Roberto, a irmã não sofreu a punição do abandono à própria sorte nas regiões inferiores nas quais estava predestinada a permanecer por algum tempo. No entanto, a presença de sua filha a seu lado só acontecerá no momento em que seu coração estiver aberto ao entendimento real da bondade e da Justiça Divina.
— Justiça? De que justiça você está falando? - perguntou ela com extrema ironia. - Por acaso é da justiça que Ele cometeu comigo, arrancando meu único bem de junto de mim?
— Sim - respondeu ele - dessa mesma justiça, minha irmã!

Helena estremeceu ante a seriedade com que ele respondeu à sua irônica pergunta.
— Enquanto a revolta continuar a habitar seu coração, questionando porquês sem sensatez, e dirigindo seus atos com extremo desequilíbrio, não lhe será permitida a bênção desse tão sonhado reencontro – aclarou irmão Celestino, seriamente. - Somente quando, realmente, brotar em seu coração a chama do arrependimento sincero, da humildade e estiver preparada para confrontar, com serenidade, seus débitos do passado é que, finalmente, lhe será permitida a bênção que tanto deseja, minha filha!

Helena não ousou revidar aquelas palavras, muito embora, seu desejo fosse de expulsá-lo de seu quarto naquele instante.

De lábios cerrados, ouviu as últimas palavras do homem, sem tornar a interrompê-lo.

— Trazemos impregnadas em nosso Espírito, minha irmã, as impressões de nossa existência, de nossos atos praticados, sejam eles bons ou maus e nada ocultamos de nosso Pai Maior que a tudo vê e tudo percebe. Seu Espírito, minha filha, carrega ainda as impressões funestas do desequilíbrio que causou conscientemente ao seu organismo material e espiritual, acarretando seu desencarne quase que desejado, não é mesmo?

Helena olhou-o com o canto dos olhos, sem nada responder.

— Pois bem – disse ele bondosamente –, aqui em nossa casa, a irmã terá a oportunidade de reabilitar seu Espírito através do estudo, do trabalho, do exercício da fé e da caridade despretensiosa, buscando, desta forma, recuperar o tempo perdido em tristes lamentações egocêntricas. Somente de seu esforço dependerá, doravante, o mérito do reencontro!

Depois, percebendo que Helena, embora tentasse não dar importância às suas palavras, o ouvia atentamente, disse:

— Sua saúde, como pode perceber, encontra-se muito bem, não é mesmo? Nenhum ou quase nenhum incômodo a perturba, não é verdade? – perguntou sem esperar resposta. – Essa bênção a irmã deve a sua filha Rosemary que, desde que se viu apta ao trabalho, lançou-se a ele sem esmorecer, dedicando todos os seus créditos em seu favor para que não sofresse o quanto ela sofreu quando de sua passagem para o lado de cá.

Helena virou-se repentinamente cravando os olhos friamente em irmão Celestino.

— Rosemary, minha pobre filha sofreu? Ela sofreu depois de morta? – perguntou aflita. – Sofreu o quê, como, quem a fez sofrer, diga, diga, diga o nome do infeliz que maltratou minha filha? – gritou ela desnorteada com tal revelação.

Um silêncio se fez a seguir.

Apenas o arfar agitado da respiração ofegante de Helena se fazia ouvir naquele aposento.

— Quem foi o infame capaz de prejudicar minha pobre filha? – perguntava ela, agitando-se cada vez mais. – Por que não me dizem o nome do miserável? Estão com medo do que eu possa fazer com ele, é isso! – esbravejou ela.

Irmão Francisco, olhando-a docemente nos olhos, disse pausadamente:

— Você, minha irmã, você torturou por muito tempo o Espírito frágil de sua filha, impondo-lhe terríveis dores e sofrimentos.

Levantando-se num repente, Helena correu em direção à janela, na tentativa de afastar-se deles, encostando-se, qual animal acuado, na parede.

— É mentira! Mentiroso infame! – gritou levando as mãos aos ouvidos. – Não quero ouvir mentiras! Você mente, vocês mentem, querem me enlouquecer, é isso! – falou enquanto se deixava cair de joelhos no chão em copioso pranto.

Os dois assistentes aproximaram-se dela e a ergueram reconduzindo-a ao leito.

— Deixe que as lágrimas lhe banhem a alma. Elas lhe farão bem, minha filha. Era preciso que soubesse o quanto sua revolta contra os desígnios de Deus atingiu diretamente sua filha para que, finalmente, tomasse consciência do quanto seus atos insanos conturbaram não só a sua existência, como também a dela – comentou, fazendo um pequeno sinal para que doutor Francisco lhe induzisse o sono profundo, bem-vindo naquele momento. – Agora irá dormir profundamente, minha filha e, quando acordar, se recordará plenamente de nossa conversa e refletirá então sobre ela – e afagou suavemente seus cabelos até que seus olhos se fechassem por completo.

— Pobre mulher – falou irmão Cláudio assim que Helena adormeceu. – Que revolta há em seu coração, meu Deus!

— Quase não consegui ministrar-lhe a energização calmante – falou irmão Humberto justificando a extrema agitação em que Helena se encontrava.

— Não, não é culpa de ninguém, meu irmão – respondeu doutor Francisco —, nossa irmãzinha é bastante relutante e, como pudemos claramente perceber, nem mesmo a morte do corpo físico a afetou ou... a impressionou. Não houve nenhum sentimento a respeito do esposo ou de quem quer que fosse – disse pensativo. – A única coisa que realmente faz sentido para ela é a obsessão que tem pela filha, mais nada!

— Poderíamos ter adiado essa revelação, contudo, somente adiaríamos o inevitável, compreendem? – disse irmão Celestino aos assistentes. – Não haverá cura se não houver conhecimento de toda a verdade, por mais cruel que ela possa parecer. Nossa irmã terá ainda momentos de intensa crise de consciência até que restabeleça o equilíbrio perdido. Aos poucos, mas continuamente, faremos regressões até que, finalmente, nossa irmã tenha plena consciência de seus atos e das conseqüências deles na vida de sua família. Será doloroso, mas necessário!

— E quanto aos pais, isto é, a irmã Rose e o irmão Raul? Seria de bom alvitre um encontro agora? – indagou ao amigo.

— Penso que ainda é muito cedo. Deixemos que a solidão aja no coração de nossa irmã por enquanto! Eles compreenderão nossa atitude e saberão aguardar com paciência – concluiu com serenidade.

O pequeno grupo se retirou, deixando Helena dormindo profundamente.

XLII

O SEGREDO DE MAURA

Heitor avançava veloz pela rodovia que o conduziria até Maura. A paisagem, que rapidamente passava por ele, não lhe chamava a atenção. Seu pensamento estava voltado para o reencontro com a jovem, logo mais ao cair da noite. Olhou para a pequena bagagem colocada no banco a seu lado e sorriu. Era tão pouco o de que precisava para ser feliz que chegou a rir de si mesmo. Ligou o rádio e deixou que o som suave da melodia que tocava lhe embalasse o coração, agitado pela crescente euforia.

Quando as luzes da cidade começaram a ser acesas, Heitor estacionou seu carro em frente à casa de seu Antônio que, ao ouvi-lo buzinar, correu abrir o enorme portão da garagem.

— Como vai, meu filho? Já estava preocupado. Pensamos que chegaria pela manhã.

— Não consegui sair cedo como havia previsto – disse sorridente –, quis comprar algumas coisas para Maura e o bebê antes de vir... presentinhos, sabe como é? Trouxe algo para o senhor também, afinal... preciso ganhar a simpatia do sogro, não é mesmo? – falou sorridente. – Onde está Maura? – perguntou.

— Está lá dentro, meu filho, agora vive às voltas com o menino o tempo todo, até parece que nunca...

— Que nunca o quê, seu Antônio? - perguntou Heitor enquanto retirava a bagagem do carro.

— Ora... que... que nunca viu uma criança, ora essa! - respondeu ele gaguejando.

Maura o esperava à porta e seus lábios se tocaram num longo e apaixonado beijo.

Depois de colocarem todo o tempo que estiveram separados em dia, não deixando escapar um detalhe sequer, Heitor disse:

— Bem, Maura, aí está tudo o que realmente ocorreu desde que parti de volta para a capital. Foi um período muito desgastante, mas, acabou! - respirou profundamente. - Sílvia e Antenor saberão dar um bom destino ao que restou. Ah! Tenho novidades! - tomou suas mãos nas dele. - Pedi demissão do escritório. Vou começar do zero, mas, começaremos juntos! - disse olhando-a ternamente. - Andei me informando esses dias e... sabia que aqui tem grandes possibilidades para mim? É, mocinha, desta vez não nos separaremos mais! - disse rindo. - Para começar... vou pedir sua mão a seu pai e... depois, casaremos como manda o "figurino". Aceita meu pedido tardio? - perguntou, emocionando-se.

Maura deixou que lágrimas de alegria rolassem de seus brilhantes olhos em resposta ao seu pedido, no entanto, seu coração estava terrivelmente oprimido naquele instante.

Não se contendo mais, Maura levantou-se e, num repente, deixou que as palavras há tanto tempo trancadas em seu peito viessem à tona, sem pensar nas conseqüências de tudo.

— Não, Heitor, não! Não posso aceitar seu pedido sem que antes lhe revele um segredo. Um segredo que carrego em minha alma e que poderá fazer com que me odeie, me odeie com todas as forças de seu coração!

Heitor, sobressaltado com a atitude repentina de Maura, estacou a sua frente, pasmo.

— Não fale, por favor, não fale nada! Preciso colocar para fora tudo o que tenho trancado aqui dentro - disse ela batendo no peito - senão vou explodir, vou morrer!

Heitor, que ameaçara perguntar do que se tratava, calou-se ansioso. Seus olhos, até então repletos de amor e ternura, anuviaram-se e seu coração batia agora descompassadamente dentro do peito.

— Foi há muito tempo... – começou ela gaguejando – muito tempo mesmo. Eu era jovem, cheia de sonhos, planos de carreira paramédica, pois havia me formado na faculdade de enfermagem há pouco mais de um ano e trabalhava em um dos hospitais da capital com um renomado obstetra de quem, com certeza, você irá se lembrar, quando lhe disser o nome: doutor Eleutério Moraes, recorda-se?

Heitor, emudecido, ouvia sem interrompê-la.

— Pois bem! – disse ela ciente de que ele sabia sobre quem ela estava falando. – Durante algum tempo, fui sua assistente na preparação da fertilização de suas pacientes na clínica e, vez por outra, o acompanhava também nas cirurgias mais complicadas no hospital.

A essa altura, seu Antônio, apreensivo, viera ter com eles na sala e se sentara de costas, virado para a enorme janela que tinha vista para o mar. Com o olhar perdido no horizonte, pedia a Deus que iluminasse o coração da filha e, principalmente, o entendimento de Heitor, pois que a revelação que estava por vir selaria em definitivo o destino de ambos.

Heitor fez menção de falar, mas, foi interrompido por Maura.

— Não, Heitor, não me interrompa, por favor, ou não terei coragem para continuar – pediu ela entre lágrimas.

— Foi então que, certa tarde, conheci Helena.

Heitor remexeu-se no sofá, aflito.

— Ela havia vindo ao consultório para alguns exames de rotina, pois já se aproximava a data do parto. Eu me encontrava na sala ao lado e, desta forma, eu a via, mas não podia ser vista – disse ela, como que a relembrar aquele breve encontro. – Helena estava muito ansiosa e deixou bastante claro a doutor Eleutério que aquela gravidez representava o seu motivo de vida, pois que, se alguma coisa acontecesse ao bebê, ela, com toda a certeza, se mataria sem mais pensar.

Heitor enrubesceu ante a constatação daquilo que realmente pressentira por várias vezes durante a gravidez da esposa.

— Durante o exame, doutor Eleutério constatou um aumento da pressão arterial de Helena, bastante significativo, e os batimentos cardíacos do bebê não se encontravam mais nos níveis normais. Cauteloso, doutor Eleutério recomendou o pronto internamento dela e a monitoração do bebê, recorda-se? – perguntou ela.

Heitor fez que sim com a cabeça.

— Naquele mesmo dia, Helena internou-se no hospital e após algumas horas foi constatada a necessidade de intervenção cirúrgica. Foi submetida à cesariana de emergência dando à luz a sua filha – disse fazendo uma pequena pausa onde buscou forças para continuar, visto que sua voz estava entrecortada pela emoção e o extremo nervosismo que cada vez mais se apossava dela. – Rosemary não respondeu bem aos estímulos assim que nasceu e, lá mesmo, no centro cirúrgico, teve duas paradas respiratórias muito importantes. Socorrida pelo neuropediatra, foi levada à UTI, na tentativa de salvá-la. Enquanto sua pequenina filha se debatia entre a vida e a morte, Helena era submetida à cirurgia radical de retirada de seu útero, pois que a hemorragia não estancava, pondo em risco sua vida – disse olhando profundamente nos olhos de Heitor.

— Na sala ao lado, cirurgia semelhante era também realizada, contudo, a mãe, uma mulher de vida desregrada e abandonada pela sorte, não resistiu vindo a falecer no instante em que sua filhinha vinha ao mundo já relegada ao abandono, pois que não possuía familiares para quem se pudesse destinar a criança.

Heitor sentiu suas pernas fraquejarem, pressentindo que a revelação que estava por vir afetaria imensamente toda a sua vida. Um calafrio lhe percorreu o corpo e sentiu que as forças iriam lhe faltar. Respirando com dificuldade, continuou a ouvir a voz de Maura a lhe falar sem que houvesse tempo para se refazer.

— Depois, o que aconteceu nos corredores do hospital naquela noite, você também foi testemunha – disse ela deixando seus braços penderem ao longo do corpo. – O desequilíbrio de Helena no momento em que soube do estado de saúde de Rosemary, comoveu a todos, pois que somente um milagre seria capaz de salvar a vida de sua filha que agonizava, muito embora os cuidados intensivos – disse ela enxugando as lágrimas. – Naquela madrugada, a pedido de doutor Eleutério, eu havia ficado ao lado da menina a fim de avisá-lo caso seu estado se agravasse ainda mais. Duas crianças apenas se encontravam naquela unidade, Rosemary e a menina cuja mãe falecera. Naquela fria madrugada, poucos minutos antes de Helena entrar sorrateiramente na UTI, Rosemary, repentinamente parara de respirar vindo a falecer diante de meus olhos antes mesmo que eu pudesse fazer alguma coisa ou chamar o plantão médico – disse soluçando. – Retirei a pulseirinha de identificação de sua filha, colocando-a no berço ao lado. Preparei seu corpinho na sala ao lado e, quando ia me dirigir ao telefone para ligar para doutor Eleutério, avisando-o do ocorrido, presenciei uma cena que me deixou atordoada. Helena segurava docemente entre os braços o bebezinho órfão que, incrivelmente, a olhava como a pedir por socorro – disse fazendo uma longa pausa.

Heitor tinha os olhos marejados pelas lágrimas e o rosto escondido entre as mãos.

Maura sentiu o quanto aquela revelação havia mexido com os sentimentos daquele homem que representava tudo em sua vida e, por segundos, sentiu vontade de morrer ao invés de causar-lhe ainda mais sofrimento. Seus lábios tremeram, mas, buscando forças no fundo de sua alma, continuou:

— Helena me olhou então, deixando que um largo sorriso lhe iluminasse o rosto, enquanto sussurrava baixinho: É minha filha! É minha filhinha, olhe, veja que linda!, disse muito emocionada. Esperei por ela a minha vida toda! E, beijando-a ternamente, pediu que eu cuidasse dela com muito carinho, pois que aquele bebezinho era o único bem que Deus havia lhe dado até então – disse Maura repetindo as palavras de Helena. – Helena saiu em seguida e eu... eu... eu não pude lhe dizer que aquela criança que havia estado em seus braços cheios de amor não era a sua filha.

Maura caminhou vagarosamente até a janela e olhou através do vidro para o céu repleto de estrelas cintilantes, como a pedir aos céus a compreensão para sua atitude impensada. Depois, virando-se para Heitor, que continuava com a cabeça entre as mãos, prosseguiu:

— Então, eu, julgando-me detentora do destino daquelas duas vidas em minhas mãos, deixei que o coração falasse mais alto, não analisando as proporções terríveis que meu ato poderia causar e... e tomei uma decisão, decisão essa da qual me arrependi amargamente anos depois quando novamente nossos caminhos se cruzaram ao acaso. Troquei as pulseiras e as papeletas de identificação dos bebês sem pensar no ato insano que cometia – disse, deixando-se cair em uma cadeira a seu lado. – Ninguém percebeu meu ato e, dois dias depois, Helena deixou o hospital levando com ela a pequenina órfã. Depois, anos mais tarde, encontrei-a novamente no hospital, iniciando o tratamento para a hemofilia – disse desolada. – Não é necessário dizer que, desde aquele dia, não tive mais paz em meu coração! Passei a assistir ao sofrimento imposto por mim a ela e a você e cada vez mais me sentia culpada por tudo o que ocorrera desde aquela fatídica noite! Então... então resolvi não apenas assistir de longe as conseqüências de meu ato insano. Pedi demissão de meu emprego, esquecendo os sonhos dos bancos de faculdade, pois que, não me julgava mais digna deles e me candidatei ao trabalho doméstico em sua casa! – disse soluçando. – Precisava estar ao lado delas, precisava ajudá-las de alguma forma, pois minha culpa queimava meu Espírito dia e noite! – gritou desesperada. – Perdão, Heitor, perdão pelo mal que lhes causei, meu Deus, meu Deus, o que fiz com sua vida, o que fiz? – repetia ela soluçando ajoelhada a seus pés. – Eu não queria que as coisas tomassem o rumo que tomaram, eu não queria me apaixonar por você, eu não queria nada, nada, nada disso! – Soluçava ela agarrada às pernas dele que, emudecido, nenhuma reação expressava que pudesse denotar o que lhe ia na alma.

Seu Antônio correu em direção da filha, erguendo-a do chão.

— Chega, Maura, chega! Já chega minha filha! – disse ele abraçando-a fortemente. – Você já se puniu o suficiente nesta vida, minha filha!

E, virando-se para Heitor, disse com a voz embargada pela emoção:

— Não peço que compreenda ou que perdoe o ato impensado

de minha filha, mas, quero que saiba que não houve um dia sequer, desde a tarde em que Maura avistou novamente Helena no hospital, que Maura não tenha pensado em lhes revelar a verdade e arcar com as conseqüências, até mesmo jurídicas, de tudo, no entanto, movido pelo mesmo sentimento que a fez agir daquela forma, também eu passei a ser cúmplice dessa trama macabra do destino, aconselhando-a a não o fazer, em nome do imenso amor que, tanto você quanto Helena, haviam depositado naquela pobre criança.

    Heitor lentamente ergueu os olhos do chão e, sem nada dizer, saiu cambaleante, deixando Maura terrivelmente prostrada nos braços do pai.

XLIII

Juras de amor eterno

A noite estrelada foi testemunha do copioso pranto que emergiu da alma daquele homem desolado e solitário que caminhava sem destino. Estendido na areia ainda quente da praia, Heitor deixou que as lágrimas e as lembranças passadas ao lado de Helena e da filha lhe assomassem todo o ser em convulsivo choro. Extenuado, quando a madrugada já ia alta, adormeceu, embalado pelo marulhar das ondas quebrando naquela praia deserta.

Dona Maria, sua mãe, acolheu seu Espírito cansado em seus braços e carinhosamente afagou seus cabelos em desalinho.

— Meu filho, meu pobre filho – disse ela bondosamente. — Não se desespere! A justiça Divina precisava se fazer cumprir dessa forma estranha e incomum ante os olhos humanos! Nada, meu filho, nada foge ao controle do Pai que é sábio e justo em seus desígnios! Foi necessário que Maura, esse boníssimo Espírito enviado pelo Pai ao convívio de seu lar, assim agisse, como um instrumento de ligação para que Helena e Rosemary, finalmente, tivessem a oportunidade do resgate que elas mesmas escolheram para suas vidas terrenas... Não sofra mais do que já sofreu, filho meu! Busque o perdão em seu coração e siga... siga ao lado daquela que há muito amou e ama verdadeiramente! – sussurrava ela docemente em seus ouvidos espirituais que, aos poucos, assimilavam seus conselhos, qual menino indefeso e desnorteado, ante tamanha revelação. – Velarei por seu sono, amado meu, velarei por sua felicidade... – disse ela aconchegando ternamente o Espírito adormecido do filho em seu colo macio, até que os primeiros raios do sol começaram a iluminar a face da Terra novamente.

A claridade ofuscou os olhos de Heitor fazendo com que ele levasse as mãos ao alto, na tentativa de encobri-los. Assustado, levantou-se rapidamente, limpando a areia que se misturara à sua roupa.

Olhou ao redor e percebeu que havia caminhado vários quilômetros, sem perceber o quanto se afastara da casa de Maura.

Olhou no relógio e constatou que ainda era muito cedo. Sentou-se em uma pedra e ficou a olhar o mar por longo tempo, imóvel. Em sua mente, relembrava, minuciosamente, cada detalhe das palavras de Maura na noite anterior, tentando ainda assimilá-las, mas, a vaga e confusa lembrança de que havia sonhado com a mãe insistia em lhe vir à cabeça constantemente, atordoando-lhe os pensamentos.

Palavras soltas bailavam em seu cérebro sem, contudo, se completarem: Maura... Helena... era preciso... era preciso, meu filho! Reajuste... reajuste... reajuste! Perdoe filho!

Seu coração estava confuso. Deixara a casa de Maura, sem proferir palavra e agora, agora se sentia culpado por tê-la abandonado daquela forma irracional, sem sequer expressar o que lhe ia na alma naquele momento crucial de suas vidas. Repentinamente, levantou-se e olhando para o alto disse com toda a força de sua alma:

— Não, meu Deus! Não posso viver sem essa mulher, não posso! – gritou ele ao léu. – Eu a amo, por Deus eu a amo, admito, sim admito, meu Deus, eu a amoooooo!

Saiu em desabalada correria, ganhando a rua pedregosa e, em poucos minutos, viu-se parado, ofegante, em frente ao portão da casa de sua amada.

— Maura! Mauuura! Me perdoe, meu amor, me perdoe! Eu a

amo! – gritou ele em alto e bom tom, acordando os vizinhos que, um a um, curiosos, abriam as janelas de suas casas.

— Mauuura, eu a amoooo! Por Deus, me perdoe!

Estarrecida e incrédula, Maura abriu a janela de seu quarto e entre lágrimas e risos de alegria, avistou a figura amada a lhe suplicar por perdão.

Abraçados, Heitor e Maura juraram amor eterno, ali mesmo na calçada, entre os aplausos dos vizinhos e as lágrimas de seu Antônio, pondo fim aos desencontros de vidas passadas.

Rosemary passou a visitar constantemente Lucrécia e já não necessitava mais voltar à sua forma anterior. Abraçadas, caminhavam agora ao redor do jardim central da Casa de Socorro Imediato, conversando alegremente sobre seus planos em comum para o futuro.

— Tenho assistido às palestras noturnas diariamente, querida! – disse Lucrécia animada. – São maravilhosas, minha filha! E sabe o que mais? – perguntou com ar de riso. – Vou começar a trabalhar! Finalmente, depois de tantos meses, poderei me sentir um pouco mais útil aqui nesta abençoada casa!

— Mãe! Não posso acreditar em tamanha bênção, meu Deus! – exclamou ela beijando-a inúmeras vezes. – Deus tem sido bom demais conosco, mãezinha! E onde é?

Lucrécia, tomando ares de importância, disse:

— Vou trabalhar junto ao rio com a caravana de cura de irmã Maria Antônia.

— Junto ao rio, fazendo o quê? – inquiriu ela curiosa.

— Pelo que soube, vou iniciar minhas atividades, lavando as feridas de nossos irmãos necessitados – disse orgulhosa. – Irmã Maria Antônia, responsável pela caravana, me esclareceu que as águas que fluem daquele rio, em especial, têm o poder de sedar e curar feridas abertas de nossos irmãos desencarnados que passaram pelo sofrimento da lepra e outras doenças dilacerativas, entendeu?

Rosemary olhou ternamente para a figura sorridente da mãe e deixou que algumas lágrimas rolassem de seus olhos, emocionada com o desprendimento e a enorme força de vontade daquela mulher.

— Quero que saiba, minha filha – disse Lucrécia emocionando-se também – que... que estarei trabalhando em prol da recuperação não somente minha mas... mas, principalmente de Cecília, a quem muito prejudiquei na Terra. Preciso me redimir o quanto antes! – disse decidida.

Rosemary abraçou-se fortemente à mãe e nada mais foi necessário dizer naquele momento tão especial na vida daquelas duas almas afins.

Irmão Celestino, a certa distância, observava satisfeito o quadro a sua frente.

— Deus seja louvado! – disse baixinho. – Deus seja louvado mil vezes por sua sabedoria! – falou afastando-se vagarosamente.

XLIV

Encontro entre pais e filha

O esperado chamado para que dona Rose e seu Raul fossem ter com a filha, enfim chegara quase um ano e meio depois. Rosemary, sempre preocupada com a mãe, soubera da sua desencarnação e, a distância, intercedia por ela ao lado dos avós, em constantes orações em seu benefício. Aprendera a esperar pacientemente por sua recuperação, esperançosa de que, um dia, pudessem tornar a ver-se e abraçar-se como acontecera com Lucrécia.

Postados à porta do quarto de Helena, eles agora recebiam as últimas recomendações antes de a avistarem.

— Helena se encontra ainda bastante deprimida – disse doutor Francisco que os acompanhara na visita. – Ministramo-lhe sessões de regressão e, ciente do quanto prejudicou Rosemary, com sua obsessão, encontra-se agora em extremo abatimento. Não lhe revelamos ainda o passado funesto de sua encarnação pretérita, receosos de que se entregue ainda mais ao desânimo, o que seria de se esperar a essa altura dos acontecimentos. Nossa irmãzinha é bastante devedora e traz em seu Espírito a marca negra dos inúmeros abortos praticados para os quais urge o ressarcimento imediato – completou pensativo.

— Pobre filha, meu Deus! – disse dona Rose abatendo-se.

— Nossa irmã aguarda, ansiosa, o reencontro com a filha, no entanto, quis o plano reencarnatório que este seja retardado em seu próprio benefício.

— Como assim, irmão Francisco? – perguntou seu Raul preocupado.

— Irmã Helena retornará brevemente ao campo terrestre e lá, orientada por mãos sábias e caridosas, burilará, através do esquecimento e do trabalho árduo, seu Espírito endurecido. Sofrerá, é verdade, mas seu Espírito em muito evoluirá através das privações terrenas que a falta de recursos materiais lhe imporão para o sustento.

— Então, então não haverá o encontro de nossa neta e a mãe? – perguntou espantada dona Rose.

— Não, minha irmã, ainda não! – disse ele carinhosamente. – Nossa irmã Helena carregará uma saudade incompreensível em sua alma solitária e buscará nos filhos que adotará como seus o amor que dedicou a sua Rosemary, dando-lhes, assim, o amor que outrora lhes negou. Somente o retorno à matéria poderá trazê-la à razão novamente, pois que se recusa terminantemente a sair desse estado de alma. A culpa que carrega é imensa e o esquecimento temporário lhe será imensamente benéfico.

— E, e quando isso acontecerá? – perguntou chorosa dona Rose.

— Dentro de dois meses precisamente – respondeu ele. – Sua chegada já está sendo planejada com ansiedade, meus amigos! Maura e Heitor a receberão como filha muito amada, fruto da união espiritual e material que os uniu verdadeiramente. Iniciaremos os preparativos para sua partida dentro de quinze dias, até lá, peço que nos auxiliem intensivamente quanto à sua preparação emocional para o retorno à carne – pediu ele bondosamente. – A ajuda de vocês é imprescindível nesses momentos finais, meus irmãos!

Seu Raul enxugou uma lágrima furtiva. Enfim, chegara o momento que tanto havia buscado: auxiliaria diretamente sua filha agora! Dele e de dona Rose, dependeria o estado de alma com que a filha retornaria à Terra em busca de sua redenção!

Calados, mas cientes de que o regresso era necessário, seu Raul e dona Rose adentraram o quarto da filha, emocionados.

Helena estava recostada em uma confortável poltrona colocada próxima a janela. Seu semblante, abatido, denotava a guerra interior que seu Espírito travava consigo mesmo.

Vagarosamente o casal se aproximou da filha sem que ela percebesse suas presenças. Carinhosamente, dona Rose deslizou suas mãos por sobre seus cabelos, como fazia antigamente.

Um estremecimento fez com que Helena se voltasse rapidamente e se deparasse com a figura terna da mãe a lhe sorrir. A seu lado, seu Raul a olhava com extrema ternura.

— Minha mãe! - balbuciou ela, quase sem conseguir articular as palavras, tamanha era a emoção que lhe ia na alma. - Meu... meu pai! Oh! meu Deus, quantas lágrimas já derramei à espera de vocês! - disse por fim.

— Sim, minha filha, nós estamos aqui! - respondeu dona Rose com lágrimas nos olhos, abraçando-a com amor! - Deus permitiu que aqui estivéssemos hoje, meu bem!

Helena atirou-se freneticamente nos braços do pai e, por longo tempo, deixou que as lágrimas falassem por ela. Suas lágrimas, derramadas com sinceridade, expunham a alegria e o sofrimento aos pais.

— Não sabia, mamãe... - disse ela, enxugando os olhos - não sabia que havia prejudicado tanto minha filha, não sabia... - repetia ela na tentativa de justificar-se ante os pais. - Eles me mostraram tudo, tudo entende? Eu presenciei o mal que causei a ela... senti suas dores... - murmurava inconsolável.

— Nós sabemos, querida, nós sabemos. Mas, muitas vezes, tanto eu quanto seu pai tentamos avisá-la, intuí-la do grande mal que estava causando a ela e a você também! No entanto, você se negava a nos ouvir, lembra-se? - perguntou a mãe, olhando-a profundamente nos olhos.

Helena tentou desviar os olhos da mãe, mas, não conseguiu.

— A revolta em seu coração era maior, muito maior do que

a própria razão, minha querida – disse o pai. – Onde ficaram escondidos os ensinamentos aprendidos nos bancos da catequese, Helena?

Helena não respondeu, baixando a cabeça.

— Quantas e quantas foram as vezes em que sua mãe e eu nos sentamos na varanda de sua casa e, pacientemente, a alertamos para a gravidade do estado de saúde de Rosemary, minha querida, e de que deveria preparar seu coração para enfrentar com resignação a vontade de Deus?

— Eu não queria acreditar que isso um dia iria acontecer, compreendem, não queria acreditar! Por mais que as pessoas falassem, por mais que os médicos dissessem, eu não queria acreditar que Ele seria capaz disso! – gritou ela nervosamente.

Dona Rose aproximou-se da janela e, olhando calmamente para a paisagem a sua frente disse, estendendo a mão em direção de Helena:

— Veja, minha filha! Venha até aqui e veja!

Helena, indecisa, achegou-se dela.

— Olhe, querida, olhe para fora deste quarto, olhe para fora de si, ao menos uma vez em sua vida, e veja a bondade divina espalhando-se à sua volta! – e afagou as mãos da filha.

Helena observou, talvez pela primeira vez, em tantos meses ali confinada, o extenso jardim de rosas que se perdia no horizonte. Pessoas e mais pessoas, de todas as idades e raças, passeavam por entre os canteiros, acompanhados ou solitariamente.

— Essas pessoas, minha filha, também sofrem ou sofreram perdas, seja porque vieram antes ou... porque vieram depois, mas, todas, indistintamente, deixaram alguém que amavam, distante de seus olhos por algum tempo! Foi sempre assim, Helena, foi sempre assim. E será sempre assim, compreendeu? Não podemos negar a existência de Deus, pelo simples fato de que as coisas não saíram como esperávamos, não concorda?

Helena calou-se, tentando interiorizar as palavras da mãe.

— Devemos lutar pelos que amamos, sim, mas, quando esta luta é vencida pela imposição das leis divinas, nosso dever, como cristãos, é apenas aceitar sem questionar!

Dona Rose fez uma longa pausa e, segundos depois, disse com os olhos marejados pelas lágrimas das recordações:

— Sua revolta, minha filha, em nada ajudou Rosemary, você bem sabe disso e, com sua agressividade para com aqueles que tentavam ajudá-la, afastou de seu lado seus amigos mais sinceros e seu esposo Heitor!

Helena nada disse, mas, em seu pensamento, revia sua vida terrena, compreendendo aquilo a que a mãe estava se referindo, naquele instante.

Por horas, mãe e filha, abriram seus corações sem medos ou receios vãos, tentando recuperar agora a conversa que deveriam ter tido há muito tempo!

Seu Raul não interveio, permanecendo apenas em constante oração. Seus pensamentos elevavam-se ao Alto, fazendo com que energias calmantes penetrassem pouco a pouco no Espírito de sua amada filha, preparando-a para a aceitação de seu regresso à Terra.

Quando a noite desceu seu manto prateado por sobre aquela colônia, Helena viu os pais partirem, com a promessa de que retornariam brevemente.

De volta ao lar, seu Raul e dona Rose procuraram por Rosemary e a colocaram a par de tudo o que havia ocorrido naquela tarde.

— Minha pobre mãe retornará à Terra em breve? – inquiriu ela incrédula. – Mas, mas faz tão pouco tempo que chegou... digo... não é cedo demais, vovô?

Pensativo, seu Raul demorou algum tempo para responder à pergunta da neta:

— Em alguns casos, minha filha, há a necessidade da carne para que se retome a escalada evolutiva e, então, o retorno, mesmo que em curto espaço de tempo, é imperativo. Lamentavelmente este é o caso de sua mãe! Nada mais é possível fazer. Só nos resta agora aceitar a decisão do Ministério da Reencarnação e... ajudá-la, rezando muito para que desta vez ela consiga!

Rosemary abateu-se com a notícia e, procurando o colo da avó, debruçou sua cabeça sobre ele como a procurar consolo.

— Não se abata assim, minha querida! Irmão Francisco nos

adiantou que você terá oportunidade de vê-la antes da partida, mas, não será permitido que sua mãe a veja, compreendeu?

— Mas, vovó...

— Não, minha querida, não devemos questionar os planos traçados pelo Alto! – disse dona Rose, interrompendo-a com as mãos. – Confie como sempre confiou na Providência Divina, pois não temos compreensão suficiente e nem sequer evolução espiritual para questionar Sua sabedoria, não é mesmo?

— Não lastime, filha, e sim, agradeça mais esta oportunidade que o Pai oferece a sua mãe!

Nesse instante, alguém bateu à porta, interrompendo-os.

Rosemary levantou-se e abriu-a imediatamente.

— Boa noite, meus amigos! – disse Lucas, sorridente. – Posso entrar? – perguntou indeciso, por causa da fisionomia triste de todos.

— Sim, sim, entre – disse Rosemary, desculpando-se. – Não esperávamos sua visita esta noite e... bem... é que recebemos uma notícia que muito nos abalou e estamos ainda um tanto desnorteados com ela.

— Voltarei outra noite se...

— Não, meu jovem, você é de casa! Entre e lhe contaremos o ocorrido. Quem sabe possa nos consolar um pouco? – disse seu Raul aproximando-se dele. – Venha, sente-se aqui conosco!

Minutos depois, ciente do ocorrido, Lucas olhou meigamente para dona Rose e disse:

— Acho que sei exatamente como se sente, dona Rose!

— E como me sinto, meu rapaz! – disse ela carinhosamente.

— Se me permite a intromissão, diria que se sente como eu me senti quando minha noiva encontrou, na Terra, um substituto para mim! – disse rindo. – Me senti relegado a um segundo plano, sem esperanças de tornar a subir no pódium!

Todos riram da colocação simples do rapaz. E depois de muito se divertirem com seu palavreado um tanto displicente, ele continuou:

— Brincadeiras à parte, essa é a realidade! Não suportamos ainda a idéia de que somos todos membros de uma mesma família espiritual que troca de parceiros a toda hora, não é mesmo? Hoje a senhora se sente responsável diretamente por sua filha Helena porque ela lhe foi confiada assim, em sua última encarnação, não é mesmo?

— Sim, continue, meu jovem! - disse seu Raul. - Percebo aonde quer chegar.

— Então, dona Rose, como eu dizia, ao saber que ela, agora terá outra mãe carnal à qual amará da mesma forma e com a intensidade com que a amou, seu coração se afligiu, imaginando-se "descartada" do círculo familiar, não é exatamente assim que se sentiu? - perguntou ele à senhora.

— Confesso que sim, meu rapaz! - respondeu ela, envergonhada de seu aparente ciúme. - A idéia de que Helena terá outra mãe, outro pai e constituirá outra família carnal é bastante constrangedora para mim que, ingenuamente, me sentia insubstituível, confesso!

— Não se melindre, dona Rose, isso é perfeitamente normal na fase em que nos encontramos, saiba disso! Mas é preciso que se lembre também de que não pertencemos uns aos outros e que necessitamos dessa variedade de afinidades para que processemos integralmente nossa evolução e nossos reajustes, não é mesmo? - inquiriu ele brincalhão.

— Lucas tem toda a razão vovó. Estamos sendo egoístas, essa é a verdade! - disse Rosemary, afagando as mãos da avó. - O amor que mamãe sente por nós não se apagará com seu retorno, de modo algum!

— Eu sei disso, minha querida, eu sei! - disse ela meigamente. - Apenas não nos verá mais como a uma mãe, um pai ou uma filha e, sim, como queridos irmãos que um dia tiveram a felicidade de trilhar, lado a lado, os caminhos terrenos em busca de evolução!

— É isso mesmo! - concordou Lucas, num repente. - Agora, peço que me permitam roubar um pouco a neta de vocês! Quero que Rosemary conheça alguém muito especial! Quero apresentá-la a um tio muito especial que acaba de chegar da Terra e veio ter conosco lá em nossa colônia. Não nos demoraremos, estaremos de volta em... uma hora e meia, acredito - disse, olhando no relógio.

— Estejam à vontade, meus jovens! Rose e eu temos muito que

conversar ainda – e afagou os cabelos brancos da companheira.
Rosemary e Lucas saíram, deixando os avós sorridentes à porta.
— É, dona Rose. É chegada a hora! – disse seu Raul olhando ternamente para a companheira. – Novos laços familiares se formarão, novas tramas reencarnatórias surgirão, novos reajustes se farão e... a vida continuará, apesar dos pesares, a seguir seu curso sobrepujando obstáculos e angariando a tão almejada elevação espiritual! – afirmou ele, abraçando-a fortemente. – Assim é e sempre será até que um dia...
— Até que um dia nossos caminhos tornem a se cruzar em mundos mais evoluídos e mais felizes, não é mesmo, querido? – concluiu ela dando uma palmadinha na mão de seu Raul.
Depois, olhando longamente nos olhos do companheiro, suspirou profundamente dizendo:
— Um dia seremos nós, meu velho...
Seu Raul calou-se, emocionado. Também ele, muitas vezes, já pensara na separação que, inevitavelmente, um dia aconteceria entre eles.
Percebendo o traço de tristeza que surgiu nos olhos de seu amado, dona Rose, com seu ar sempre brincalhão, disse:
— Bem... agora chega, não é mesmo? Estamos parecendo dois enamorados despedindo-se no portão muito antes da hora marcada para a o verdadeiro adeus! Vamos ao que realmente interessa: nossa Helena!
De mãos dadas, seu Raul e dona Rose dirigiram-se para a sala e, sentados ao redor de uma pequena mesa, discutiram durante horas a maneira mais adequada, e menos sofrida, para darem à filha a notícia de seu retorno à Terra.

XLV

Preparativos para o retorno de Helena

Algumas semanas depois, no hospital da colônia, os preparativos para a volta de Helena se intensificaram. Dona Rose e seu Raul haviam comunicado à filha a necessidade do regresso e, como era de se esperar, Helena não se conformava com uma nova separação e insistia em rever a filha, mesmo que por breves momentos.

Seu Raul levara ao conhecimento do irmão Francisco e do irmão Celestino os insistentes pedidos da filha e, depois de avaliarem, com muito carinho, as reivindicações de Helena, houveram por bem permitir que ela se avistasse com a filha, momentos antes de seu regresso.

Mediante a promessa de que veria a filha, mesmo que por breves instantes, Helena não mais relutou, aceitando, pacientemente, esse tão esperado dia.

Doutor Francisco e sua equipe discutiam os pormenores da volta de Helena, analisando os documentos enviados pelo Ministério

da Reencarnação, minuciosamente.
— Programaremos seu retorno para o próximo dia 16 – disse irmão Celestino. – Nossa irmãzinha já está preparada e aguardando com "alguma" resignação.
— Amanhã, logo cedo – disse doutor Francisco, dirigindo-se aos companheiros sentados ao redor de uma enorme mesa oval – iremos ter com ela e lhe exporemos os pontos principais que nortearão sua volta à Terra, pontos esses, de suma importância para que consiga obter maior êxito em sua nova encarnação.
E, acionando um pequeno aparelho que trazia em suas mãos, fez com que uma tela, posta em uma das paredes, se iluminasse.
— Estes são os dados enviados pelo Ministério da Reencarnação – disse, apontando em direção à tela com um pequeno feixe luminoso de cor vermelha. – Aqui estão relacionados, nesta lista de objetivos, os pontos básicos a que nos referimos no início de nossa reunião. Nossa irmã Helena deverá cumpri-los, se não integralmente, pelo menos parcialmente, pois eles serão a mola-mestra que a impulsionarão à sua elevação espiritual, reabilitando-a das dívidas passadas que tanto a têm atribulado.
Um murmúrio se fez ouvir no recinto.
— Se me permite perguntar – disse irmã Eulália, um tanto assustada —, nossa irmã Helena conseguirá atingir os objetivos propostos nesta listagem, visto que se encontra ainda um tanto perturbada?
Irmão Celestino foi quem, pedindo licença ao amigo Francisco, respondeu à pergunta da jovem.
— Nossa irmã Helena não estará só em seu retorno, minha filha – disse com mansuetude. – Ela contará com uma grande e importante aliada em sua evolução que é nossa irmãzinha Maura, que a conduzirá, com amor e sabedoria, desde o berço. Irmã Helena terá oportunidade de assimilar em seu Espírito as lições de amor, fraternidade, humildade e trabalho, desde a mais tenra idade e, dos lábios amorosos da mãe, aprenderá o verdadeiro sentido de nossa passagem pela Terra, valorizando cada segundo de sua existência.
— E se ela for relutante, se não assimilar os ensinamentos recebidos em seu Espírito, o que acontecerá, irmão Celestino? –

perguntou Mateus.

— Bem, neste caso, irmã Helena incorrerá em gravíssimo erro, desperdiçando, mais uma vez, a bênção que novamente recebe, de possuir na Terra uma família à altura de conduzi-la com serenidade na missão que lhe coube.

Fazendo uma pausa proposital, disse depois de alguns segundos:

— Analisemos, juntos, alguns dos pontos mais importantes para seu êxito:

1.º – Nascerá em berço espírita estruturado, onde será amada e onde também receberá as bases sólidas de que necessitará para o cumprimento de sua missão. Quanto a esse ponto – disse rindo – acho que ninguém discorda: nossa irmã já nascerá com meio caminho andado, não concordam?

Todos riram, concordando com a cabeça.

— Pois bem... vejamos o 2.º item de sua lista: Terá a oportunidade de reajustar-se com Maura e Heitor, a quem muito prejudicou em pretérita encarnação quando separou Tibéria e Maurice, ocasionando a tragédia que culminou com a morte de Lucrécia e Antonietta. É fato que irmã Helena traz ainda fortes traços de antipatia para com Maura, mas, através dos laços que as unirão, não será difícil a tarefa de amá-la, se seu coração se dispuser a isso. O esquecimento do passado será a bênção que favorecerá grandemente essa tarefa, meus irmãos!

Apontando para o 3.º item, disse com a seriedade que lhe era peculiar:

— Aqui nossa irmã encontrará alguns obstáculos, mas, com tolerância, humildade e muito esforço, haverá de vencer! Helena terá como esposo o homem a quem se aliou no assassinato de Antonietta e Lucrécia. A união de Helena e Tomás será marcada pelos traços da brutalidade ainda marcantes na personalidade de Tomás, que, apesar de ter estagiado por longo tempo em uma de nossas Colônias Espirituais, ainda traz no Espírito resquícios de desvio de personalidade que somente o tempo e as sucessivas encarnações serão capazes de apagar. Neste caso em especial, o conhecimento e aplicação dos ensinamentos da Doutrina Espírita serão de grande valor para que nossa irmã não esmoreça em frente das adversidades que surgirão, na tentativa de reconduzi-lo ao caminho correto. Não será tarefa fácil, mas nossa irmã tem sérios compromissos a resgatar com Tomás, não só da época em que usava a roupagem de Cecília, mas, anteriormente ainda, quando, instruído por ela, esse pobre homem perverteu-se, entregando-se ao crime em nome da paixão que os unia. Mas, essa já é outra história! – disse ele pensativo.

Os companheiros se entreolharam curiosos. Irmão Celestino não satisfez a curiosidade geral, por julgar não ser relevante, naquele momento, e, aguardando silencioso os comentários paralelos cessarem, segundos depois continuou:

— Como vêem, irmã Helena terá, na encarnação que a aguarda, inúmeras oportunidades para ressarcir seus erros do passado e, com a permissão do Pai Maior, receberá como filhos alguns dos Espíritos que ela, movida por egoísmo e por ciúme doentios, impediu de nascer. Somente através do exercício constante da paciência e do amor, conseguirá atingir o coração daqueles que receberá como filhos rebeldes, e terá como missão primordial em sua jornada terrena conduzi-los dentro da moral cristã! Do restante a cumprir – disse apontando para a lista —, com a mente ocupada com o trabalho árduo, que será necessário ao seu sustento e ao de sua família, nossa irmã, com a proteção do Pai, obterá pleno êxito!

Desligando a tela, irmão Celestino disse, olhando bondosamente para todos que o olhavam atentamente:

— Nossa irmã trilhará por caminhos espinhosos, é certo, mas, caminhos abençoados, pois que a conduzirão à luz de que tanto sua alma necessita. Não estará só nessa jornada de lutas, não se aflijam. Ela contará com a constante orientação de Maura, Heitor e do avô, seu Antônio, que, por muito tempo ainda, caminharão a seu lado nas lides terrenas – e, apanhando de cima da mesa a autorização enviada pelo Ministério da Reencarnação, continuou, com um sorriso nos lábios: - Seu irmão, Heitorzinho, já encarnado na família de Maura e Heitor, é um Espírito bastante iluminado que se prontificou a voltar a seu lado a fim de ajudá-la nesse processo evolutivo. Laércio era seu nome em outros tempos e, por motivos irrelevantes para nós no momento, voltou à Terra em missão especial nessa família.

Nosso Pai, meus amigos, não desampara seus filhos, muito pelo contrário, auxilia-os incessantemente! Nossa irmã Helena terá todas as oportunidades possíveis para a sua redenção. Basta apenas que deseje realmente redimir-se!

Quebrando o silêncio que se fizera na sala, irmão Francisco disse:

— Não devemos nos esquecer de que a irmã Helena tem recebido intensivo atendimento nas alas de atendimento especial e valorosa ajuda dos abnegados irmão Raul e irmã Rose nessa empreitada! Nos últimos tempos, apesar de seu estado de ânimo ainda inspirar cuidados, tem demonstrado algum interesse pelos estudos que lá são realizados, preparando-se, desta forma, com um pouco mais de afinco para o retorno que sabe ser inevitável! O esquecimento do passado, quando estiver novamente na carne, permitirá que assimile mais profundamente os ensinamentos que os pais, com toda a certeza, lhes transmitirão. Façamos agora, meus irmãos, uma pequena oração em favor de nossa irmã para que o Pai Maior a proteja em Sua nova jornada!

E, elevando seus pensamentos ao Alto, cerrou os olhos e proferiu singela oração:

— Pai Amado,
Aqui estamos mais uma vez a Lhe pedir
que derrame Suas bênçãos sobre nossa irmã Helena
que, segundo a Sua Vontade,
volta à Terra em busca
da redenção para sua alma aflita e ainda ignorante.
Que seus passos sejam seguros e
que suas dores sejam amenizadas pelo
entendimento de Suas razões
é o que Lhe pedimos.
Que possa haver paz em seu coração,
mesmo quando o infortúnio lhe bater à porta
é o que desejamos e Lhe pedimos, Senhor!
Que nossa irmã nunca perca
a esperança no porvir e não permita que o desânimo
lhe mine a alma suplicante por luz!

Proteja-a, Pai!
Que assim seja!
Eulália enxugou uma lágrima de emoção. Os demais, calados, se abraçaram, unindo suas esperanças no retorno e na vitória de Helena.

Os dias se passaram rapidamente e, naquela manhã, Helena recebera as últimas instruções para seu regresso, logo mais à noite.

Amendrontada com a chegada de sua hora, ela andava para lá e para cá, vagarosamente, no extenso corredor do hospital a conjeturar sobre o que ouvira de seus instrutores. Vez por outra, parava em frente às enormes janelas que davam para o jardim e deixava que seus pensamentos voltassem ao passado, não tão distante. Sabia-se devedora e, mesmo ainda um tanto relutante quanto à sua volta, tinha esperanças de que, na última hora, as coisas se modificassem.

— Quem sabe sintam pena de mim? É, pode ser que na última hora vejam que eu... eu estou mudada e... não, acho que não! - pensava com o olhar perdido no horizonte. - Não vão acreditar em mim, nem eu mesma acredito em tudo o que fiz... - pensava relembrando os quadros que vira na sala de regressão. - Ah, minha pobre filha, como a fiz sofrer, como a fiz sofrer! - soluçou, levando as mãos ao peito, desesperando-se novamente. - Fui insensível ante a dor de Heitor, fui egoísta e má! Não posso ter perdão aqui, não posso, sei disso! Voltar é o castigo que me espera! Por que não ouvi Sílvia, por que não dei ouvidos a ela? Ah, como lamento tudo isso, como lamento, meu Deus!

Por longo tempo, Helena quedou-se em lamentáveis recordações e perguntas sem respostas, analisando seus atos e as conseqüências advindas deles.

Correndo para seu quarto, atirou-se sobre o leito e deixou que uma enxurrada de lágrimas lhe banhassem livremente o rosto.

Um suave toque a retirou daquele angustiante estado.

— O que houve irmã Helena? - perguntou irmão Celestino carinhosamente.

Fitando-o com o olhar suplicante, Helena soluçou:

— É meu passado... é meu passado. Não consigo esquecê-lo, pois que me persegue dia e noite qual terrível monstro!

Afagando seus cabelos como um pai amoroso, irmão Celestino disse:

— Breve, minha filha, breve tudo isso ficará no esquecimento e sua alma descansará, abrigada no ventre seguro e carinhoso de sua nova mãezinha!

— Não quero ir, irmão, não quero ir... Me perdoe, me perdoe! – suplicava ela por clemência.

Irmão Celestino, tão acostumado às dores alheias, emocionou-se ante o desespero de Helena e, desviando os olhos, para que ela não percebesse seus olhos marejados pelas lágrimas, disse:

— Não cabe a mim perdoá-la, minha filha! – falou, suspirando profundamente. – O perdão deve partir, sincero, de dentro do coração daqueles a quem feriu, minha irmã, e somente você poderá fazer com que isso aconteça!

— Mas como poderei fazer com que isso aconteça, como, se nem mesmo sei onde encontrá-los ou... ou o que fazer então? – perguntou chorosa.

Erguendo gentilmente seu rosto lívido com as mãos, irmão Celestino explicou com meiguice:

— Seus caminhos haverão de se cruzar, minha filha, não uma, mas várias vezes e, quando isso acontecer, terá sempre a bendita oportunidade, oportunidade esta concedida por Deus, de reconciliar-se com eles em definitivo! Mas, para que isso aconteça, minha filha, é preciso que seu Espírito esteja preparado e liberto das lembranças que a prendem ao passado de dívidas. Confie em Deus e em Sua sabedoria! Sua trajetória terrena já foi planejada, irmã. Bastará apenas que não se desvie dos objetivos propostos para que retorne à espiritualidade vitoriosa, um dia.

Helena baixou os olhos e tristemente aquiesceu com a cabeça.

— Prepare seu coração, filha querida, pois dentro de algumas horas terá a bênção de rever sua amada filha, antes da partida – disse afagando suas mãos —, e ela não ficará feliz se encontrá-la nesse estado, não é verdade, filha?

Helena ameaçou um sorriso, concordando com o instrutor.

— Então, até mais tarde, irmã! – disse saindo.

XLVI

Vida em família

Quando as primeiras estrelas da noite começaram uma a uma a aparecer no firmamento, anunciando outra deliciosa noite de verão, no aconchegante lar da nova família de Heitor, a agitação de mais um dia, também chegava ao fim.

Maura, sorridente, adentrou a sala, vindo do quarto do pequeno Heitorzinho.

— Enfim, adormeceu! - disse ela, jogando-se em uma das poltronas da sala de estar. - Esse danadinho está ficando cada vez mais levado! - falou, ralhando de brincadeira com o pai. - Sabe que agora ele não dorme sem que antes eu lhe conte uma história! Isso é coisa sua, papai! Acostumou Heitorzinho assim e agora que nos mudamos eu é que tenho que fazer a sua parte, não é, vovô coruja?

— Deixe o pequeno se divertir enquanto pode, minha filha! A infância é tão curta, se comparada à vida adulta, que uma história aqui outra ali, não vai tomar muito o tempo de nenhum de nós e só fará bem a ele, não concorda, Heitor?

Heitor, que ouvia o diálogo da esposa e do sogro sentado na varanda da casa, disse:

— Seu Antônio tem toda a razão, minha querida! Quisera eu ter tido um avô tão paciencioso quanto Heitorzinho tem e, na certa, teria caras recordações dele hoje!

— Eu sei, seu tolinho! Papai tem razão, as crianças adoram histórias. Acho mesmo que adormecem, imaginando-se em meio a elas.

Seu Antônio levantou-se e dirigiu-se até a varanda onde Heitor se encontrava recostado em uma confortável espreguiçadeira. Parado ao lado do genro, respirou profundamente o frescor da noite.

— Esta paisagem me inebria! - disse cerrando os olhos. - A escolha desta casa foi perfeita, meu filho! Vocês fizeram um excelente negócio! A visão constante do mar traz paz ao coração, não concordam?

Maura achegou-se deles, trazendo nas mãos uma bandeja com limonada bem gelada. Serviu-os e sentou-se ao lado do esposo carinhosamente.

— O senhor poderia vir desfrutar desta tranqüilidade ao nosso lado, papai! Heitor não se conforma com a sua relutância em vir morar conosco, não é mesmo, querido? - disse ela como a convidá-lo ainda mais uma vez.

— Não, meus filhos, não! - disse, gargalhando. - Um casal precisa ter sua casa! E depois, eu tenho minhas manias, coisas de velho, sabe como é? Estou muito bem onde estou, não se preocupem! Se eu morasse com vocês... não teria a quem visitar, não é mesmo?

— O senhor tem cada uma, papai! - Maura riu.

— O convite continua de pé, seu Antônio, quando achar que é hora... seu quarto está lá, é só se mudar! - falou, com carinho, Heitor, servindo mais um copo do delicioso líquido ao sogro. - Sua companhia me é muito cara, meu sogro, e o senhor bem sabe disso!

— Obrigado, meus filhos, mas estou bem assim como está. Não se preocupem e... para ser sincero - disse olhando no relógio - já está na minha hora. As pessoas mais velhas gostam de dormir cedo e... levantar cedo também! Nunca entendi ao certo o porquê, mas... é assim que acontece! - riu gostosamente.

Despediram-se à porta da enorme residência que Heitor

comprara tão logo ele e Maura haviam se casado. Era uma sólida construção de alvenaria e pedras, que se destacava pela beleza da arquitetura moderna em meio às árvores que a rodeavam e ao caprichoso jardim de que Maura e Heitor cuidavam com extremo carinho nos finais de semana.

Haviam planejado e construído um confortável aposento para o sogro, mas ele poucas vezes havia usufruído desse carinho dos filhos pois não arredava pé de voltar para seu "cantinho", como ele mesmo designava sua própria casa.

Maura havia deixado o trabalho no hospital assim que se casaram e, agora, prestava apenas trabalhos voluntários naquela instituição, semanalmente, ao lado de doutor Eleutério e das irmãs.

Haviam feito um bom número de amigos naquele "pequeno paraíso", como dizia Heitor, e, constantemente, se avistavam com Sílvia e Antenor, com os quais haviam estreitado ainda mais e mais os laços de amizade.

Heitor se integrara, juntamente com Maura e seu Antônio, ao grupo espírita daquela cidade e, em pouco tempo, sentia-se completamente à vontade nas reuniões da Casa Espírita Francisco de Assis, como se sempre houvesse conhecido aquela maravilhosa doutrina de amor e caridade para com os semelhantes.

Agora, ali, aconchegado entre os braços ternos de Maura, Heitor deixava que seu pensamento vagasse, solto, livre, recordando-se do quanto havia sido feliz desde então.

— Maura - olhou-a com ternura —, eu já disse que a amo, hoje?

— Umas trinta vezes, pelo menos! - respondeu ela, beijando-o amorosamente.

— Então vou dizer mais uma vez: eu a amo, eu a amo, eu a amo... - repetiu ele.

A suave brisa da noite balançava levemente os longos cabelos de Maura, fazendo com que sua belíssima figura de mulher parecesse ainda mais deslumbrante à luz do luar.

— Eu não saberia mais viver sem você, Maura - disse ele, olhando-a seriamente. - O carinho, o amor que sinto por você é... é alguma coisa que não consigo explicar. É como se nossas almas se completassem, se misturassem, fossem uma só – afagou docemente as mãos da esposa enquanto seus olhos se perdiam na imensidão do mar à sua frente. – Não é paixão, não diz respeito apenas ao desejo carnal ou coisa assim. É real, é concreto, compreende? Às vezes penso que... que posso tocá-lo se desejar!

Maura olhou meigamente para o esposo e sorriu, pensativa.

– Sei muito bem o que sente, Heitor, pois o mesmo se dá comigo. Nosso amor me aquece, querido, aquece minha alma, meus pensamentos, minhas ações, me impulsiona a ser e a fazer coisas boas como se... como se esse fosse o verdadeiro sentido de nossa união! – falou intrigada. – Estamos casados há tanto tempo e... parece que foi ontem, compreende?

– É, é isso mesmo! – disse ele. – Parece que somente comecei a viver, a entender o verdadeiro sentido da vida, o real objetivo de estarmos aqui, no momento em que a encontrei!

– Acho que planejamos este encontro lá! – disse ela, apontando para o céu estrelado. – Soube disso no instante em que o vi, Heitor. Meu coração reconheceu em seus olhos algo, algo profundo, um amor antigo... um reconhecimento inexplicável de um tempo esquecido dentro de minha alma!

Heitor abraçou-a fortemente como a confirmar que também ele sentira o mesmo. Sentados, ali na varanda, Heitor e Maura permaneceram por longo tempo ainda a conversar sobre a felicidade que sentiam em seus corações e a agradecer a Deus a bênção daquela união verdadeiramente sólida.

XLVII

HELENA E ROSEMARY

Enquanto isso, na espiritualidade, Rosemary se preparava para o encontro com Helena na Casa de Socorro Imediato.
— Estou ansiosa, vovó! – disse ela arrumando os cabelos em frente ao espelho. – Será que mamãe vai gostar deles assim ou... assim? – e erguia os cabelos para lá e para cá.
— Tolinha! Helena vai achá-la linda de qualquer maneira, minha querida! – riu a avó.
— Vocês vão demorar muito, meninas? – perguntou o avô, espiando pela porta entreaberta do quarto da neta. – Já, já, a condução virá nos buscar! Apressem-se!
— Já estamos prontas, meu querido! – respondeu dona Rose. – Só falta um batonzinho e... pronto! – disse mirando-se no espelho. – Vamos, Rosemary, sua mãe nos aguarda ansiosa também!
Em poucos minutos, reluzente veículo parou em frente à casa de seu Raul e todos se acomodaram no seu interior.
Gentilmente, doutor Francisco, Mateus e Eulália os cumprimentaram sorridentes.
O veículo partiu veloz na direção da Casa de Socorro Imediato e,

logo mais, já se podiam avistar as luzes daquela colônia, no horizonte.
— Chegamos! – disse irmão Francisco, assim que o veículo estacionou. – Que nossa jornada seja coberta de êxito!

Rosemary percorreu silenciosa os extensos corredores que a levavam ao quarto da mãe. Seu coração estava aflito, pois sabia que seria esta a primeira e a última oportunidade que teria de rever a mãe e, também, de presenciar seu regresso à carne ainda naquela noite.

Pedindo, mentalmente, ao Pai, serenidade para seu coração, a jovem adentrou o quarto onde a mãe se encontrava.

Helena estava parada de pé, no meio do quarto, e, no momento em que Rosemary, girando a maçaneta, abriu a porta que as separara por tanto tempo:

— Filha, filha, filha minha! – gritou Helena, correndo em sua direção, qual criança assustada. – Oh! Deus! – exclamou ela, quase desfalecendo de emoção. – Você vive, minha filha, você vive!

— Minha mãe, minha mãezinha querida, quanta saudade carrego em meu coração! Ah! Deus, quanta saudade! – e abraçou-se fortemente à mãe.

Helena, trêmula, tateava, indecisa, suas mãos sobre os cabelos da filha, como se sentisse receio de que, ao tocá-los, Rosemary desaparecesse de sua frente, qual uma miragem no deserto.

— Sou eu sim, minha mãe, sou eu... sua filha, mãezinha querida, sou eu! – balbuciava emocionada a jovem.

Por muito tempo, suas lágrimas se misturaram entre as recordações dos tempos vividos na Terra e a saudade que a despedida iminente despertava fortemente em seus corações. Helena pedia perdão, implorava pelo perdão da filha, lamentando o mal que havia lhe causado em nome de um amor que não conseguia conceber que lhe houvesse sido tirado. Desnorteada e ao mesmo tempo radiante de felicidade, Helena era o retrato fiel do descontrole emocional, pois, parecia querer recuperar todo o tempo que perdera em lamentações e revoltas em uma só fração de segundo.

Dona Rose e o pequeno grupo que a acompanhava, permaneceram silenciosos ante tamanha demonstração de afeto entre aquelas duas almas que, através da reencarnação e do esquecimento do passado, haviam aprendido a se amar verdadeiramente.

Algum tempo depois, Rosemary, percebendo a forte e descontrolada emoção que aquele encontro causara na mãe, acalmou-a:

— Não chore, mãezinha, não chore! - falou, com carinho, enxugando as lágrimas da mãe com as mãos. - Vou estar a seu lado sempre, sempre! Você nunca estará só, prometo, minha mãe!

— Jure, minha filha, jure que estará a meu lado sempre! - implorou Helena soluçante. - Tenho medo, minha filha, muito medo! Não me deixe só novamente!

Acariciando o rosto molhado da mãe, a jovem disse, com a voz entrecortada pela emoção:

— Deus estará sempre a seu lado e eu também, mãezinha, não tenha medo.

Irmão Celestino, que acabara de se juntar ao grupo, concordou, bondosamente:

— Deus não a desamparará nunca, minha irmã! Será acolhida na Terra com extrema alegria e receberá de sua nova família todo o amor e toda a compreensão de que sua alma aflita necessita para que sua jornada seja coroada de êxito!

— Mas... e se... e se ela, digo, Maura não me aceitar? Não conseguir me amar como deve? O que será de mim então? Como podem ter tanta certeza de que não serei maltratada, humilhada, sei lá? - implorou ela ainda uma vez mais, fazendo-se de coitada ante os presentes que se entreolharam, silenciosos.

— Confiaremos na Providência Divina, minha filha! - respondeu o instrutor, percebendo a astuta artimanha de Helena. - E - completou ele, fazendo uma pausa proposital - tudo dependerá também, querida filha, da maneira como você irá retribuir o amor que lhe dedicarão, pode estar certa disso! - afirmou, olhando profundamente em seus olhos como a adverti-la que somente dela dependeria o êxito de sua nova encarnação.

Helena respirou profundamente aceitando calada o inevitável.

Irmão Francisco, Mateus e Eulália observavam, calados, aquele quadro doloroso da despedida de Helena, pedindo a Deus forças para aquela alma ainda tão necessitada de ajuda.

XLVIII

Missão cumprida

Dona Rose e seu Raul aproximaram-se delas e, abraçados, acompanharam Helena até o Departamento Reencarnatório.

A noite já ia alta quando a pequena caravana adentrou o quarto de Maura e Heitor que, adormecidos, nada perceberam.

Estendendo as mãos em direção à Maura, irmão Francisco aguardou que o Espírito dela lhe atendesse ao chamado, enquanto irmão Celestino, da mesma forma, aguardava Heitor do outro lado do leito.

Segundos depois, Heitor e Maura, envoltos em radiante luz violácea, e já libertos do corpo físico, receberam amorosamente das mãos de Rosemary, o pequenino bebê em que Helena se transformara.

Eulália e Mateus aproximaram-se de Maura e a envolveram em uma espécie de manto energético que fez com que ela parecesse expandir-se, tornando-se muito luminosa por instantes.

Heitor, emocionado, aguardava ao lado da esposa, agradecendo a Deus a ventura daquele instante sem igual.

Maura aconchegou, enternecida, o bebê junto ao peito e, lentamente, ele desapareceu dentro de seu corpo, incorporando-se a ele.

Heitor, abraçando-se à filha e aos pais de Helena, deixou que as lágrimas da alegria lhe invadissem a alma de pai saudoso por longo tempo.

A missão fora cumprida.

Helena iniciara seu lento retorno à carne!

De volta à espiritualidade, Rosemary e Eulália, sentadas lado a lado, conversavam sobre os acontecimentos daquela noite.

— Como se sente, minha amiga? - perguntou Eulália, percebendo-a tristonha.

— Estranha, Eulália, muito estranha! - disse a jovem melancolicamente. - Sei que minha mãe estará bem ao lado de meu pai e Maura, mas... mas já não é mais minha mãe... Deixou de ser há alguns minutos, não é mesmo? Isso tudo é ainda muito complicado em minha cabeça, entende?

— Sim, querida, é verdade - respondeu Eulália, apontando para o céu estrelado. - Somos ainda míseros aprendizes na imensidão deste universo sem fim! Nada, ou quase nada sabemos ainda, minha querida, do que nos aguarda no mais além de nossa ínfima evolução! O que sabemos, por ora, é o suficiente para que entendamos a divina justiça do Pai Maior, é isso o que importa realmente. Do que fomos ou... do que seremos no futuro incontável de nossas reencarnações, somente importa o amor que nutrirmos uns pelos outros, não as convenções carnais que elas estabelecerem! - disse ela, afagando a mão da jovem.

Rosemary olhou pela pequena janela do veículo que se movimentava com muita rapidez e, observando a imensidão de estrelas que se perdiam de vista à sua volta, compreendeu a extensão das palavras de Eulália.

Agora, deitada em seu leito, Rosemary relembrava os acontecimentos daquela noite e, ainda emocionada, agradecia a Deus pela bênção do retorno da mãe à carne.

— "Senhor... ouve minha prece, eu Te rogo! Hoje, quando minha alma novamente pôde sentir o toque carinhoso do amor sem fim de minha amada mãezinha, senti também o punhal da saudade, novamente, ferir meu Espírito ainda tão ignorante", murmurou ela, tristemente. "Sei que é necessária a volta... sei que é preciso que nos afastemos para que seu Espírito busque na matéria o reajuste e o aprendizado que a fortalecerá... no entanto, a separação me é muito dolorosa. Sou imperfeita, cultivo ainda em meu Espírito os tênues laços familiares terrenos e, com isso, sofro tormentos em vão, bem sei. Pai, perdoa-me, eu Te peço", – balbuciou ela entre lágrimas, – "e, por caridade Senhor, abençoe minha mãezinha em sua nova jornada terrena fazendo com que ela consiga, desta vez, assimilar em seu Espírito as lições de que ele tanto necessita..."

Seus olhos, cansados de chorar, pouco a pouco cederam ao sono benfazejo, fazendo com que Rosemary adormecesse envolta em vibrações de amor e agradecimento a Deus.

A paz reinou, então, serena, no lar de dona Rose e seu Raul.

XLIX

Sábias Leis de Ação e Reação

Naquela noite, Lucrécia, ciente da volta de Helena, também dedicou suas orações a Deus na intenção de que a antiga inimiga sinceramente conseguisse desempenhar vitoriosa sua nova missão na crosta terrestre. Sentia-se feliz com a felicidade de Maura, sua querida Tibéria, e aceitara, como presente dos céus, o amor de Heitor por sua filha.

— Finalmente eles serão felizes! – pensou radiante. – Foi preciso que uma nova encarnação unisse Tibéria e Maurice mas... finalmente isso aconteceu! Obrigada, Pai pela felicidade de minha doce Tibéria!

Encostada no parapeito da janela de seu quarto, ela, olhando para o céu sem fim sobre sua cabeça, sentia-se pequenina e indefesa ante as sábias Leis da Ação e Reação. Seu pensamento, perdido entre as divagações de sua alma, voltou à Europa antiga por segundos.

— Sim... – pensou ela – quanta coisa aconteceu sem que eu entendesse o seu significado... a morte de meu esposo... a viuvez precoce... o trabalho árduo nos campos... a tragédia que nos ocorreu! Ah, se soubéssemos na Terra o que hoje sabemos aqui! – exclamou em pensamento. – Meu Deus! Que tramas complicadas nos unem uns aos outros! Sinto que não terei paz em meu coração, enquanto Helena também não encontrar a paz interior – e enxugou uma lágrima de sincero arrependimento.

As luzes da colônia começavam a apagar-se lentamente, quando Lucrécia, por fim, dirigiu-se ao leito para o repouso merecido.

Lucrécia havia recobrado seu equilíbrio espiritual. Quando fora resgatada das zonas inferiores pelos missionários do resgate, ainda com o sentimento de vingança contra Cecília minando-lhe o coração, recuperara a fé em Deus, a Quem havia negado com palavras proferidas a esmo, na vã tentativa de fazer justiça com as próprias mãos. Seu coração aprendera a amar e respeitar a um Pai Supremo desde a mais tenra idade quando, levada pelas mãos de sua mãe, freqüentava, com respeito e fé, a pequena capela de frei Conrado nos arredores da fazenda do pai de Cecília. Esse sentimento, embora estivesse latente em sua alma, então desnorteada, ressurgia agora dentro dela, reafirmando a premissa de que toda a evolução que se fizer em prol de nossos Espíritos jamais se perderá no tempo e no espaço de nossas encarnações milenares.

Algum tempo depois, Maura já sentia os primeiros sintomas de uma nova gestação.

Naquela manhã de outubro, quando as primeiras flores começavam a desabrochar nos jardins, Heitor adentrou a porta de sua casa com um envelope nas mãos. Um largo sorriso iluminava seu rosto quando se aproximou de Maura que, atarefada com o almoço, não percebera sua chegada.

Abraçando-a pelas costas, sussurrou aos seus ouvidos:

— Vamos ter mais um bebê nesta casa, querida!

Maura estremeceu ao toque carinhoso do esposo e virou-se espantada.

— Você pegou o resultado de meu exame?

— Simmmm! Vamos ser papai e mamãe novamente! – gritou qual um adolescente. – Eu te amo, Maura, eu te amo, minha querida! Obrigado, minha vida, obrigado!

— Heitor! – disse ela ralhando com ele. – Fale baixo! Quer que a vizinhança toda saiba, seu maluquinho? Me deixe ver esse exame – disse tentando pegar o envelope que ele, por brincadeira, insistia em não lhe entregar erguendo as mãos o mais alto possível.

— Só depois que disser que me ama também! – falou. – Caso

contrário...

— Eu te amo, eu te amo, eu te amo... – disse ela jogando-se em seu pescoço. – Agora me deixe ver o exame!

Sim, Maura estava grávida de dois meses e, em seu ventre, o corpo físico de Helena se desenvolvia rapidamente e a felicidade que invadiu a alma de Maura foi intensamente sentida por ela, que recebeu imediatamente as vibrações de amor advindas do Espírito de sua futura mãe. Um quase que imperceptível tremor percorreu seu corpinho ainda sem formas definidas, mas, seu Espírito, milenar, soube que seria amado. Uma sensação de extrema alegria e paz instalou-se em seu coração, fazendo com que seus temores se desfizessem por completo.

Heitor levou as mãos ao ventre da esposa e, com extrema ternura, disse emocionado:

— Seja bem-vindo, filhinho ou... filhinha?!

Um longo e ardoroso beijo, repleto de amor e respeito, selou aquele precioso momento na vida de Heitor e Maura.

Dona Maria, seu Raul e dona Rose, que assistiram sorridentes àquela cena, entreolharam-se satisfeitos com a demonstração de carinho do casal.

Quebrando o silêncio que se fizera entre eles, seu Raul disse:

— Que maravilha seria se todos os Espíritos que retornam à Terra fossem recebidos dessa forma, não é mesmo?

— Sim, irmão Raul – respondeu dona Maria. – Eles estavam ansiosos pela chegada de um novo filho! Maura já pressentia a possibilidade da gravidez desde a noite em que aqui trouxemos o Espírito de Helena, recordam-se? Seu Espírito é muito sensível e guardou as impressões daquele encontro em seu coração – e sorriu. – Será uma boa mãe para nossa Helena, tenho certeza!

— Sem dúvida, sem dúvida! Minha querida filha Helena estará entregue a mãos amorosas e sábias! Deus seja louvado por mais esta bênção! – emocionou-se dona Rose.

— Agora devemos partir! – anunciou seu Raul, olhando para as duas mulheres enternecidas com aquela cena. – Temos muito ainda por fazer antes que o dia termine em nossa colônia – riu, satisfeito, enquanto se dirigia à porta. – Graças a Deus, por aqui, tudo está às mil maravilhas! Não precisamos mais nos preocupar!

L

Novos caminhos para Lucas

Lucas esperava Rosemary à saída do hospital. Despreocupada, a jovem desceu a longa escadaria que a conduziria até os portões do hospital, saltitante.

— Muito bem, dona Rosemary! Vejo que se sente muito bem hoje, não é? – disse ele ao avistá-la.

— Estou feliz, muito feliz! – beijou o rosto do rapaz. – Recebi notícias de minha mãe Lucrécia e pelo que soube ela será transferida para uma colônia mais próxima da nossa e... e por falar nisso... o que você está fazendo aqui uma hora dessas? – perguntou curiosa, pois Lucas não costumava visitá-la antes do anoitecer.

— Vim lhe contar uma novidade, Rosemary – disse ele baixinho em seu ouvido. – Não agüentei esperar até amanhã para vê-la.

Curiosa, a jovem estacou, olhando-o desconfiada.

— Não me deixe agoniada, Lucas, o que é... vamos, diga!

— Bem... vamos nos sentar ali, naquele banco, e eu lhe contarei tudo – disse ele gentilmente.

Minutos depois, Rosemary estava boquiaberta com o que acabara de ouvir dos lábios de Lucas.

— Você vai voltar à Terra também? – perguntou incrédula.

— Sim, Rosemary, voltarei dentro de seis meses aproximadamente – disse pensativo. – Eu já esperava por isso há muito tempo, você sabe disso, mas, não esperava que fosse dessa maneira, digo, como filho de Cíntia!

— Caramba! – exclamou Rosemary. – Filho de sua ex-noiva!

— Bem, pelo menos sei que serei bem recebido por Cíntia e por seu marido e, pelo que sabemos... isso já é muito hoje em dia, não é verdade? – disse satisfeito.

Rosemary calou-se por instantes pensativa e depois de analisar por algum tempo o relacionamento do amigo com a ex-noiva perguntou:

— Você tem grandes compromissos com ela, Lucas?

— Não com ela, Rosemary, com Fernando, seu esposo – disse seriamente. – Nosso acerto espiritual vem se protelando de longa data. E... e agora chegou a hora de nosso acerto final, espero sinceramente que me encontre preparado e que não frustre meus objetivos desta vez!

— Pela sua fisionomia, deve ser algo muito sério! – refletiu ela.

Lucas calou-se por instantes, depois, afagando as mãos da amiga docemente, disse:

— Muito prejudiquei Fernando no passado com minha altivez e orgulho demasiado. Sabe, minha amiga... eu fiz com que ele cometesse o suicídio! – disse franzindo a testa.

— Ah, meu Deus! – exclamou a jovem levando as mãos aos lábios.

Tentou buscar palavras que consolassem o amigo, mas, não as encontrou. Visivelmente transtornada, olhou-o sem nada dizer.

Percebendo o mal-estar em que a jovem se colocara, Lucas disse:

— Bem... preciso consertar isso, não é mesmo? – disse esboçando um tímido sorriso. – Graças a Deus, contarei com Cíntia a meu lado, pois, quanto a Fernando, sei que terei sérios problemas a enfrentar.

— Mas, ele será seu pai, não? – perguntou ela. – Então não lhe desejará o mal, não é mesmo?

— Sim, será meu pai! Deus assim permitiu para que possamos destruir barreiras do ódio e construir edificações de amor.

Rosemary nada disse, sentiu que aquela era uma decisão há muito já tomada e que nada deveria impedir esse reencontro agora. Então apenas olhou ternamente para Lucas e beijou-o demoradamente na face.

— Obrigado, amiga! - disse ele emocionando-se com o carinho da jovem. - Estou feliz, sabia? - falou animando-se como era de seu costume.

Ambos riram gostosamente, abraçando-se como dois irmãos que muito se querem.

— Chega, chega de mimos comigo, afinal, não vou morrer, vou nascer! - disse ele gargalhando. - Vamos que já se faz tarde e hoje nosso coral vai se apresentar na praça principal dentro de - olhou o relógio - exatamente... uma hora!

— Não queria perdê-lo, Lucas - lamentou a jovem com os olhos lacrimejantes —, quem me fará rir das tristezas depois que você se for?

— Você não precisará mais rir das tristezas, Rosemary, Deus a fará sorrir apenas de felicidade, menina! - disse ele puxando-a pelas mãos. - E... quem sabe não nos encontramos por lá um dia desses?! - e ergueu as sobrancelhas com ar maroto.

A noite começava a cair, quando os dois jovens se juntaram ao grupo de amigos que os aguardavam na praça para a esperada apresentação do coral semanal.

Lucas despediu-se da amiga e juntou-se aos amigos do coral para os preparativos finais.

Sentada em frente ao coreto, Rosemary assistiu embevecida aos cânticos daquela noite sentindo, no entanto, um enorme aperto no coração. Antevia a imensa saudade daquele que, por longo tempo, inundara seu coração de fraterno e verdadeiro amor.

LI

Entre a Espiritualidade e a Terra

Os meses se passaram rápidos e, naquela noite, Maura começou a dar sinais de que o bebê estava a caminho. Remexendo-se de lá para cá no leito, Maura aguardou que as dores se intensificassem mais para só então acordar Heitor que dormia tranqüilo a seu lado. Não era marinheira de primeira viagem e, conhecendo o esposo como o conhecia, sabia o quanto ele ficaria preocupado.

— Querido - sussurrou ela em seus ouvidos delicadamente —, nossa menininha está chegando, papai! Acorde, precisamos nos aprontar para ir ao hospital.

Como ela já esperava, Heitor abriu os olhos imediatamente e, tateando nervoso com as mãos sobre a mesinha de cabeceira, procurou pelo interruptor do abajur ao seu lado, acendendo-o.

— Tem certeza, Maura? - pulou da cama num zás-trás. – São três e quarenta da madrugada. Precisamos ligar para o doutor Eleutério - falou, enquanto procurava sua agenda telefônica nervosamente.

— Eiiii, papai! Acalme-se! Temos muito tempo ainda! - tranqüilizou-o ela, sentando-se no leito acariciando vagarosamente a imensa barriga. – Nossa menininha não vai sair correndo daqui não!

Heitor sorriu, meneando a cabeça com a calma da esposa. Olhou-a carinhosamente e quase sem sentir disse:

– Eu a amo, querida. Você está... está resplandecente, maravilhosa, Maura!

Irmão Francisco e sua caravana já estavam a postos do lado de fora da residência do casal. Rosemary era só sorrisos e satisfação e dona Rose, só lágrimas de emoção e apreensão!

– Nunca vou entender o Espírito feminino! – disse seu Raul, rindo gostosamente para o irmão Mateus, a seu lado. – Chora por tudo e, quando pensamos que vai desabar, mostra incrível força interior, veja só minha neta!

– É, meu amigo, a alma é dotada de recursos peculiares a cada um! – respondeu ele sorrindo. – Cada um de nós é um universo em constante agitação e evolução!

Eulália e irmão Francisco fizeram sinal para que o pequeno grupo se aproximasse deles.

– Nosso irmão Heitor levará nossa irmãzinha para a maternidade dentro de aproximadamente uns quinze minutos – observou Irmão Francisco.

– Já repassamos intensivamente todos os pontos cruciais de seu retorno, mas – disse Eulália pensativa – ainda uma questão me preocupa, irmão Francisco!

– Exponha seus receios, irmã Eulália! – disse ele bondosamente.

– Bem, irmãos – disse ela, olhando para todos os presentes –, é quanto ao fato de que a irmã Helena será portadora de grave insuficiência cardíaca e esse problema, pelo que pude apreciar, será motivo de muita incapacitação! Estou receosa de que nossa irmã, devido à doença que carregará, não esteja totalmente qualificada a desempenhar tão árdua missão! – falou, temerosa de que não fosse compreendida em sua apreensão.

Irmão Francisco olhou-a com mansuetude e, erguendo os olhos para o alto, disse:

– Quando retornamos à carne, meus irmãos, nosso Pai Maior,

o Divino Provedor de nossos destinos, não permite jamais que carreguemos, em nossa bagagem de retorno, nenhuma peça para nosso vestuário espiritual que seja desnecessária ou pesada demais! O plano de retorno de nossa irmãzinha, traçado sob Sua bendita orientação e permissão, é a medida exata da qual ela necessitará para sua redenção! – acalmou-os. – Os problemas físicos que enfrentará foram permitidos pelo Pai para que irmã Helena, através das limitações que enfrentará, glorifique a vida, valorizando cada segundo dela vivido na Terra.

Irmão Mateus aquiesceu com a cabeça, completando as palavras do amigo:

— Sim, irmã Helena, em sua última encarnação, é sabido por todos – disse ele –, não deu à sua vida o devido valor, impingindo a si mesma dores e sofrimentos desnecessários, acarretando com isso um total desequilíbrio de seu órgão principal. Através da constante iminência de desencarnação, irmã Helena aprenderá a valorizar a vida terrena novamente!

— E irmã Helena poderá, ao longo de sua jornada, abrandar grandemente esse problema, se levar uma vida regrada, sem vícios e principalmente se o plano espiritual superior julgar apropriado e justo livrá-la totalmente dele! – tornou irmão Francisco, entusiasmado. – Nada, em nossa jornada terrena, é definitivo, irmãos! Tudo poderá ser alterado, desde que mereçamos essa dádiva em nosso favor. Nosso Pai é sábio e justo, irmãos, não nos aflijamos em vão!

Eulália sorriu satisfeita com a resposta para seus temores.

— Obrigada, irmãos, acabei de aprender mais uma maravilhosa lição! – disse sinceramente.

A porta se abriu e Heitor e Maura saíram apressados, levando uma pequena mala nas mãos. Seus Espíritos irradiavam o intenso brilho da felicidade que lhes ia na alma.

— Cuide bem de Heitorzinho, Alice! Telefonaremos assim que Mariane nascer! – falou Maura, sorridente, à ainda sonolenta empregada.

Heitor ligou o carro e segundos depois, desapareceram ao longe na estrada levando, na alma e no coração, um mundo de expectativas.

— Vamos, amigos, o trabalho nos aguarda! – disse irmão Francisco.

No quarto da Santa Casa de Misericórdia, Maura e Heitor aguardavam que as contrações se intensificassem cada vez mais. Doutor Eleutério, ao lado de irmã Clarência, cercava a amiga de mimos e carinhos.

— Seja valente, Maura! – disse ele em meio a mais uma contração. – O parto normal é o mais indicado para a saúde de seu bebezinho, minha filha!

— Nós sabemos – disse Heitor muito nervoso com o sofrimento de sua amada – mas... mas é assim mesmo? – perguntou ansioso.

— Pelo que vejo esse é o primeiro parto que acompanha, não é meu rapaz? – perguntou o homem brincalhão.

— É verdade, doutor Eleutério, não assisti ao nascimento de Heitorzinho e... também ao de minha filha. Sou marinheiro de primeira viagem, me desculpe! – falou encabulando-se.

— Então, aconselho-o a ir dar umas voltinhas por aí! – e irmã Clarência, puxando-o pelo braço, empurrou-o, delicadamente, para fora. – Dê uma chegadinha na capela. É bom falar com Deus nessas horas! Vá pedir por sua mulher e por sua filha e estará ajudando, em muito, todos nós aqui!

— Caramba! – disse ele, assim que a porta se fechou atrás dele. – Eu só perguntei se era assim mesmo! – e tomou a direção da capela.

— Coitado! – disse Maura entre uma contração e outra. – Heitor é muito impressionável, pobrezinho!

— Por isso mesmo nós o mandamos passear! – respondeu, gargalhando gostosamente a irmã. – Aqui ele só iria atrapalhar, minha filha!

A caminho da capela, Heitor relembrava a emoção que sentira ao receber Rosemary em seus braços pela primeira vez.

— Ela é linda! – dissera a Helena. – Parece tão indefesa... tão frágil, meu Deus!

Recordou-se então da fisionomia da esposa que, recostada em alvos travesseiros, sorria ante sua indisfarçável alegria.

— Ah, Helena! – pensou. – Como poderíamos ter sido felizes,

se quiséssemos realmente!

Depois seu pensamento voltou-se à noite em que Maura lhe revelara seu misterioso segredo e, sentado agora diante do pequeno e delicado altar da capela do hospital, sentiu, repentinamente a forte presença de Rosemary naquele ambiente.

Virou-se, assustado, à procura da filha. Seus olhos, angustiados, procuravam por sua figura entre os bancos vazios àquela hora. Tinha certeza de que a filha ali estava!

— Rosemary... Rosemary... – ousou ele chamar baixinho. – Sei que está aqui, minha filha, eu sinto sua presença! – disse, levantando-se.

De fato, Rosemary ali estava. Invisível ante os olhos físicos do pai, mas, visível ante sua percepção espiritual agora extremamente aguçada.

Carinhosamente a jovem aproximou-se do pai e tocou-lhe suavemente as mãos fazendo com que ele sentisse uma forte vibração ao seu contato.

— Sei que está aqui, filhinha, eu a sinto como a sentia quando estava conosco – e girava, lentamente, à procura dela, no centro da capela. – Sinto seu calor, sinto seu perfume no ar! Ah, Deus! Como queria poder vê-la, tocá-la novamente, dizer o quanto sinto sua falta, minha querida! – exclamou ele, emocionando-se até as lágrimas.

Rosemary abraçou-se ao pai, deixando que seus Espíritos se inteirassem plenamente naquele amplexo que pareceu se perder entre o tempo e no espaço sem fim.

Heitor sentiu-se imensamente leve e seus pés pareciam não mais tocar o chão, dando-lhe a sensação de que estava a volitar no espaço. Fechou os olhos e, por algum tempo, pareceu ouvir a voz doce da filha a lhe dizer: – Eu o amo, papai, eu o amo paizinho!

— Sua filha acaba de nascer! Irmã Clarência pediu que lhe avisasse que dentro de alguns minutos dona Maura já estará de volta ao quarto, senhor! – falou uma enfermeira franzina e sardenta.

Voltando rapidamente daquele estado inebriante em que se encontrava, Heitor olhou rapidamente para o relógio.

— Meu Deus! Já se passaram duas horas, nem percebi! – exclamou, espantando-se com a rapidez com que o tempo passara.

– Já... já estou indo, obrigado! – disse ele à enfermeira que o olhava impávida.

Assim que a moça se foi, Heitor olhou, agradecido, para a imagem de Cristo no altar à sua frente.

— Obrigado, Senhor, pela doce ventura de sentir a presença da minha amada filha hoje! – murmurou, enxugando uma lágrima.

Rosemary, emocionada, acenou em despedida para o pai, confiando a ele, mentalmente, a responsabilidade de bem encaminhar sua querida mãezinha que acabara de nascer.

Os primeiros raios da manhã começavam a aparecer no firmamento, quando a caravana, levando Rosemary, os avós e os amigos, deixou a crosta terrestre em direção à colônia espiritual.

Seus semblantes eram de satisfação pelo trabalho bem sucedido.

— Cumprimos nossa humilde missão, irmãos! – disse irmão Francisco. – Doravante nossa irmãzinha estará entregue aos cuidados de seus pais! – falou satisfeito.

— Obrigado, Senhor! – disseram todos uníssonos quando o veículo alçou vôo deixando, lá embaixo, a abençoada Terra que começava a acordar para mais um agitado dia de trabalho.

LII

Um ano depois...

— Vamos, querida! Assopre as velinhas com força, assim! – disse Maura com alegria. – Isso, querida!
Uma forte salva de palmas se fez ouvir no enorme salão repleto de amigos do casal. A algazarra da criançada assustou a pequena Mariane, que se agarrou ao pescoço da mãe, escondendo a cabecinha envergonhada.
— O que é isso, querida? – disse Heitor, aproximando-se dela, tentando fazer com que ela deixasse a mãe livre para atender os convidados. – Vem com o papai, meu amor, você quer brincar com seu irmãozinho, querida? Olhe só, quantos amiguinhos estão aqui para brincar com você! Vamos, venha querida!
Mariane estendeu os braços em direção ao pai e atirou-se nele, procurando por segurança.
Maura sorriu ternamente para o esposo atirando-lhe um beijo com os lábios.
— Faça isso, querida, vá brincar com seu irmãozinho, meu bem! Papai tem razão, veja só quantas crianças estão esperando por você! – e beijou-a na bochecha, enquanto servia o delicioso bolo, decorado

com laços coloridos, aos convidados.

— Mariane está linda, minha amiga! – disse Sílvia, achegando-se de Maura. – Meus parabéns! Vocês dois vão ter problemas quando ela ficar mocinha! – gracejou.

— É – gargalhou gostosamente Antenor, dando um tapinha nas costas do amigo —, mais uns doze, treze anos, e os problemas vão começar a aparecer, pode crer! Ainda bem que nós só tivemos meninos, não é, querida? – falou, abraçando Sílvia.

— Homens! – disse Maura, fazendo uma careta para o amigo. – Como se os meninos não nos dessem o mesmo trabalho, não é Sílvia?

— Eu que o diga, eu que o diga! – desabafou ela, suspirando. – Cada um, a seu modo, nos traz as mesmas preocupações! Quando pequenos, os cuidados são menores, quando maiores, eles dobram de volume e intensidade! Como é mesmo o ditado?! – perguntou à amiga, rindo.

— "Ser mãe é padecer no paraiiiiíso!!!" – exclamou Maura, rindo também.

Todos riram alegremente ante a exageradamente sofrida colocação de Maura.

Rosemary e a avó, que acompanhavam a certa distância a efusiva alegria daquela família, enxugaram algumas lágrimas de agradecimento a Deus por toda aquela ventura.

— Vamos, vovó! – disse a jovem, ao perceber que também os olhos da avó continham algumas lágrimas. – Sabe o que eu acho? Acho que parecemos duas bobas, choramingando por tudo, Deus que me livre! – concluiu rindo.

— Sim, minha querida, somos mesmo duas tolas que se emocionam por tudo! Vamos, que o trabalho nos aguarda! Graças a Deus por aqui tudo está indo muito bem, muito bem mesmo! Tratemos, isto sim, é de nossas vidas agora! – falou, enquanto desapareciam envoltas em muita luz.

LIII

Quase vinte anos depois

A chuva lavara abundantemente os telhados das casas naquela noite. A ventania, que acompanhara a tempestade, havia deixado seu rastro de folhas e galhos arrancados por sobre o extenso gramado da residência dos Lins. A ressaca havia sido grande e, embora não tivesse afetado a casa em si, as conseqüências dela estavam por toda a parte trazidas pelo vento que continuava a sibilar por entre as venezianas das janelas.

Maura se levantara muito cedo naquela manhã e, antes de pular da cama, como de costume, afagara carinhosamente os cabelos, agora embranquecidos, de Heitor que continuava a dormir emaranhado entre os coloridos e quentes cobertores. Desejou-lhe um bom dia em pensamento e sorriu satisfeita com a imensa felicidade que habitava em seu coração, desde que se unira definitivamente a Heitor.

O amor que os havia unido em passado tão atribulado, crescera, frutificara-se nos filhos e, agora, fortalecia-se cada vez mais na fé professada por ambos, uma fé que lhes dava a certeza de que o amor, que sentiam em seus corações, transcenderia novamente as portas da eternidade por mais fortes que fossem as adversidades que a vida terrena pudesse ainda lhes impingir, pois estariam, sempre, lado a lado, completando-se e amando-se verdadeiramente.

Apanhou de cima de uma pequena banqueta seu penhoar e, olhando carinhosamente, ainda uma vez mais para o esposo adormecido, desceu, procurando não fazer barulhos, para o andar térreo.

A casa ainda estava envolta no silêncio, quando ela começou a preparar o desjejum da família, trabalho do qual nunca abrira mão aos empregados. Após tantos anos, Maura sentia imenso prazer em servir o esposo e os filhos todas as manhãs. Era seu "momento especial" – dizia ela com orgulho – e disso ela não abriria mão jamais!

Ciente de sua responsabilidade de mãe e de esposa, Maura acreditava que a presença de toda a família, reunida no café da manhã, era a maneira correta de se iniciar um bom dia. Nessa hora, entre um gole e outro de café, todos se inteiravam das atividades dos outros membros da família e, vez por outra, acertavam alguns ponteiros que estivessem ainda atrasados.

Heitorzinho era um rapaz muito especial. Ingressara na Faculdade de Direito já há dois anos e destacava-se por sua conduta sempre correta e afável. Tornara-se o braço direito do pai e, sem dúvida nenhuma, continuava a ser o preferido do avô talvez até mesmo pela sua maneira delicada e amorosa de tratá-lo. Mariane, ao contrário do irmão, era agitada, impulsiva e sabia guardar ressentimento em seu coração. Isso, de há muito, vinha preocupando o coração de Maura e Heitor, que a levavam com "rédeas curtas", sempre que necessário. No mais, a vida transcorria normal como em todos os lares onde o amor e a observância dos pais se faz presente constantemente.

Da janela de sua cozinha, Maura viu quando o vulto de um homem adentrou o portão do jardim, indo rapidamente em direção à porta principal.

Um estranho pressentimento percorreu seu corpo de alto a baixo, fazendo com que ela estremecesse quando a campainha tocou, mas, Maura balançou a cabeça, reagindo a qualquer pensamento negativo. Mais tranqüila, observou Mariane que acabara de descer as escadas correndo como sempre. Adiantando-se à mãe, gritou ela da sala:

— Deixe que eu atendo à porta, mamãe! – e abriu-a rapidamente.

À sua frente, um belo e sorridente rapaz de aproximadamente vinte e cinco anos de idade, cabelos escuros em desalinho, olhos profundos e penetrantes, surgiu, como que emergindo do meio daquela forte ventania.

— Bom dia, senhorita! – disse o jovem educadamente. – Meu nome é Rogério... Rogério Turquim e, bem... chegamos ontem à noite em férias, na casa ali ao lado e... e, bem, estamos sem luz! Posso telefonar para virem ligá-la? – concluiu sorridente.

Mariane estremeceu, emudecendo ante o sobressalto que sua alma teve, pois, do alto de seus vinte anos ainda incompletos, teve a nítida certeza de que já tinha visto o brilho intenso e forte daquele olhar em algum lugar...

Considerações Finais

Muitos anos depois, já de volta, novamente, ao plano espiritual, Helena, a protagonista desta interessante trama reencarnatória, obteve a permissão do Alto para que trouxesse ao mundo material o conhecimento de sua história, de suas dores e, principalmente, das conseqüências dos atos por ela praticados enquanto ainda encarnada.

O Verdadeiro Amor Liberta é um relato bastante forte e verídico de o quanto nossos atos e pensamentos podem influenciar e influenciam aqueles que nos precederam no desenlace físico, formando com eles um vínculo muito estreito onde até mesmo pensamentos e sentimentos se confundem e se fundem.

O desconhecimento desse intercâmbio entre os ditos "vivos" e os ditos "mortos", nos leva, muitas vezes, a enormes desatinos no que se refere à relação que criamos ao relembrá-los e invocá-los, impensadamente.

Em nome de um "amor extremado", mãe e filha mantiveram-se unidas, não em forma de doce saudade, mas através de muita dor e de sofrimento para ambas.

O Verdadeiro Amor Liberta

Este romance é um alerta de que a vida continua, tanto para aqueles que partiram, como para aqueles que aqui ficaram, e que o verdadeiro amor não nos escraviza, não nos agrilhoa, mas sim, liberta e aguarda, com serenidade, o novo encontro.

O Espírito de Helena Lins a duras penas conquistou, finalmente, a serenidade e, num ato de verdadeira fraternidade, traz seu testemunho aos leitores espíritas e simpatizantes desta magnífica doutrina, especialmente às mães e aos pais que, como ela um dia, não sabem ainda aceitar os desígnios de Deus com resignação e sabedoria para sobrepujá-los.

A dor da perda de um ente querido fere por demais nosso coração ainda tão distante da compreensão dos porquês de tudo, mas o Pai Maior, que a tudo provê, não nos desampara nunca, colocando-nos sempre à frente imensas portas abertas para que possamos prosseguir em nossa evolução, bastando apenas querermos adentrá-las. O rancor que nutrimos nos corações, o ressentimento, a revolta, a não aceitação daquilo que não podemos mudar apenas nos afastarão mais e mais da felicidade que tanto buscamos para nossas almas, tornando-nos aniquilados frente às vicissitudes da vida terrena, que nada mais é do que apenas uma passagem muito rápida, se comparada à eternidade que nos aguarda.

Geramos nossos filhos, sim, meus irmãos e irmãs, mas, apenas por empréstimo temporário do Pai Maior. Sejamos, pois, fortes o suficiente para aceitar com resignação e confiança na Justiça Divina a partida prematura de quem muito amamos, dedicando a eles apenas nossos pensamentos de amor e serenidade para que não nos tornemos um pesado fardo na nova jornada que empreendem na espiritualidade.

Que este romance possa, de alguma forma, ajudar àqueles que ainda se desesperam na saudade e na dor da separação, e faça com que novos horizontes de luz brotem em seus corações, é o que o Espírito de Helena Lins almejou ao intuir-me e relatar sua trajetória terrena com tanta realidade e dor.

Tijucas do Sul, setembro de 2004.
Lia Márcia Machado

Oferecimento

Como não poderia deixar de ser, ofereço este livro a minha zelosa e amorosa mãe, a escritora Zélia Carneiro Baruffi, mestra inigualável, sem a qual, talvez, meus caminhos terrenos tivessem sido tortuosos e lamentáveis.

A ela e a todas as mães que souberam e sabem honrar a maternidade em sua extensão mais plena, eu rendo homenagem através desta obra.

Lia Márcia Machado